하울의 움직이는 성 3

요정이 된 하울

하울의 움직이는 성

❸ 요정이 된 하울

다이애나 윈 존스 지음 | **정윤희** 옮김

🔟 문학수첩

사랑하는 손녀 루스와 샤린의 세탁소,

그리고 릴리 B에게 이 책을 바칩니다.

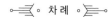
차 례

마법사를 만나서

"샤메인이 맡아 줘야 해!"

셈프로니아 숙모가 말했다.

"뭘 말이에요?"

베이커 부인이 되물었다.

"윌리엄 증조부님께 이 일을 맡길 순 없잖니."

"윌리엄 증조부님이요?"

베이커 부인은 헛기침을 하며 목소리를 한껏 낮췄다. 말로 하기에 썩 좋은 일은 아니라는 생각이 들었던 모양이다.

"그분, 마법사 아니세요?"

"왜 아니겠어. 그런데 증조부님 몸에 종양이 생겨서 요정들에게 간호를 받으셔야 하거든. 종양을 치료할 방법은 그것뿐이야. 그러자면 누군가 증조부님 집을 돌봐 드려야 해. 마법이란 지키고 있는 사람이 없으면 곧잘 사라져 버리니까. 나는 일이 많아서 돌봐 드릴 수가 없구나. 우리 말썽꾸러기 강아지 녀석들이 헤매기라도 하는 날엔……."

셈프로니아 숙모가 목소리를 낮추며 조심스레 대답했다.

"저도 바빠요. 이번 달엔 웨딩 케이크 주문이 많이 들어와서요."

베이커 부인이 급히 덧붙였다.

"오늘 아침만 해도 애들 아빠가 하는 말이……."

"그러니까 샤메인이 적임자라는 거야. 이제 샤메인은 어엿한 숙녀잖니. 더 이상 어린애가 아니야."

셈프로니아 숙모가 단호하게 말했다.

"그게……."

베이커 부인이 무슨 말을 하려는 듯 입을 열었다.

두 사람은 응접실 너머로 고개를 돌렸고, 언제나처럼 베이커 부인의 딸내미가 책에 코를 처박고 있는 모습을 보았다. 샤메인은 베이커 부인이 아끼는 제라늄 화분 너머로 따스하게 내리쬐는 햇살을 맞으며 길고 날렵한 몸뚱이를 한껏 구부리고 있었다. 머리는 새 둥지처럼 둥글게 틀어 올렸고 안경은 코끝에 매달려 금방이라도 책으로 떨어질 것 같았다. 한 손에는 아빠가 만들어 준 고기파이를 들고 책을 읽는 내내 우적우적 먹어 댔다. 빵 부스러기가 책장 위로 떨어지자, 파이로 쓰윽 털어 내고는 다시 책에 빠져들었다.

3. 요정이 된 하울

"저기…… 샤메인, 우리가 하는 얘기 들었니?"

베이커 부인이 조심스럽게 물었다.

"아니요. 뭐라고 하셨는데요?"

입에 빵을 가득 머금은 채 샤메인이 우물거리며 대답했다.

"그럼 결정된 걸로 알겠어. 베레니케, 자네가 설명해 주도록 해."

셈프로니아 숙모가 말했다.

셈프로니아 숙모는 한껏 위엄을 갖추며 자리에서 일어섰다. 그러고는 구겨진 실크 드레스를 착착 펼치더니 실크 양산을 활짝 폈다.

"내일 아침에 샤메인을 데리러 올게. 가엾은 윌리엄 증조부, 아니 샤메인에게는 고조부님이지. 어쨌든 샤메인이 그 집을 돌봐 주기로 했다고 전해 드려야겠어."

그렇게 숙모는 응접실에서 유유히 사라졌다.

베이커 부인은 남편의 숙모가 엄청난 갑부도, 으스대는 성격도 아니었다면 얼마나 좋을까 하는 아쉬움이 밀려들었다. 이번 일을 샤메인에게 어떻게 설명해야 할지 걱정이 앞섰다. 남편에게 맡기는 편이 낫겠지. 샘은 딸 샤메인이 품행에 어긋나는 행동을 하는 걸 절대로 용납하지 못했다. 베이커 부인 또한 마찬가지였다. 그렇지만 셈프로니아 숙모가 도움을 구할 때만큼은 예외였다.

그사이 셈프로니아 숙모는 똘똘한 조랑말이 이끄는 작은 마차에 몸을 실었다. 그러고는 마부에게 마을 반대편에 있는 윌리엄 증조부 댁으로 가자고 지시했다. 마차는 곧 윌리엄 증조부 댁에 닿았다.

"제가 알아서 처리했으니까 아무 걱정 마세요."

셈프로니아 숙모는 침울한 표정으로 서재에 앉아 글을 쓰고 있는 윌리엄 증조부를 바라보며 의기양양하게 말했다.

"고손녀 샤메인이 내일 오기로 했어요. 증조부님을 배웅해 드리고, 회복해서 돌아오시면 보살펴 드릴 거예요. 그사이에는 집도 돌봐 주기로 했답니다."

"정말 마음씨가 고운 아이로구나! 물론 샤메인도 마법에 정통한 아이겠지?"

"그건 장담 못 하겠어요. 제가 알기로는, 만날 책에 코를 처박고 있고, 손에 물 한 번 묻히지 않고 금지옥엽처럼 자랐대요. 이번 기회에 다른 아이들처럼 집안일을 도울 기회를 갖는 것도 좋을 것 같아요."

"오, 그래! 미리 말해 줘서 고맙구나. 그렇다면 미리 조심해 두어야겠는걸."

윌리엄이 놀란 듯 말했다.

"참, 집에 먹을 것을 많이 챙겨 두는 거 잊지 마세요. 세상에 그렇게 많이 먹어 대는 아이는 처음 봤다니까요. 그런데도 마녀 빗자루처럼 뼈만 앙상하던걸요. 도무지 이해가 안 된다니까. 아무튼 내일 요정들이 오기 전까지 샤메인을 데리고 올게요."

셈프로니아 숙모가 자리에서 일어나 떠날 채비를 했다.

"고맙구나."

윌리엄은 사각사각 드레스를 끌며 집을 나서는 셈프로니아 숙모의 뒤통수에 대고 잔뜩 기운 빠진 목소리로 대답했다.

"이런, 이런……. 어쨌거나 이렇게 챙겨 주는 친척이 있는 것만도 감사히 여겨야겠지."

현관문이 닫히자 윌리엄이 중얼거렸다.

샤메인은 숙모의 제안이 왠지 고마웠다. 물론 태어나서 한 번도 본 적이 없는 병든 마법사를 돌본다는 건 그다지 즐거운 일이 아니지만.

"숙모님이 저한테 직접 말씀하셨어야죠!"

샤메인은 연거푸 엄마를 향해 불만스럽게 말했다.

"그야, 네가 싫다고 할까 봐 그러셨겠지."

베이커 부인이 마지못해 대답했다.

"그럴지도 모르죠. 아니면 그 반대일 수도 있고."

샤메인이 의미심장한 미소를 지으며 말했다.

"애야, 별로 내키지 않는다는 거 알아. 재미라곤 하나도 없을 거야. 다만, 그렇게 해 준다면 친절을 베푸는 행동이니까……."

베이커 부인이 전전긍긍하며 말했다.

"나란 애, 친절과는 거리가 먼걸요."

샤메인은 대답과 함께 위층 방으로 올라가 버렸다. 그리고 하늘하늘한 주름 장식으로 꾸며진 침실 의자에 앉아 창밖을 내다봤다. 지붕들, 우뚝 솟은 탑들, 하이놀랜드 시티를 수놓고 있는 굴뚝과 저 너머의 푸른 산등성이를 한참 동안 바라보았다. 사실 이번 제안은 오랫동안 기다려 온 절호의 기회였다. 엄격하기로 소문난 학교에 더해 매일 집에만 틀어박혀 지내다 보니 지칠 대로 지친 터였다. 엄마는 길들이기 힘든 호랑이 새끼 대하듯 잔뜩 주눅이 들어 딸을 떠받들었고, 아빠는 평범하지 않거나 남들 입에 오르내릴 만한 행동, 위험한 일은 절대 못 하게 했다. 이번에야말로 집을 떠나서 그동안 바랐던 뭔가를 행동으로 옮길 수 있는 기회였다. 그것만으로도 늙은 마법사의 집에서 참고 견딜 만한 충분한 가치가 있었다. 샤메인은 그 꿈을 이룰 용기가 자신에게 있는 건지 궁금했다.

집을 떠나는 일은 아주 오랫동안, 감히 용기조차 내지 못해 망설여 온 일이었다. 샤메인은 의자에 앉아 산꼭대기로 뭉게뭉게 피어오르는 하얀 구름을 멍하니 바라봤다. 눈처럼 하얗고 붉은 자주색 구름은 마치 비대한 동물이나 포효하는 용처럼 보였다. 샤메인은 뽀얀 뭉게구름이 한 줄기 연기로 사라지고 뿌연 안개가 파란 하늘을 수놓을 때까지 한참을 넋 놓고 바라보았다. 그리고 비장한 목소리로 중얼거렸다.

"지금이 아니면 영영 기회는 없을 거야."

샤메인은 긴 한숨을 내쉬더니 목에 대롱대롱 걸려 있던 안경을 끼고 제일 좋은 만년필과 최고급 편지지를 꺼냈다. 그러고는 정성 들여 한 글자 한 글자 써 내려가기 시작했다.

친애하는 국왕 폐하

어린 시절, 궁전에 보관된 수많은 양서와 필사본에 대해 전해 들은 이후로, 항상 폐하의 서재에서 일할 수 있는 날이 오기만을 간절히 바랐습니다. 폐하와 고귀하신 힐다 공주님이 몸소 황실 서고의 목록을 정리하는 길고도 고된 작업에 착수하셨다는 소식은 익히 들어 잘 알고 있습니다. 제가 그 일에 큰 도움을 드릴 수 있을 거라고 확신하는 바입니다. 이제 어느 정도 나이를 먹게 되었으므로, 황실 서고 보좌관직에 지원하고자 합니다. 부디 저의 간절한 바람을 어여삐 여겨 주시길 바라는 바입니다.

폐하의 충성스러운 샤메인 베이커

하이놀랜드시, 콘 스트리트 12번가

샤메인은 의자에 등을 대고 앉아 편지를 천천히 훑어보았다. 조금 부끄럽지만 폐하께 직접 편지를 보내는 것 외에 다른 방법은 없는 것 같았다. 막상 다 써 놓고 보니 꽤 잘 쓴 듯했다. 한 가지 모호한 부분은 "어느 정도 나이가 되었다"는 표현이었다. 어느 정도 나이라 함은 스무 살, 아니 적어도 열여덟 살이 된 사람한테나 적합한 표현이라는 것쯤은 잘 알고 있었다. 하지만 터무니없는 글을 썼다는 기분은 들지 않았다. '어느 정도 나이'가 됐다고만 했지, 정확히 몇 살이라고 말하진 않았으니까. 게다가 뛰어난 학식을 지녔다거나 자격이 출중하다는 허풍은, 본인 스스로도 아니라는 걸 알기 때문에 단 한 줄도 언급하지 않았다. 세상의 그 어떤 것보다도 책을 사랑한다는 말조차, 어느 누가 봐도 분명한 사실이었지만 꺼내지 않았다. 그저 책을 사랑하는 마음이, 이 편지를 통해 폐하께 전달되리라고 굳게 믿는 수밖에 없었다.

'분명 폐하께서는 편지를 읽고 꼬깃꼬깃 구겨서 활활 타오르는 난

로에 던져 버리고 말겠지. 그래도 할 수 있는 한 최선의 노력을 다한 셈이니까.'

샤메인은 생각했다.

그리고 집 밖으로 나가서 한껏 부풀어 오른 용기와 도전 의식에 타올라 편지를 우체통에 집어넣었다.

다음 날 아침, 셈프로니아 숙모는 조랑말이 이끄는 작은 마차에 샤메인을 태우느라 바빴다. 말끔한 융단 소재의 가방에는 베이커 부인이 바리바리 챙겨 준 옷이 가득 찼다. 베이커 씨가 손수 준비한 페이스트리, 달콤한 빵들, 번(건포도가 들어 있거나 햄버거를 만들 때 사용되는 둥근 빵—옮긴이), 푸딩, 타르트 등이 넘칠 정도로 담긴 훨씬 커다란 가방도 있었다. 빵이 가득한 가방은 정말 컸고, 저절로 군침이 도는 허브, 육즙, 치즈, 과일, 잼 등의 향을 강하게 풍겼다. 조랑말의 고삐를 잡고 있던 마부는 고개를 돌려 킁킁 빵 냄새를 맡았고, 셈프로니아 숙모 또한 콧구멍을 벌름거리며 냄새를 맡았다.

"얘야, 넌 굶어 죽을 일은 없겠구나. 자, 이제 그만 출발하자."

셈프로니아 숙모가 부러운 듯 말했다. 하지만 샤메인을 껴안고 작별 인사를 나누는 베이커 부인을 기다릴 수밖에 없었다.

"얘야, 조신하게 행동해라. 사근하근하게 굴고 정리정돈 잘하면서 지낼 거라고 엄마는 굳게 믿는다."

'새빨간 거짓말, 털끝만큼도 믿지 않으면서.'

샤메인은 속으로 생각했다.

그때 베이커 씨가 헐레벌떡 뛰어나오더니 샤메인의 뺨에 작별 키스를 퍼부었다.

"샤메인, 엄마 아빠를 실망시키지 않을 거라고 믿는다."

'이것도 새빨간 거짓말이군. 내가 실망시킬 거라는 건 아마도 아시잖아요.'

샤메인은 생각했다.

"정말 그리울 거야, 사랑하는 우리 딸."

베이커 부인이 울먹이며 말했다.

'저건 진심일지도 몰라!'

샤메인은 순간 놀라지 않을 수 없었다.

'왜 나처럼 무심한 딸을 이리도 아껴 주시는 걸까!'

"출발해!"

셈프로니아 숙모의 근엄한 목소리가 들리자 마부가 고삐를 바짝 당겼다. 다가닥다가닥 소리를 내며 조랑말이 달리기 시작했다.

"샤메인, 지금까지는 부모님이 온실 속의 화초처럼 너를 돌봐 주셨지만, 이젠 모든 것을 네가 알아서 해야 한다. 마음의 준비는 됐지?"

"네, 물론이죠."

샤메인이 진심에서 우러난 목소리로 대답했다.

"집도 관리해야 하고, 몸이 편찮으신 증조부님이 계실 텐데?"

셈프로니아 숙모가 다그치듯 다시 물었다.

"최선을 다할게요."

샤메인이 대답했다. 혹시 자신 없다고 말하면 집으로 돌려보낼 것 같아 더럭 겁이 났기 때문이다.

"최고로 좋은 명문 학교에서 교육을 받았다지?"

셈프로니아 숙모가 조금 안심했다는 듯 물었다.

"음악 수업은 원 없이 들었어요. 그런데 음악에 소질은 없는 것 같아요. 그러니까 윌리엄 고조부님 앞에서 위로의 의미로 악기를 연주하라는 말씀만은 마세요."

샤메인이 샐쭉한 목소리로 털어놨다.

"그럴 일은 없어."

숙모가 쏘아붙이듯 대꾸했다.

"증조부님은 마법사시니까, 그 정도쯤은 마법으로도 하실 수 있단다. 네가 마법을 배울 자질이 있는지 여부를 알고 싶었을 뿐이란다. 어때, 소질이 있는 것 같니?"

샤메인은 순간 알 수 없는 저 밑바닥 어딘가로 심장이 쿵 떨어지는 느낌이었다. 누군가 얼굴에서 피를 뽑아내고 있는 것처럼 온몸에 소름이 끼쳤다. '마법의 마' 자도 모른다고 말할 엄두가 나질 않았다. 부모님은, 특히 베이커 부인은 마법을 달갑게 생각하지 않았다. 샤메인이 다녔던 학교가 명성이 높았던 이유는 바로 마법 수업을 하지 않는 유일한 학교이기 때문이었다. 천박한 마법 따위를 배우고 싶다면 개인 교사를 들여 따로 배워야 했다. 샤메인이 마법 수업을 받겠다고 떼를 썼더라도 부모님은 절대 지갑을 열지 않았을 것이다.

"그게……."

샤메인이 머뭇거렸다. 다행히 셈프로니아 숙모는 계속 말을 이어

3. 요정이 된 하울

나갔다.

"마법으로 가득한 집에 사는 건, 생각처럼 만만한 일은 아니야."

"네, 그 정도는 각오했어요."

샤메인이 진심을 담아 대답했다.

"다행이구나."

셈프로니아 숙모가 마차에 등을 기댔다. 조랑말이 다가닥다가닥 말발굽 소리를 내며 달렸다. 마차는 로열 스퀘어를 가로질러 뜨겁게 태양이 비추는 로열 맨션 궁전의 황금빛 지붕을 지나쳤다. 이윽고 가뭄에 콩 나듯 힘들게 부모님의 허락을 받아 들르곤 했던 마켓 스퀘어를 통과했다. 샤메인은 동경 어린 눈빛으로 줄지어 늘어선 노점상과 물건을 사고팔며 정답게 이야기를 나누는 사람들을 바라보았다. 그리고 정다운 시장의 모습이 고향 마을의 일부가 되어 사라질 때까지 좀처럼 눈길을 떼지 못했다.

새로운 동네에 늘어선 집들은 온갖 색으로 꾸며져 있었고 무척이나 높았다. 가파른 지붕은 집을 뒤덮고 독특한 위치에 창문이 나 있기도 했다. 샤메인은 윌리엄 고조부님 집에서 생활하는 일이 무척이나 흥미진진한 경험이 될 것이라는 기대감에 부풀었다.

하지만 조랑말은 마을을 지나쳐 계속 달렸다. 형형색색 마을의 변두리에 위치한 어두컴컴한 곳을 가로질러 단조롭기 그지없는 오두막을 뒤로하고 쉴 새 없이 달렸다. 이윽고 넓은 들판과 울타리가 나타났다. 길가 쪽으로 거대한 절벽이 펼쳐졌다. 주변에 늘어선 산울타리 안에는 드문드문 작은 집들이 들어서 있었고, 군데군데 산맥이

다닥다닥 붙어서 하늘에 닿을 듯했다.

샤메인은 마차가 하이놀랜드를 벗어나 완전히 다른 동네로 가고 있다고 생각했다.

'어디로 가는 거지? 스트렌지아? 몬탈비노?'

급기야 지리 수업을 더 열심히 들을 걸 하는 후회가 밀려왔다.

마부는 넓은 정원 뒤에 웅크리고 있는 아담한 잿빛 건물로 고삐를 틀었다. 도로 건너편에 자그마한 철문을 보고 샤메인은 적잖이 실망했다. 지금까지 본 집 중에서 가장 단조로운 모습을 한 집이었다. 밤색 현관문 양옆으로 창문이 나 있고, 잿빛 지붕은 잔뜩 찌푸린 표정으로 떡 버티고 있었다. 게다가 2층도 없는 집인 것 같았다.

"다 왔다."

셈프로니아 숙모가 신이 나서 말했다. 그러고는 마차에서 내려 작은 철문이 보이는 현관으로 걸음을 옮겼다. 샤메인은 침울한 표정으로 쭈뼛거리며 숙모를 뒤따랐다. 마부는 커다란 가방 두 개를 들고 샤메인 뒤를 졸래졸래 따라왔다.

현관으로 이어진 길 양쪽 정원에는 파랑, 초록, 자주가 뒤섞인 수국이 활짝 피어 있었다.

"정원까지 신경 쓸 일은 없을 게야."

셈프로니아 숙모가 들뜬 목소리로 말했다.

'저도 그러길 바라요!'

샤메인이 속으로 대답했다.

"증조부님께서는 따로 정원사를 고용하셨을 테니까."

3. 요정이 된 하울

숙모가 말을 이었다.

"물론 그렇게 하셔야겠죠."

샤메인이 정원에 대해서 아는 거라곤 집 뒤뜰에 커다란 뽕나무 한 그루와 장미 덤불 그리고 엄마가 키우던 꼬투리 콩으로 뒤덮인 화초 상자가 고작이었다. 나무뿌리는 흙으로 덮여 있고 그 속에는 지렁이가 산다는 것밖에 몰랐다. 샤메인은 몸을 부르르 떨었다.

셈프로니아 숙모는 밤색 현관에 매달린 자물쇠를 경쾌하게 두드렸다. 그리고 문을 열고 집 안으로 들어서며 소리쳤다.

"나와 보세요! 샤메인을 데리고 왔어요!"

"친절하기도 해라, 고맙구나."

윌리엄 고조부의 목소리가 멀리서 들렸다. 문을 열자 곰팡이 냄새가 진동했다. 현관은 거실까지 직선으로 연결되어 있었다. 윌리엄 고조부는 케케묵은 잿빛 안락의자에 웅크리고 앉아 있었다. 금방이라도 떠날 듯, 의자 옆에는 가죽으로 된 커다란 여행 가방이 놓여 있었다.

"반갑구나, 애야."

"처음 뵙겠습니다, 고조부님."

샤메인은 최대한 예의를 갖춰 인사 드렸다.

두 사람이 뭐라고 말하기도 전에 셈프로니아 숙모가 불쑥 입을 열었다.

"가방은 이쪽으로 내려놔."

셈프로니아 숙모가 마부를 향해 말했다. 그러자 마부는 가방을 현관문 바로 안쪽에 내팽개치듯 던지고는 밖으로 총총 사라졌다.

"그럼 샤메인, 사랑하고 잘 부탁한다."

셈프로니아 숙모가 가방을 들여놓기 바쁘게 작별 인사를 건넸다. 걸을 때마다 비싼 실크 드레스에서 사각사각 소리가 났다.

"두 사람 모두 잘 있어요!"

마침내 셈프로니아 숙모가 떠났다.

쾅 소리와 함께 현관문이 닫히자, 샤메인과 윌리엄은 멀뚱히 서로를 바라보고 있었다.

윌리엄은 체구가 작았고 둥근 이마를 가로지르는 반짝이는 은색 머리칼 몇 가닥을 제외하면 거의 대머리에 가까웠다. 게다가 통증이 심한지 잔뜩 등을 구부리고 앉아 있었다. 놀랍게도 샤메인은 고조부의 모습에서 측은함을 느꼈다. 하지만 자신을 뚫어지게 보고 있는 고조부의 눈빛에 약간의 거부감도 느꼈다. 왠지 죽을죄라도 지은 죄인이 된 것 같았다. 윌리엄의 아래쪽 눈꺼풀은 축 늘어져 있었고, 파란 눈동자 주변이 잔뜩 충혈되어서 핏발이 서 있었다. 샤메인은 지렁이만큼이나 붉은 피를 질색했다.

"키도 훤칠하니 영특하게 생겼구나, 귀여운 아가. 빨간 머리칼은 왠지 행운을 가져다줄 것 같은데. 아주 마음에 들어. 내가 없는 동안 집을 잘 볼 수 있겠지? 집이 엉망이라서 조금 걱정이 된다만……."

윌리엄 고조부는 지친 목소리로 말했지만 인자함이 배어났다.

"저도 잘할 수 있기를 바라요."

집 안에는 곰팡이 냄새가 진동했지만 겉보기에는 말끔히 정돈된 것처럼 보였다.

"그동안 제가 무엇을 해야 하는지 일러 주시겠어요?"

'물론 이 집에 오래 있고 싶은 마음은 추호도 없지만. 폐하께서 내 편지에 답장을 보내 주시면 금방이라도…….'

샤메인은 속으로 생각했다.

"그야 물론, 보통 집안일이랑 똑같은 거지. 그런데 마법이 필요할 게다, 당연히 대부분 마법을 써야 가능한 일이야. 네가 몇 단계까지 배웠는지는 모르겠다만, 중요한 몇 가지만 일러 줄 테니까…….."

'끔찍해라. 내가 마법을 배웠다고 생각하시나 봐!'

그러나 윌리엄 고조부에게 솔직히 털어놓으려고 입을 여는 순간, 누군가 샤메인의 입을 막았다. 현관문이 덜컹 열리더니, 멀쑥한 요정의 행렬이 살그머니 집 안으로 들어온 것이다. 요정들은 의료 팀이라도 되는 양, 온통 하얀 옷을 입었고 아름다운 얼굴은 하나같이 무표정했다.

샤메인은 다소 중성적이며 무엇보다 침묵을 지키는 요정들을 보는 순간 잔뜩 움츠러들었다. 요정 하나가 샤메인을 한쪽 구석으로 비키도록 했다. 나머지 요정들은 윌리엄 고조부 주변을 둘러싸고 눈부시게 멋진 자태로 고개 숙여 인사할 때까지도 샤메인은 어리둥절한 표정으로 쭈뼛거리며 목석처럼 서 있을 수밖에 없었다. 샤메인은 어리둥절했다.

잠시 후, 윌리엄 고조부는 머리부터 발끝까지 하얀 가운을 걸치고 있었고, 요정들은 윌리엄 고조부를 의자에서 일으켜 집 밖으로 옮기기 시작했다. 고조부의 머리에는 빨간 사과 같은 덩어리 세 개가 박혀 있었는데, 한눈에 봐도 곤히 잠든 것 같았다.

"저기, 여행 가방은 안 가져가세요?"

윌리엄 고조부를 현관 쪽으로 데려가는 요정 행렬에게 샤메인이 어렵사리 말을 걸었다.

"필요 없답니다."

대답한 요정은 윌리엄 고조부가 쉽게 통과할 수 있게 현관문을 잡고 서 있었다.

잠시 후, 요정들은 정원에 난 오솔길을 따라서 점차 멀어졌다. 샤메인은 급히 현관으로 달려가 큰 소리로 물었다.

"집에는 언제쯤 오시나요?"

초라하기 짝이 없는 집에서 얼마나 버텨야 하는지 확실히 알아야 할 것 같았다.

"병이 치료될 때까지요."

다른 요정이 대답했다. 그리고 정원 문에 도착하기도 전에 눈앞에서 홀연히 사라졌다.

2

더러운 부엌

샤메인은 잠시 동안 정원을 뚫어져라 쳐다보다가 현관문을 쾅 닫았다.

"이제부터 뭘 해야 하지?"

샤메인은 적막함과 곰팡이 냄새가 가득한 거실에 멀뚱하니 선 채 말했다.

"애야, 일단 부엌부터 청소를 하려무나."

힘없는 윌리엄 고조부의 인자하고 낮은 목소리가 공중에서 울렸다.

"빨랫감을 잔뜩 쌓아 놓고 와서 미안하구나. 복잡한 마법을 써야 할 일이 생기면 여행 가방을 열어 보렴."

샤메인은 여행 가방 쪽을 힐끗 쳐다보았다.

'그래서 윌리엄 할아버지가 가방을 두고 가셨구나.'

"지금 당장은 가방을 열지 않을래요."

샤메인은 집에서 가져온 커다란 가방 두 개를 들고 반대편 방문 쪽으로 씩씩하게 걸어갔다. 그러고는 양손에 가방을 든 채 문을 열려고 애썼지만 열리지 않았다. 빵이 든 가방을 내려놓고 한 손으로 문고리를 돌렸지만 역시 소용없었다. 결국 가방을 다 내려놓고 두 손으로 밀자 겨우 문이 열렸다. 주방이 한눈에 보였다.

샤메인은 그 광경을 잠시 쳐다보았다. 그러고는 바닥에 내려 두었던 가방 두 개를 질질 끌고 안으로 들어갔다. 등 뒤에서 문이 닫혔다.

"세상에, 엉망이네!"

본래는 안락하고 넓은 부엌이었던 것 같았다. 커다란 창문 너머로 산등성이가 늘어서 있고 창문 틈으로 따스한 햇빛이 쏟아져 내렸다. 하지만 햇빛이 닿는 부분에 위치한 개수대 안과 그릇 건조대, 개수대 옆 바닥까지 더러운 접시와 얼기설기 겹쳐진 컵들이 엄청나게 쌓여 있었다. 길게 이어진 따스한 햇빛이 당황한 샤메인의 눈동자와 개수대 옆에 놓인 삼베로 만든 빨래 가방을 번쩍이는 황금빛으로 빛나게 했다. 빨래 가방 안에는 더러운 옷가지가 잔뜩 들어차 있었다. 빨래 가방 위는 고조부님이 더러운 소스용 팬이나 프라이팬을 올려 두는 선반 대신 사용한 것 같았다.

샤메인의 눈동자는 부엌 정중앙에 놓인 식탁으로 움직였다. 30여 개에 달하는 찻주전자와 커다란 우유 주전자가 뒤죽박죽 쌓여 있었다. 그중 몇 개는 아주 더러운 얼룩까지 묻어 있었다.

'정말 지저분하기 짝이 없군. 정신없이 쌓아만 놓다니, 정말 더러워 죽겠어.'

샤메인은 생각했다.

"꽤 오랫동안 아프셨나 봐요."

샤메인이 허공에 대고 앵돌아진 목소리로 말했다.

이번에는 아무 대답도 들리지 않았다. 샤메인은 조심스럽게 개수대로 걸음을 옮겼다. 그런데 뭔가 중요한 게 빠진 것처럼 허전한 기분이 들었다. 잠시 후 개수대에 수도꼭지가 없다는 걸 알았다. 워낙 외진 데 있는 집이라서 미처 수도관을 설치하지 못한 것이리라. 창문 너머로 조그마한 앞뜰 중앙에 있는 수도 펌프가 눈에 들어왔다.

"수도 펌프로 물을 끌어올려서 부엌까지 가져와야 되겠군. 그다음에는 어떻게 하지?"

샤메인이 자문했다. 그리고 텅 빈 시커먼 벽난로를 얼핏 쳐다보았다. 여름이니 벽난로에 불이 피워져 있지도, 장작이 활활 타오르지도 않는 것이 당연한 일이다.

"물을 데워야겠지? 프라이팬에 기름때가 덕지덕지 묻었잖아, 생각 좀 해 보자. 어떻게 씻어 낸담? 뜨거운 물이 나오지 않으면 목욕은 어떻게 하지? 이 집에 침대나 욕실이 있기나 할까?"

샤메인은 급히 난로 너머로 보이는 작은 문을 끙끙대며 열었다.

'윌리엄 할아버지네 집에 있는 문들은 장정 열 명은 덤벼야 열 수 있겠군.'

샤메인은 가쁜 숨을 몰아쉬면서 생각했다. 강력한 마법 때문에 문이 굳게 닫혀 있는 것만 같았다. 겨우 문을 열고 보니 작은 식료품 저장실이 눈에 들어왔다. 저장실 선반에는 작은 항아리에 든 버터 조금, 딱딱한 빵 덩어리, 작은 비누가 가득 들어 있는 것처럼 보이는 커다란 가방 하나가 전부였다. 가방에는 'CIBIS CANINICUS'라는 기묘한 상표가 붙어 있었다. 뒤쪽에는 부엌에 있는 것과 비슷한 커다란 빨래 가방 두 개가 더 쌓여 있었다.

"미치고 팔짝 뛰겠군. 셈프로니아 숙모님이 어떻게 나한테 이러실 수 있담? 그걸 가만히 두고 본 엄마는 어떻고?"

막막한 절망의 늪에 빠지자, 샤메인은 신경 쓰기 싫을 때 늘 하던 일을 떠올렸다, 바로 독서의 바다에 빠져드는 것이다. 샤메인은 집에서 가져온 커다란 여행 가방 두 개를 질질 끌고 와 엉망으로 어질러진 식탁으로 가서 의자에 털썩 걸터앉았다. 그러고는 융단 재질의 가방을 열고 작은 안경을 꺼내서 콧등에 걸쳤다. 그리고 엄마가 옷가지를 챙길 때 미리 부탁해서 넣어 둔 책을 찾았다. 하지만 손에 만져지는 건 부드러운 옷가지뿐이었다. 딱딱한 물건이라곤 목욕할 때 쓰라고 챙겨 준 비누가 전부였다. 샤메인은 비누를 벽난로 쪽으로 던져 버리고 계속 가방을 뒤졌다.

"말도 안 돼! 엄마가 옷을 넣기 전에 분명히 가방에 넣었을 텐데!"

가방을 거꾸로 뒤집자 바닥에 옷들이 나뒹굴었다. 화려한 스커트들, 드레스, 스타킹, 블라우스, 니트 웃옷 두 벌, 레이스가 나풀거리는 페티코트들, 1년 넘게 입고도 남을 정도의 온갖 속옷들이 바닥에 널브러졌다. 옷 뭉텅이 위로 새로 산 슬리퍼 한 켤레도 보였다. 텅

　　　　　　　　　　　　　　　3. 요정이 된 하울

비어 납작해진 가방을 한쪽 구석에 던져 버릴 때까지도 샤메인은 어리둥절했다. 그러다 결국 안경을 툭 떨어뜨리고 망연자실한 기분에 빠졌다. 금방이라도 눈물이 쏟아질 것만 같았다. 엄마가 책을 챙겨 주는 걸 깜빡한 게 분명했다.

몇 번이고 눈을 껌뻑이고 마른침을 삼킨 뒤에 샤메인은 중얼거렸다.

"한 번도 집을 떠나 본 적이 없어서 그래. 다음에 어디 갈 일이 생기면, 내가 직접 가방을 싸고 책도 챙겨야겠어. 일단 급한 일부터 처리하자."

가장 먼저 해야 할 일은, 바로 엉망진창인 식탁 위에 빈 공간을 만들어 나머지 가방 하나를 올려 두는 것이었다. 결국 네 개의 우유 컵과 찻주전자가 바닥으로 나뒹굴었다.

"떨어지거나 말거나!"

샤메인은 쨍그랑 소리를 내며 떨어지는 컵과 찻주전자를 향해 소리쳤다. 다행히 우유 컵은 비어 있었고 깨지지도 않았다. 남아 있던 차가 바닥에 흘러내렸을 뿐 찻주전자도 멀쩡했다.

"이럴 땐 마법이 좋은 거네."

샤메인은 중얼거리고는 침울한 표정으로 가방 맨 위에 있던 고기파이를 꺼냈다. 그리고 치마를 한곳으로 접어 무릎 사이에 말아 넣고 팔꿈치를 식탁에 대고 앉았다. 허기진 배를 채울 요량으로 맛있는 냄새가 솔솔 풍기는 커다란 고기파이를 한 입 베어 물었다. 그때 차고 떨리는 뭔가가 오른쪽 다리를 간질였다. 샤메인은 뻣뻣하게 굳어 버렸다. 차마 고기파이를 씹을 엄두조차 내지 못하고 마음속으로 생각만 할 뿐이었다.

'이놈의 부엌은 온통 마법으로 가득 차 있군!'

차가운 무언가는 반대쪽 다리를 살짝 건드렸다. 겨우 들릴 정도로 낑낑거리는 소리도 함께였다.

샤메인은 조심스럽게 치마를 한쪽으로 들쳤다. 그러고는 긴 식탁보를 밀어내고 아래쪽을 내려다보았다. 그곳에는 인형처럼 작고 털이 덥수룩한 하얀 강아지 한 마리가 불쌍한 눈빛으로 샤메인을 올려다보며 온몸을 떨고 있었다. 샤메인이 식탁보를 밀치고 찬찬히 훑어보자 한쪽 귀를 쫑긋 세우고는 겁에 질린 듯 짧고 성긴 꼬리를 휘날리며 저쪽으로 후다닥 사라졌다. 그러고는 다시 낑낑 소리를 내는 것이었다.

"너는 누구니? 강아지가 있다는 소리는 못 들었는데."

샤메인이 물었다. 바로 그때, 윌리엄 고조부의 목소리가 허공에 울려 퍼졌다.

"그 녀석 이름은 웨이프란다. 잘 챙겨 주렴. 길을 잃고 우리 집으로 찾아왔는데, 뭘 봐도 겁부터 내거든."

샤메인은 개에 대해 아는 게 없었다. 엄마는 개는 더럽고 사람을 물 수도 있기 때문에, 절대로 집에서 키우면 안 된다고 말씀하셨다. 어쩌다 길에서 개와 마주치기라도 하면 극도로 당황하기 일쑤였다. 하지만 웨이프라는 개는 아주 작았다. 털이 눈처럼 하얗고 깨끗했다. 게다가 샤메인이 놀란 것보다 훨씬 더 겁을 먹은 것 같았다. 아

3. 요정이 된 하울

직도 온몸을 사시나무처럼 바들바들 떨고 있었으니까.

"어머, 겁내지 마. 널 해치지는 않을 테니까."

웨이프는 바들바들 떨면서 불쌍한 눈빛으로 샤메인을 쳐다봤다. 샤메인은 한숨을 내쉬었다. 그리고 고기파이를 한 조각 떼어서 식탁 아래에 있는 웨이프에게 내밀었다.

"이거 먹어. 이 정도면 잠깐은 시간을 때울 수 있을 거야."

검고 반짝이는 코를 킁킁거리며 웨이프는 파이 쪽으로 다가왔다. 웨이프는 샤메인을 한 번 쳐다보고는 정말 먹어도 되는지 확인이라도 하듯 조심조심 파이를 입에 넣고 우물우물 씹었다. 다 먹고 나자 샤메인을 쳐다보며 더 달라는 애절한 눈빛을 보냈다. 샤메인은 웨이프의 예의 바른 태도에 호감을 느꼈다. 그래서 다시 파이 한 조각을 잘라 냈다. 그리고 계속해서 고기파이를 잘라서 내밀었다. 결국 고기파이를 둘이서 절반씩 나눠 먹은 셈이 된 것이다.

"다 먹었어, 이 가방에 든 빵이 전부니까 조금씩 아껴 먹어야 돼. 이 집엔 먹을 게 하나도 없는 것 같아, 이제 무엇을 해야 하는지 알려 줘, 웨이프."

샤메인이 치마에 떨어진 파이 조각을 털어 내며 말했다. 웨이프는 후다닥 뒷문으로 뛰어갔다. 그러고는 가느다란 꼬리를 살랑살랑 흔들며 작은 소리로 낑낑댔다. 샤메인은 뒷문을 열고, 물론 이전에 열었던 두 개의 문처럼 있는 힘껏 밀어야 했지만, 웨이프를 따라 뒤뜰로 나갔다. 아마도 개수대에 쌓인 그릇을 닦기 위해 수도 펌프로 물을 끌어올려야 한다는 신호인가 보았다. 하지만 웨이프는 종종걸음으로 유유히 수도 펌프를 지나 구석에 볼품없이 서 있는 사과나무로 갔다. 그러고는 짧은 뒷다리 하나를 들고 나무등치에 시원하게 물줄기를 쏟아 냈다.

"좋아, 하지만 그건 네 볼일이잖니. 게다가 나무에 소변을 보는 건 그리 보기 좋은 광경도 아니야, 웨이프."

웨이프는 샤메인을 힐끗 쳐다보더니, 다시 살랑살랑 걸음을 옮겨 마당 저편으로 돌아갔다. 그러고는 이리저리 코를 킁킁거리고 무성한 잔디 위로 앞발을 들이밀며 장난을 쳤다. 딱 보기에도 마음 편하게 마당을 이리저리 휩쓸고 돌아다닌다는 걸 알 수 있었다. 생각해 보면 샤메인도 똑같은 심정이었다. 윌리엄 고조부가 집 주변에 마법으로 보호막이라도 쳐 놓은 것처럼 마음이 편하고 포근했다. 샤메인은 수도 펌프 옆에 서서 울타리 너머로 가파르게 솟아오른 산등성이를 한동안 바라보았다. 높이 솟은 산등성이로부터 부드러운 산들바람이 불어왔다. 하얀 눈 냄새, 막 피어난 싱싱한 꽃향기에 취해 있자니, 아까 보았던 요정들이 떠올랐다. 윌리엄 고조부를 저 위 하늘나라로 데려간 건 아닐까 궁금했다.

'빨리 모시고 오면 좋을 텐데. 이 집에 하루만 더 있어도 미쳐 버릴 것 같아!'

집 한쪽 구석에 작은 오두막 하나가 보였다. 샤메인은 오두막 안에 무엇이 있는지 살펴보고 싶었다.

"분명 삽이나 화분 같은 정원 용품이 고작이겠지."

샤메인은 투덜거리며 걸음을 옮겼다. 그러고는 빽빽한 오두막 문을 힘껏 잡아당겼다. 그런데 그곳에는 생각지도 못했던 구리로 만든 거대한 탱크와 다리미가 있었다. 탱크 아래쪽으로는 불을 피우는 공간이 보였다. 샤메인은 마치 박물관에서 기묘한 전시품을 구경하듯 오두막 내부를 한동안 넋 놓고 바라보았다. 그제야 집에도 비슷한 오두막이 있던 것이 기억났다. 절대로 들어가면 안 된다고 단단히 주의를 들었던 터라, 처음에는 그곳을 지금 눈앞에 보이는 오두막만큼이나 신비로운 곳으로 여겼었다. 하지만 1주일에 한 번, 양손이 빨간 염료로 물든 자줏빛 얼굴의 여자 세탁부들이 오두막에 들어가는 날이면 엄청난 증기가 하늘을 향해 뭉게뭉게 피어오르고 옷이 깨끗하게 세탁되어 나온다는 걸 어느 순간부터 깨닫게 되었다.

'아, 세탁장이구나. 그럼, 빨래 가방에 있는 옷가지를 탱크에 넣고 뜨거운 물로 삶으면 되겠네. 하지만 어떻게 하는 거지? 지금까지 속세와 너무 동떨어진 생활을 한 것 같아.'

"온실 속 화초처럼."

여자 세탁부들의 빨간 염료가 묻은 손과 연한 자줏빛 얼굴을 떠올리며 샤메인은 큰 소리로 말했다.

'이 기계로 설거지까지 해결할 순 없을 텐데. 뜨거운 물에 목욕도 할 수 없을 거야. 탱크 속에 들어가 뜨거운 물에 몸을 소독해야 하는 걸까? 그건 그렇고, 당장 오늘 밤은 어디서 잔담?'

샤메인은 내심 고민에 잠겼다.

샤메인은 곧 뒤따라 들어올 웨이프를 위해 뒷문을 열어 놓고 다시 집 안으로 돌아왔다. 그리고 개수대에 쌓인 그릇, 빨래 가방, 엉망진창인 식탁, 바닥에 나뒹구는 옷가지들을 지나서 멀리 벽에 붙은 문을 열었다. 곰팡이 냄새가 진동하는 거실이 다시 눈앞에 펼쳐졌다.

"첩첩산중이구나! 도대체 침실은 어디 있는 거야? 욕실은?"

그때 힘없는 윌리엄 고조부의 목소리가 허공에 울려 퍼졌다.

"애야, 침실이랑 욕실은 부엌문을 열고 나가서 바로 왼쪽으로 가면 보일 거야. 조금 엉망이더라도 이해하렴."

샤메인은 고개를 돌려 활짝 열린 부엌문 너머로 보이는 주방 안쪽으로 시선을 고정했다.

"그래요? 그럼 한번 가 볼까."

샤메인은 발걸음을 돌려 부엌으로 들어가서 바로 앞에 보이는 문을 바라보았다. 샤메인은 아까처럼 힘껏 손잡이를 돌렸지만 문이 열리지 않았다.

'휴우. 이 문은 절대 안 열리겠는걸. 그만둬야겠어.'

막 포기하려던 순간, 손잡이가 왼쪽으로 돌아갔다.

잠시 후, 샤메인은 창문이 활짝 열려 있는 기다란 복도에 서 있었다. 창문으로 들어온 바람에 상쾌한 하얀 눈 냄새와 갓 피어난 꽃향기가 실려 왔다. 문을 열다 문틀에 무릎까지 찧을 뻔했던 샤메인은 가파른 목초지와 저 멀리 푸른 평야의 아련한 섬광이 복도를 비추는 광경에 깜짝 놀라지 않을 수 없었다.

샤메인 앞에 또 다른 문이 보였다. 이번에는 문이 쉽게 열렸다. 자주 사용하던 문처럼 부드러웠다. 샤메인은 창문 너머로 보이는 아름다운 풍경도 잊은 채, 희미한 냄새를 따라서 주춤주춤 걸음을 옮겼

3. 요정이 된 하울

다. 그리고 상쾌한 기분에 젖어 코를 높이 치켜들고 익숙한 냄새를 마음껏 들이마셨다. 바로 오래된 책에서 풍기는 퀴퀴한 곰팡이 냄새였다. 한눈에 보기에도 족히 수백 권이 넘을 것 같은 책들이 방 안 가득 들어차 있었다. 사방 벽면에 세워진 책장에 책이 나란히 꽂혀 있고, 바닥에도 책상 위에도 온통 책이 쌓여 있었다. 대부분이 고서들로 표지가 가죽인 것 같았다. 바닥에 쌓여 있는 책 중에 최근 것으로 보이는 현란한 색상의 표지도 눈에 띄었다.

'이 방은 윌리엄 고조부님의 서재인 게 분명해.'

"와!"

샤메인은 감동했다.

현관 앞 정원에 피어 있는 우아한 수국도, 창문 너머로 보이는 아름다운 풍경도 마다한 채, 샤메인은 책상 위의 책들에 온통 마음을 빼앗겼다. 커다랗고 두꺼운 데다 퀴퀴한 곰팡이 냄새가 배인 고서들. 어떤 책들은 함부로 읽었다간 엄청난 위험에 빠질 수도 있다고 경고라도 하듯 단단히 걸쇠가 잠겨 있었다. 하지만 이미 샤메인 손에는 마음대로 휘갈겨 쓴 두꺼운 종이 한 장이 들려 있었다.

샤메인은 책상 앞에 놓인 푹신한 의자에 앉아서 편지를 읽어 내려갔다.

사랑스러운 샤메인에게

내가 없는 동안 집을 돌봐 주겠다고 흔쾌히 허락해 주어서 고맙구나. 요정들 말로는 2주 정도 치료를 받으면 될 거라고 하더구나.

(정말 다행이네! 샤메인은 속으로 생각했다.) 혹시 문제가 생길 경우에는 한 달이 걸릴 수도 있지만. (이런!) 집 안이 온통 엉망진창이지만 부디 이해해 주길 바란다. 사실 지금까지 꽤 오랫동안 병석에 누워 있었단다. 넌 재능이 뛰어난 꼬마 아가씨니까 쉽게 이 집에 적응하리라 믿는다. 어려운 일이 생길 경우를 대비해서 집 안 곳곳에 해결책을 말해 두었어. 언제든 궁금한 게 있으면, 큰 소리로 물으면 돼. 그럼 곧바로 대답을 들을 수 있을 거야. 복잡한 문제를 해결할 수 있는 방법은 옷가방 안에 넣어 두었다.

웨이프를 잘 돌봐 주길 바란다. 오랫동안 나랑 떨어져 지내서 불안해할지 모르니까.

책상 위에 올려 둔 책만 빼고 서재에 있는 다른 책들은 마음껏 읽어도 좋아. 책상 위의 책은 대부분 강력한 마법이거나 네가 감당하지 못할 마법들이거든. (맙소사! 누가 마법 따위에 신경이나 쓸 줄 알고?) 내가 없는 동안, 이 집에서 행복한 시간을 보낼 수 있길 바란다. 빠른 시일 내에 고마운 마음을 표현할 기회가 오기를 바라며.

사랑을 담아서

외고조부 윌리엄 놀랜드

"친고조부님인 줄 알았는데. 아하, 셈프로니아 숙모님의 증조부님이시구나. 숙모님은 돌아가신 아빠의 숙부님이랑 결혼을 하신 거야. 아쉽네. 고조부님이 가진 마법의 재능을 물려받았으면 싶던 참인데."

샤메인은 허공에 대고 예의 바른 목소리로 외쳤다.

"감사합니다, 고조부님!"

'아무 대답이 없군. 하긴, 대답이 들릴 리가 없지. 이건 질문이 아니니까.'

곧이어 샤메인은 책상 위에 놓인 책들을 한 권씩 꼼꼼히 살펴보기 시작했다.

샤메인이 한 손에 들고 있는 두꺼운 책은 《공간과 무(無)의 책》이었다. 책을 펼치자 온통 백지뿐이었지만, 별로 놀라지는 않았다. 그러나 백지를 한 장씩 넘길 때마다 손가락 끝으로 꽁꽁 숨겨 둔 마법이 그르렁거리는 몸부림을 느낄 수 있었다. 샤메인은 재빨리 책을 내려 두고 《점성 안내서》라고 적힌 다른 책을 집어 들었다. 글씨는 좀처럼 찾아보기 힘들었다. 온통 검은 점으로 연결된 도형과 온갖 형태 안에 검은 선 주변으로 수많은 정사각형 빨간 점이 찍혀 있을 뿐이었다. 샤메인은 적잖이 실망했지만 한참 동안 책에 그려진 도형을 뚫어져라 살펴보았다. 책에 그려진 도형에 최면을 거는 뭔가가 있는 게 분명했다. 샤메인은 현기증을 느끼며 책을 내려놓고 다시 《심화 고급 마법》이라고 적힌 책을 집어 들었다. 물론 이번에도 샤메인의 취향과는 거리가 먼 종류였다. 빽빽한 글씨로 긴 문단이 계속 이어졌고, 대부분 이런 식의 글로 시작되고 있었다.

이전의 연구에서 도출된 결과를 토대로 추정해 볼 때, 불규칙 전형적인 현상학의 확장으로 접근할 수 있는 방법을 찾을 준비를…….

'글쎄요, 전혀 준비가 안 된 것 같아요.'

샤메인은 속으로 생각했다.

샤메인은 들고 있던 책을 책상에 내려놓고 구석에 놓인 꽤 두꺼워 보이는 정사각형의 책을 한 권 집어 들었다. 제목은 《마법의 책》이었는데, 책장을 펼쳐 보니 이해할 수 없는 요상한 글씨가 가득 적혀 있었다.

'잉그리어로 쓴 것 같군.'

샤메인은 한눈에 단정 지었다. 그런데 그보다 흥미로운 것은, 그 책이 세계 각국에서 날아든 편지를 누르는 문진으로 사용되고 있다는 점이었다. 오랜 시간 동안 편지 하나하나를 샅샅이 뒤져 보면서 샤메인은 윌리엄 고조부님에 대한 호감이 점차 커졌다. 이것들은 대부분 윌리엄 고조부에게 마법에 대한 조언을 구하기 위해서 다른 마법사들이 보낸 편지였다. 분명, 윌리엄 고조부를 최고의 마법사로 여기는 것 같았다. 물론 최근 새롭게 마법을 발견한 일을 축하하는 내용의 편지도 있었다. 글씨가 형편없다는 공통점도 있었지만, 샤메인은 잔뜩 인상을 찌푸리면서 그중에서도 가장 글씨가 엉망인 편지 하나를 불빛 아래 가져다 댔다.

친애하는 놀랜드 마법사님계 (여기까지는 그나마 읽을 만하군.)
마법사님이 집필하신 《중요 주문들》은 제 당계의 작업에 아주 큰
도움이 되었습니다.(당계? 단계를 잘못 쓴 건가? 샤메인은 의아했다.)
한 가지, 《머독의 귀》 선집과 연관되어, 제가 발견해 낸 소소한 내

3. 요정이 된 하울

용을 알려드리고자 합니다. (멀린의 군대? 머피의 법칙? 하나도 알아볼 수가 없잖아! 이제 거의 자포자기하는 심정이었다.) 다음에 하이놀랜드 지역을 방문할 기회가 된다면, 잠시 이야기를 나눌 기회를 얻을 수 있을까요?

당신의 매혹적인(마력적인? 젠장! 글씨가 뭐 이래?)

마법사 하울 펜드래건

"맙소사! 맙소사! 부지깽이로 글씨를 쓴 게 분명하군!"

샤메인은 다음 편지를 집어 들면서 소리쳤다.

이번 편지는 폐하가 친필로 작성한 것으로 구식 글씨체에 잔뜩 흘려 쓰긴 했지만, 아까보다는 훨씬 읽기가 편했다.

윌리엄에게

샤메인은 애칭을 보고는 경외감과 놀라움에 빠져들었다.

'우리 왕국의 최대 사안'이 막 중반을 넘어선 상태지만 아직 현자를 구하지 못했소. 그대의 도움을 받아야 할 것 같아. 그대를 향한 나의 진정한 우정을 표현하고자 요정들을 보내니 빠른 시일 내로 건강을 회복할 수 있기를 바라는 바요. 곧 그대의 더할 나위 없는 귀중한 조언과 격려를 받을 수 있는 날이 오기를 바라고 있소. 부디 몸조리 잘하시길.

그대의 참된 희망,

하이놀랜드의 왕 아돌푸스

'그러니까, 폐하께서 요정을 보내신 거였구나!'

"대단해, 정말 끝내 줘!"

샤메인은 중얼거리며 마지막 편지 뭉치를 훅훅 넘겼다. 편지는 하나같이 한껏 공들여 쓴 낯선 글씨체가 대부분이었다. 매번 다른 표현을 사용했지만 요점은 같았다.

놀랜드 마법사님, 제발 저를 제자로 삼아 주세요. 제게 기회를 주십시오.

어떤 사람은 윌리엄 고조부에게 돈을 빌려 달라고 부탁하기도 했다. 누군가는 마법의 다이아몬드 반지를 주겠노라고 했고, 여자가 보낸 것 같은 다른 편지는 보기에도 딱하다 싶을 정도였다.

저는 별로 예쁘지 않아요. 하지만 우리 언니는 정말 미인이죠. 저를 제자로 받아 주신다면 언니가 마법사님과 결혼해 드릴 수 있대요.

샤메인은 질겁하면서 나머지 편지 뭉치를 황급히 살펴보았다. 이런저런 편지를 읽다 보니 문득 얼마 전 폐하에게 보낸 편지가 떠올랐다.

3. 요정이 된 하울

'정말 쓸데없는 짓을 했구나.'

샤메인은 생각했다. 매일같이 이런 편지를 받는다면 곧바로 '거절' 편지를 보낼 게 분명해 보였기 때문이다. 샤메인은 편지 뭉치를 주섬주섬 모아서《마법의 책》아래로 밀어 넣었다. 책상 뒤쪽에는 나중에 살펴보자고 마음먹었던 두껍고 커다란《사물 마법》이라는 제목의 책들이 나란히 세워져 있었다. 샤메인은 손에 잡히는 대로 책 몇 권을 뽑아 들었다.《펜트스테먼 여사의 행로: 진실로 향하는 지침》이라고 적힌 책을 보자 왠지 설교처럼 딱딱할 것 같다는 생각이 스쳤다. 다른 책의 걸쇠를 엄지손가락으로 누르자,《팰림프세스트의 코》라는 첫 장이 활짝 펼쳐졌다. 한 장씩 뒤로 넘기자, 각각의 장마다 새로운 주문이 자세히 설명되어 있는 것이 아닌가. 분명히 주문이었다. 제목에는 주문의 내용이 적혀 있고, 아래쪽에는 필요한 재료와 단계별 수칙이 상세히 설명되어 있었다.

"이런 거라면 대환영이지!"

샤메인은 소리치고 자리에 앉아 찬찬히 책을 읽기 시작했다.

꽤 시간이 흐른 뒤에도, 샤메인은 어떤 주문을 실험하면 좋을지 깊은 고민에 잠겼다. '친구와 적을 구분하는 주문', '속마음을 들여다볼 수 있는 주문', '하늘을 나는 주문' 중에서 한참을 고심했다. 그러다 갑자기 급하게 화장실에 가고 싶어졌다. 독서에 열중할 때면 순간적으로 용변이 급해지기도 했다. 샤메인은 두 다리를 꼬면서 자리에서 벌떡 일어났다. 그런데 아직까지 화장실이 어딘지도 모르고 있다는 사실이 문득 떠올랐다.

"어머나, 대체 화장실이 어디에 있는 거야?"

샤메인이 다급한 목소리로 외쳤다.

다행스럽게도 윌리엄 고조부님의 기운 없는 친절한 목소리가 허공에 울려 퍼졌다.

"얘야, 복도를 따라가다가 왼쪽으로 돌면 된단다. 오른쪽에 보이는 첫 번째 문이야."

"감사합니다!"

샤메인은 숨을 헐떡이며 달리기 시작했다.

3

마법의 주문

화장실은 윌리엄 고조부님의 온화한 목소리처럼 포근했다. 바닥에는 오래된 푸른빛의 초록 구슬이 깔려 있고 작은 창문에는 초록색 그물 커튼이 펄럭였다. 집에서 흔히 보던 갖가지 욕실 용품이 전부 구비되어 있었다.

'우리 집 물건들이 진짜 좋은 거였구나.'

다행인 것은 수도꼭지와 수세식 변기까지 갖춰져 있다는 점이었다. 사실 욕조와 수도꼭지가 조금 이상하게 생기긴 했다. 알뿌리 모양이라고 할까. 마치 수도꼭지를 설치한 사람이 물줄기를 어디로 향해야 할지 몰라 아무렇게나 설치한 것처럼. 하지만 시험 삼아서 수도꼭지를 틀어 보니 예상했던 대로 뜨거운 물과 찬물이 시원하게 콸 콸 쏟아졌다. 게다가 거울 아래 있는 수납장에는 폭신한 수건까지 준비되어 있었다.

'빨랫감을 욕조에 집어넣으면 어떨까?'

샤메인은 고민에 잠겼다. 그런데 탈수는 어떻게 하지?

화장실에서 복도를 가로질러 멀리 어두컴컴한 곳까지 기다랗게 문들이 늘어서 있었다. 샤메인은 거실로 연결되는 곳이기를 바라며 제일 가까운 곳에 있는 문을 살짝 밀었다. 하지만 거실이 아닌 작은 침실이 보였다. 방 안이 온통 엉망진창인 걸로 봐서 윌리엄 고조부님의 침실이 분명했다. 새하얀 침대 커버는 잔뜩 어질러진 침대 바닥까지 축 늘어져 있었고 줄무늬 잠옷과 윗도리 몇 개가 방바닥에 아무렇게나 팽개쳐져 있었다. 셔츠는 서랍장 밖으로 삐죽 튀어나와 있고 그 옆으로 양말과 속옷 나부랭이가 정신없이 걸쳐져 있었다. 활짝 열린 벽장에는 케케묵은 냄새가 나는 작업복이 흩어져 있었다. 창문 밑으로 빨랫감이 가득한 부대 자루 두 개가 더 있었다.

샤메인은 볼멘소리로 크게 외쳤다.

"정말 오랫동안 아프셨나 봐! 이 모든 걸 내가 떠맡아야 하는 이유가 뭘까?"

샤메인은 너그러운 마음을 가지려고 애썼다. 그때 침대가 씰룩씰룩 움직이기 시작했다. 샤메인은 깜짝 놀라며 침대 위로 겅중 뛰어올라 꾸물거리는 물체에 정면으로 맞섰다. 주인공은 바로 웨이프였다. 웨이프는 두툼한 침대 커버에 몸을 둥글게 말고 앉아서 몸에 있는 벼룩을 털어 대는 중이었다. 그러다가 샤메인이 째려보자 가느다란 꼬리를 살랑살랑 흔들더니 납작 엎드려 바닥을 기어 다녔다. 쫑 긋 세웠던 귀는 축 늘어뜨리고 끙끙 불쌍한 울음소리를 냈다.

"침대 위로 올라가면 안 되잖아! 엄청 편해 보이긴 하지만, 그래도 혹시 그 침대에서 자다가 저주라도 걸리면 안 될 테니까."

샤메인은 씩씩한 걸음걸이로 방을 빠져나와 두 번째 방문을 열었다. 다행히 침실이 하나 더 있었다. 윌리엄 고조부 방이랑 구조는 똑같았지만, 이번 방은 아까와 달리 깔끔하게 정돈되어 있었다. 침대도 깨끗하고 침대보도 단정하게 개어져 있는 데다, 벽장문도 닫혀 있었다. 게다가 서랍장도 텅 비어 있었다. 샤메인은 만족스러운 표정으로 고개를 끄덕이고는 복도 쪽으로 나와 다음 방으로 향했다. 이번 방도 역시 침실이었다. 그다음, 또 그다음도 똑같은 구조의 침실이었다.

샤메인은 웨이프가 침대에서 내려왔는지 확인하기 위해 복도로 돌아갔다. 웨이프는 두 발을 허공에 대고 욕실 문을 벅벅 긁고 있었다.

"화장실에 들어가 봤자 별거 없을 텐데. 네가 쓸 만한 건 아무것도 없어."

샤메인은 다른 방문으로 걸어갔다. 이번에는 문을 열기도 전에, 문이 스르륵 열렸다. 그 문 너머로 익숙한 부엌이 나타났다. 웨이프는 생기발랄한 걸음으로 부엌으로 쏙 들어갔다. 샤메인은 끙 신음 소리를 냈다. 부엌은 엉망진창인 모습 그대로였다. 때가 덕지덕지 굳어진 오지그릇과 빨래 가방, 흥건히 고인 찻물 가운데 내동댕이쳐진 찻주전자까지. 샤메인의 옷은 식탁 옆에 그대로 쌓여 있었고, 벽난로에는 커다랗고 푸른 비누 한 장이 내팽개쳐져 있었다.

"비누를 까맣게 잊고 있었어."

웨이프는 의자 밑받침에 앙증맞은 앞발을 올리고 뭔가를 호소하듯 작은 몸뚱이를 길게 늘였다.

"또 배가 고픈 거로구나. 나도 배고프다."

샤메인은 바로 알아차렸다. 샤메인은 가방을 열어 음식을 꺼내 의자에 앉았고, 웨이프는 샤메인의 왼쪽 다리 아래에 엎드렸다. 둘은 고기파이를 나누어 먹고 과일 타르트와 도넛 두 개, 초콜릿 비스킷 여섯 개, 커스터드 푸딩 하나를 연달아 해치웠다. 웨이프는 배가 찼는지 둔해진 걸음으로 터벅터벅 안쪽 문을 향해 걸음을 옮겼다. 웨이프가 두 발을 들기도 전에 문이 활짝 열렸다. 샤메인은 널브러진 옷을 주섬주섬 집어 들고 그 뒤를 따랐다. 아까 점찍어 두었던 첫 번째 빈 침실에 가져다 둘 생각이었다. 그런데 일이 꼬이기 시작했다. 침실이 늘어서 있는 복도로 가려고 별생각 없이 한쪽 팔꿈치로 문을 밀었지만, 눈앞에 펼쳐진 것은 시커먼 어둠뿐이었다. 샤메인은 당황한 나머지 또 다른 문을 열려다가, 팔꿈치를 손잡이에 쾅 부딪혔다.

"아얏!"

샤메인은 더듬더듬 손잡이를 찾아 겨우 문을 열었다.

장엄하게 문이 열렸다. 사방을 둘러싼 아치형 창문으로 환한 빛이 가득 들어왔다. 방은 컸지만 통풍이 안 되는지 퀴퀴한 가죽 냄새와 한참 방치된 듯한 온갖 악취가 코를 찔렀다. 한참 유행이 지난 무늬가 새겨진 의자의 가죽 시트에서 풍기는 게 분명했다. 의자 앞에는

　　　　　　　　　　　　　　　　　　　3. 요정이 된 하울

방 전체를 차지할 정도로 커다란 탁자 하나가 있었고, 탁자 위에는 가죽 매트가 놓여 있었다. 그 위로 오래된 압지가 깔려 있었는데, 뒤쪽에 하이놀랜드 문양이 새겨진 커다란 의자 하나를 제외하면 의자에도 전부 압지가 깔려 있었다. 문장이 새겨진 큰 의자 앞에는 가죽 매트 대신 두껍고 짧은 막대기 하나가 놓여 있었다. 의자, 탁자, 가죽 매트 할 것 없이 물건들은 온통 뿌연 먼지가 덮여 있고, 창틀 구석마다 거미줄이 쳐져 있었다.

샤메인은 그 광경을 빤히 바라보며 말했다.

"뭐지? 식당인가? 침실을 어떻게 찾아가야 하는 거야?"

저 멀리서 아주 희미하게 윌리엄 고조부의 목소리가 들려왔다.

"애야, 거긴 회의실이란다. 거기 계속 있다간 길을 잃기 쉽단다. 그러니까 내 말을 잘 들으렴. 시계 방향으로 한 바퀴 돌면서 왼손만 사용해서 문을 열면 된단다. 문을 열고 나간 뒤, 뒤돌아보지 말고 그대로 문을 닫으렴. 그리고 왼쪽으로 크게 두 걸음 걸어가면 바로 욕실이 나올 게다."

'그 말이 맞길 바라요!'

샤메인은 간절한 바람을 담아 윌리엄 고조부가 시키는 대로 했다.

모든 게 순조롭게 해결됐다. 등 뒤로 문이 닫히는 잠시 동안 칠흑같은 어둠 속에 덩그러니 놓여 있던 걸 제외한다면 말이다. 아무튼 샤메인은 난생처음 보는 복도를 뚫어져라 쳐다보며 서 있었다. 그곳에는 허리가 구부러진 노인이 손수레를 밀고 있었는데, 손수레 안에는 하얀 김이 나는 은 찻주전자, 우유 주전자, 풍로가 달린 식탁 냄비와 핫케이크처럼 생긴 음식이 한가득 쌓여 있었다. 샤메인은 큰 소리로 말을 걸고 싶었다. 그러나 노인이나 자신에게 별 도움이 되지 않을 것 같아 조용히 왼쪽으로 크게 두 걸음을 옮겼다. 다행히도 욕실 바로 앞에 도착해 있는 자신을 발견할 수 있었다. 또한 윌리엄 고조부의 침대 위에서 빙글빙글 돌며 편한 자리를 찾느라 애쓰는 웨이프의 모습도 눈에 들어왔다.

"휴우!"

샤메인은 안심하며 바로 옆에 있는 침실로 들어갔다. 그러고는 옷꾸러미를 옷장 제일 위 칸 서랍에 쑤셔 넣었다.

샤메인은 복도 끝에 활짝 열린 창가로 터벅터벅 걸어갔다. 그러고는 한참을 창가에 서서 밝은 태양이 비추는 초원을 한동안 바라보며 창문으로 불어오는 상쾌한 공기를 한껏 들이마셨다.

'웬만큼 건장하기만 하면 이 집에 몰래 들어오고 나가는 건 문제도 아니겠어.'

샤메인은 생각에 잠겼다. 머릿속에는 윌리엄 고조부의 책상에서 읽었던 마법의 주문들이 가득 차 있었다. 마법이나 주문을 태어나서 처음 접하기 때문이리라. 좀처럼 억누르기 힘든 강렬한 감정이었다.

'아무 쪽이나 펼쳐서 하나만 시험해 보자. 딱 하나만.'

서재로 돌아와 보니, 어느새 《팰림프세스트의 코》는 '잘생긴 왕자님을 찾아 주는 주문'이 펼쳐져 있었다. 샤메인은 단호히 고개를 가로젓고 책을 덮었다.

"누가 왕자 따위가 필요하대?"

그리고 다른 주문이 나오기를 기대하며 다시 한번 책을 활짝 펼쳤다. 제목란에 '하늘을 나는 주문'이라고 적혀 있었다.

"좋았어! 이런 게 훨씬 낫지!"

샤메인은 안경을 쓰고 주문에 필요한 재료가 뭔지 자세히 읽었다.

종이 한 장과 깃펜(둘 다 책상에 있는 거네), 달걀 하나(부엌에 있나?), 분홍색과 파란색 꽃잎 한 장씩, 물 여섯 방울(이건 욕실에서 받으면 되고), 빨간 머리카락 하나, 하얀 머리카락 하나, 진주 단추 두 개.

"별로 어려울 것도 없겠어."

샤메인은 안경을 벗고 마법에 필요한 재료를 모으기 위해 서둘러 움직였다. 제일 먼저 부엌으로 갔다. 이번에는 욕실 문을 열어 두고 돌아왔는데, 드디어 혼자 힘으로 방을 잘 찾아왔다는 생각에 말할 수 없는 짜릿함을 느꼈다.

샤메인은 허공에 대고 외쳤다.

"달걀은 어디 있나요?"

윌리엄 고조부의 인자한 목소리가 들려왔다.

"식료품 저장실 오지그릇 안에 있단다. 아마 빨래 가방 뒤에 뒀을 거야. 집 안을 엉망으로 해 놓고 와서 미안하구나."

샤메인은 식품 저장실로 들어가 빨래 가방 너머로 몸을 구부렸다. 오래된 파이 접시에 대여섯 개의 달걀이 놓여 있었다. 샤메인은 달걀 하나를 꺼내서 서재로 돌아왔다. 어느새 안경이 벗겨져 기다란 줄에 대롱대롱 매달려 있던 터라,《팰림프세스트의 코》의 책장이 '숨겨진 보물을 찾는 주문'으로 넘어가 있다는 걸 미처 발견하지 못했다. 샤메인은 서재 창문 쪽으로 바쁘게 움직였다. 정원에는 분홍색과 파란색 수국이 활짝 피어 있었다. 샤메인은 꽃잎 두 장을 따서 준비해 둔 달걀 옆에 내려놓고 다시 욕실로 바삐 이동했다. 그리고 양치용 머그잔에 물 여섯 방울을 받았다. 부엌으로 돌아오는 길에 윌리엄 고조부의 담요 위에 동그랗게 몸을 말고 누운 웨이프에게 다가갔다.

"미안."

샤메인은 웨이프의 등을 덮고 있는 덥수룩한 하얀 털을 손가락으로 헤집었다. 그리고 하얀 털을 한 움큼 들고 부엌으로 돌아와 꽃잎 옆에 가지런히 내려놓았다. 물론 빨간 머리카락은 자신의 것을 사용했고 진주 단추는 블라우스에서 떼어 낸 두 개의 단추로 대신했다.

"좋았어."

샤메인은 안경을 끼고 다시 주문을 열심히 읽어 내려갔다.《팰림프세스트의 코》는 이제 '개인 보호를 위한 주문'으로 넘어가 있었다. 하지만 샤메인은 너무 들뜬 나머지 이번에도 알아차리지 못했다. 샤메인은 주문을 거는 방법만 뚫어져라 살폈다. 주문은 총 다섯 단계로 나뉘어 있었다. 첫 번째 단계는 "종이와 깃펜을 제외하고 적당한 크기의 사발에 모든 재료를 집어넣는다"였다. 샤메인은 안경을 벗고 이 방 저 방 돌아다니며 사발을 찾아 헤맸지만, 쓸 만한 사발이 좀처럼 눈에 띄지 않아 결국 다시 부엌으로 돌아와야 했다. 샤메인이 부

3. 요정이 된 하울

엌에 가 있는 동안, 조심스럽고 은밀하게 책장 몇 장이 또 넘어갔다.

결국 설탕 단지로 보이는 그릇에 남은 설탕을 그나마 덜 더러워 보이는 접시에 옮겨 담고 다시 자리로 돌아왔을 때는 '마법의 힘을 증가시키는 주문'이 펼쳐져 있었다. 이번에도 샤메인은 아무것도 알아차리지 못했다. 샤메인은 책상 위에 설탕 단지를 올려놓고, 그 안에 달걀 두 개를 넣고는 꽃잎 두 장과 머리카락 두 개, 마지막으로 진주 단추를 넣은 후 물 여섯 방울을 떨어뜨렸다. 그러고는 안경을 쓰고 다음 단계를 확인하기 위해서 책을 들여다보았다. 이번에는 '투명인간이 되는 주문'이 펼쳐져 있었다. 하지만 이번에도 주문의 내용을 살피느라 다른 쪽이 펼쳐져 있다는 걸 알아차리지 못했다.

두 번째 단계에서는 "오직 깃펜만 사용해서 모든 재료를 섞는다"고 적혀 있었다. 깃펜으로 달걀을 부수기란 쉬운 일이 아니었지만, 깃펜의 날카로운 부분으로 달걀을 사정없이 찍어 대니, 그럭저럭 달걀 껍데기가 조각조각 으스러졌다. 안간힘을 쓰며 온갖 재료를 섞느라 머리카락이 얼굴을 뒤덮는 바람에, 언뜻 보면 빨간 새끼줄이 얼굴을 휘감고 있는 것처럼 보였다. 재료가 잘 섞이지 않아 한참 애를 먹은 끝에 마침내 모든 재료가 적절하게 섞이자, 샤메인은 깃펜 끝을 탈탈 털어 냈다. 우여곡절 끝에 두 번째 단계를 마무리하고 고개를 들었을 때, 샤메인은 숨이 턱까지 차오른 상태였다. 끈적이는 손가락으로 얼굴에 내려온 머리칼을 정돈하는 사이, 책은 또다시 새로운 장으로 넘어가 있었다. 이번에는 '불을 피우는 주문'이었다. 하지만 이번에도 샤메인은 안경알에 묻은 달걀 반죽을 닦아 내느라 정신이 없었다. 겨우 안경알을 깨끗이 닦아 내고 세 번째 단계를 읽어 내려갔다. 세 번째 단계는 "'헤게모니 가우다'를 세 번 암송한다"였다.

샤메인은 설탕 단지를 바라보며 "헤게모니 가우다"라고 작게 읊조렸다. 어리둥절한 상태로 주문을 세 번 외우는 순간, 진주 단추 옆에서 달걀 거품이 보글보글 끓어오르는 것이 보였다.

'어쩜, 주문이 걸렸나 봐!'

다시 안경을 코에 걸치고 네 번째 단계를 읽었다. 이번에는 '마음대로 물건을 움직이는 주문'이었다.

깃펜을 들고 오각형의 도형 안에 YLF라고 적는다. 이때, 종이를 절대로 건드리지 않도록 유의하라.

샤메인은 달걀 껍데기와 분홍 꽃잎 부스러기가 뚝뚝 떨어지는 끈적이는 깃펜을 들고 최선을 다해 글자를 써 내려갔다. 하지만 반죽이 너무 질어서 글씨를 쓰기가 여간 힘들지 않은 데다, 종이가 고정되도록 만드는 것만도 힘들었다. 반죽을 묻혀서 펜촉으로 조심조심 긁어내리는 동안, 종이가 사방으로 움직이고 펜촉이 제멋대로 미끄러졌다. 'YLF'라고 적어야 하는데 지렁이가 기어가는 것처럼 삐뚤삐뚤하게 쓰인 글자는 알아보기도 힘든 데다, 반죽에 넣은 빨간 머리카락이 삐져나와 글자 위에 기묘한 문양을 만들어 내는 바람에 HOOF라고 쓴 것처럼 보일 정도였다. 게다가 오각형을 그려야 하는데 샤메인이 선을 그리는 중에 종이가 이리저리 움직이는 통에 겨우 네 개의 선을 그리는 데 성공했을 정도였다. 마침내 삐뚤거리는 노른자 한쪽 구석으로 강아지 털이 들러붙은 형태로 오각형이 겨우 완성되었다.

샤메인은 깊은 숨을 들이마시며 꾸덕꾸덕 굳어진 반죽이 묻은 손으로 머리칼을 뒤로 쓸어 넘기면서 주문의 다섯 번째 단계를 유심히 읽었다. 이제 책은 '소원을 이뤄 주는 주문' 페이지가 펼쳐져 있었지만, 샤메인은 정신이 없는 상태라서 처음과 다른 주문일 거라는 상상은 전혀 하지 못했다. 다섯 번째 단계는 "깃털을 단지에 넣고 손뼉을 세 번 치고 '택스'라고 말한다"였다.

"택스!"

샤메인은 끈적이는 손으로 힘껏 박수를 친 다음 외쳤다.

분명히 무슨 일이 벌어진 게 틀림없었다. 종이와 설탕 단지, 깃펜이 눈 깜박할 사이에 흔적도 없이 사라졌다. 윌리엄 고조부 책상 위로 떨어졌던 끈적거리는 국물 자국도 함께. 그리고 《팰림프세스트의 코》가 달칵 소리를 내며 굳게 닫혔다. 양손에서 반죽 부스러기가 우수수 떨어지는 가운데 샤메인은 놀라서 뒷걸음쳤다. 좀처럼 떨리는 마음을 진정시킬 수 없는 데다 왠지 모를 흥분감에 휩싸였다.

"그럼 이제 하늘을 날 수 있어야 하잖아."

샤메인이 혼잣말로 중얼거렸다.

"하늘을 날 수 있는지 시험해 볼 장소가 어디 있을까."

샤메인은 서재 밖으로 나가서 복도 끝을 향해 성큼성큼 걸어갔다. 가파른 초원이 한눈에 보이는 창문이 활짝 열려 있는 게 보였다. 장문이 큼지막하고 창틀이 낮아서 밖으로 넘어가기 딱 알맞은 높이였다. 눈 깜빡할 사이에 샤메인은 저녁노을이 비추는 초원 위로 올라갔다. 그리고 산의 맑고 차가운 공기를 흠뻑 들이마셨다.

샤메인은 하이놀랜드가 한눈에 내려다보이는 산꼭대기 바로 위쪽에 서 있는 셈이었다. 벌써 시커먼 어둠이 사방을 물들이고 있었다. 반대쪽으로는 주황빛을 뿜어내는 태양이 눈 덮인 산봉우리 너머로 점점 잦아들고 있었다. 그 산봉우리를 기점으로 하이놀랜드, 스트레인지아, 몬탈비노 등의 여러 국가들이 나뉘어 있었다. 광활한 잿빛 하늘 너머로 삐죽삐죽 솟은 산봉우리에는 불길한 기운을 품은 선홍빛 구름 떼가 대롱대롱 걸려 있었다. 하이놀랜드의 평소 기후로 볼 때, 곧 비가 올 게 분명했다.

저 멀리 바위 너머 초원에서는 한가로이 풀을 뜯고 있는 양 떼가 보였다. 거기서 멀지 않은 곳에서 소 떼의 울음소리와 워낭 소리가 귓가를 간질였다. 워낭 소리가 들리는 곳으로 고개를 돌린 샤메인은 깜짝 놀랐다. 넓게 펼쳐진 초원에서 소 떼가 한가로이 풀을 뜯고 있었고, 방금 전에 뛰어나온 창문도, 윌리엄 고조부의 집도 흔적조차 보이지 않을 정도로 멀어져 있었다.

샤메인은 침착하려고 애썼다. 이렇게 높은 산에 올라온 건 태어나서 처음이었지만, 산에서 내려다보는 풍경은 어찌나 아름다운지 감탄을 금치 못할 정도였다. 지금 밟고 있는 잔디는 동네에서 보던 잔디보다 훨씬 푸르렀다. 풋풋한 풀 향기도 가득했다. 조금 더 자세히 살펴보자, 수천 개의 작고 아름다운 꽃이 잔디 틈에서 빼꼼 고개를

3. 요정이 된 하울

내밀고 있는 게 보였다.

"어머나! 할아버지는 정말 운이 좋으세요! 서재 바로 옆에 이런 곳이 있다면 정말 멋질 것 같아요!"

샤메인은 큰 소리로 외쳤다. 그리고 잠시 동안, 더할 나위 없이 행복한 기분에 잠겨 주변을 이리저리 구경했다. 꽃밭에 모여드는 벌을 피해 꽃도 종류별로 하나씩 한 아름 꺾었다. 앙증맞은 주홍색 튤립과 하얀 튤립, 별처럼 빛나는 황금빛 꽃, 창백한 앵초, 자줏빛 실잔대, 블루컵, 분홍과 하양, 노란색을 띠는 수풀 사이에서 오렌지색 난초도 찾아냈다. 그중에서도 샤메인의 마음을 사로잡은 것은 푸른 능소화였다. 상상도 못 할 정도로 강렬한 푸른빛이 감도는 꽃이었다. 샤메인은 푸른 능소화가 분명히 용담(종 모양의 파란색 꽃이 피는 야생화의 일종—옮긴이)일 거라 생각하면서 몇 송이를 더 꺾었다. 작지만 완벽하리만치 푸른 기운이 감돌았다. 샤메인은 그 와중에도 초원 아래에 뭐가 있을지 궁금했다.

'깎아지른 듯한 절벽 아래에는 뭐가 있을까? 큰맘 먹고 절벽 아래로 뛰어내려 보면, 정말 하늘을 날 수 있게 됐는지 확인할 수 있을 거야.'

잠시 후, 더 이상 들 수 없을 정도로 양팔 가득 꽃을 꺾은 샤메인은 절벽 쪽까지 걸어와 있었다. 절벽 가장자리에는 아래로 뛰어내릴 수 있을 만한 바위 더미가 여섯 군데나 있었다. 샤메인은 그 순간 꽃다발을 안고 있다는 사실을 까맣게 잊고서 절벽 아래를 뚫어져라 내려다보았다. 푸른 초원은 높은 산의 허리쯤 되는 절벽에서 끊겼다.

저 멀리 아래로 가느다란 실처럼 도로가 보였고, 그 옆에 윌리엄 고조부의 집이 정원 틈바구니에 낀 작은 먼지 덩어리처럼 서 있었다. 다른 집들도 한눈에 보였다. 멀리 도로 주변으로 옹기종기 늘어선 집에서는 가느다란 오렌지색 불빛이 새어 나오고 있었다. 아래쪽으로 작은 집들이 멀찍감치 떨어져 있어서 샤메인은 시선을 돌릴 때마다 아찔해서 심장이 멎는 것 같았고 다리가 후들거렸다.

"지금 하늘을 날 수 있는지 시험해 보는 건 무리야."

'그런데 어떻게 절벽 아래로 내려가지?'

순간 들떠 있던 기분이 가라앉으면서 샤메인은 고민에 잠겼다.

'지금은 그런 걱정은 하지 말자. 멋진 풍경이나 감상하자!'

마음속에서 다른 목소리가 단호하게 말했다.

지금 서 있는 곳에서는 하이놀랜드 구석구석이 한눈에 내려다보였다. 윌리엄 고조부님 댁 너머로 푸른 초원이 폭포와 함께 반짝였다. 초원을 향해 뻗은 도로는 몬탈비노까지 연결되었고, 또 다른 길은 초원이 자리 잡은 볼록 튀어나온 산을 지나서 가느다란 실처럼 늘어져 있었다. 그리고 구불거리는 강줄기와 더불어 하이놀랜드시의 지붕은 큰 탑들과 작은 탑 사이에 뒤엉켜 있었다. 하이놀랜드 사방에서 밝은 빛이 쏟아져 나왔다. 샤메인은 유명한 로열 맨션의 황금빛 지붕과 펄럭이는 깃발의 광채를 감지할 수 있었다. 부모님이 계신 곳을 찾으라면 한눈에 찾을 수 있을 것 같았다.

마을 너머로는 작은 골짜기가 펼쳐져 있었다. 그곳은 산봉우리의 어두운 그림자에서 살짝 벗어나서 다른 곳보다 밝게 보였다. 저 멀리 황혼과 오렌지빛이 작은 점처럼 군데군데 박혀 있었다. 황태자인 루도빅 왕자가 살고 있는 거대하고 유명한 주와 성도 보였다. 다른 성에 대해서는 한 번도 들어본 적이 없었지만, 어쨌거나 그 성은 꽤 높고 음침하기까지 했다. 성 안쪽에서 하늘로 뻗은 높은 탑에서 연기가 피어올랐다. 멀리 도시의 심장부를 이루고 있는 농장과 마을, 상가들로 가득한 곳을 등지고 있는 넓은 평야가 검푸른 어둠 속으로 사라지고 있었다. 샤메인은 광활한 도시 너머로 잔뜩 안개가 낀 흐릿한 바다까지 볼 수 있었다.

'우리가 사는 곳이 아주 크지는 않은가 봐.'

샤메인은 이내 안고 있던 꽃에서 들려오는 윙윙 소리에 정신이 번쩍 들었다. 무슨 소리인지 살피려고 꽃다발을 높이 치켜들었다. 초원 위쪽에는 아직도 태양의 끝자락이 은은한 빛을 뿜고 있어서 푸른 능소화 한 송이가 진동하듯 떨리며 위잉 소리를 내는 모습을 볼 수 있었다. 꽃송이 안에 벌이 들어가 있는 걸 모르고 꺾은 게 틀림없었다. 샤메인은 꽃다발을 아래쪽으로 향하게 해서 힘껏 흔들었다. 자주색 빛을 띠는 곤충이 윙윙 소리를 내며 발 옆으로 툭 떨어졌다. 분명 평범한 벌과는 생김새 자체부터 달랐다. 그것은 훨훨 날아가는 대신 잔디에 그대로 앉아 계속해서 윙윙 소리를 냈는데, 윙윙 소리와 함께 몸집이 점점 커지는 게 아닌가! 샤메인은 겁에 질려 절벽 가장자리를 따라 옆으로 한 걸음 물러섰다. 곤충은 이내 웨이프보다 훨씬 더 커졌고, 점점 더 커지고 있었다.

'대체 저건 뭘까, 아무리 봐도 모르겠어.'

미처 피하거나 다른 방법을 찾을 사이도 없이, 물체는 샤메인의 키보다 두 배는 더 커졌다. 검은 자줏빛을 띤 사람의 형상이었지만, 진짜 사람처럼 보이지는 않았다. 등에는 속이 훤히 들여다보이는 자줏빛의 작은 날개가 달려 있어서, 몸통과 함께 요란한 소리를 내며 움직였다. 그리고 얼굴은, 샤메인은 눈길을 피하지 않을 수 없었는데, 완벽한 벌레의 형상이었다. 사물을 감지하는 더듬이까지 달려 있고, 볼록 튀어나온 눈에는 적어도 열여섯 개가 넘는 눈동자가 있었다.

"하느님 맙소사! 저게 바로 러벅인가 봐!"

샤메인이 속삭이듯 말했다.

"그래, 러벅이다."

무시무시한 물체가 말했다. 윙윙거리는 소리와 으르렁거리는 소리가 더해진 끔찍한 음성이었다.

"나는 러벅이다. 이 땅의 주인은 바로 나다."

샤메인은 러벅에 대해 들은 적이 있었다. 학교 친구들은 쉬쉬하면서 러벅에 대해 이야기했는데, 어떤 이야기든 하나같이 끔찍했다. 그때 들은 말로는 러벅을 만나면 최대한 예의 바르게 행동하고 쏘이거나 잡아먹히기 전에 도망쳐야 했다.

"죄송합니다. 당신 땅인 줄 모르고 우연히 들어오게 된 거예요."

속으로는 덜덜 떨렸지만 샤메인은 침착하게 말했다.

"일단 발을 디딘 이상 무단침입이야. 눈앞에 보이는 땅 전부가 내 것이니까."

3. 요정이 된 하울

러벅이 으르렁거리며 말했다.

"뭐라고요? 하이놀랜드 전부가요? 말도 안 돼요!"

"말이 안 될 것도 없지. 모두 내 것이다. 너도 물론이고."

러벅은 날개를 펄럭이며 끔찍하게 생긴 철사 덩어리로 이루어진 두 발을 슬그머니 움직였다.

"나는 언제든 내 것을 가질 권리가 있다. 너부터 말이야."

러벅은 씽 소리를 내며 샤메인 앞으로 성큼 다가섰다. 그와 동시에 양팔이 튀어나왔고 얼굴 아래쪽에 갈라진 틈으로 날카로운 침이 튀어나왔다.

샤메인은 외마디 비명과 함께 몸을 휙 돌렸고, 동시에 가파른 벼랑 아래로 떨어졌다. 샤메인이 안고 있던 꽃은 공중으로 흩날렸다.

비눗방울 놀이

샤메인은 벼랑 아래로 떨어지고 있었다. 강한 바람 소리 속에 러벅이 분노에 차서 윙윙거리는 쇳소리를 냈다. 눈앞으로 거대한 절벽 표면이 휙휙 스쳐 지나갔다. 샤메인은 미친 사람처럼 계속 외쳤다.

"YLF! YLF! 맙소사! YLF! 하늘을 나는 주문을 걸었는데 왜 안 되지?"

마침내 주문의 효력이 발휘됐다. 하늘 위로 돌진하던 바위가 점차 느려지면서 서서히 멈추기 시작했다. 순간, 샤메인은 낭떠러지 아래 울퉁불퉁하게 솟아오른 거대한 뾰족 바위 바로 위에서 위아래로 흔들리며 공중에 붕 떠 있었다.

'난 벌써 죽은 건지도 몰라.'

"말도 안 돼!"

샤메인은 똑바로 서려고 공중에 붕 뜬 상태로 발을 버둥거리고 손을 휘저었다. 점점 땅거미가 내리고 있는 저 멀리 400미터 정도 떨어진 곳에 윌리엄 고조부의 집이 보였다.

"공중에 둥둥 떠서 집까지 가면 되겠어. 그런데 어떻게 움직인담?"

이렇게 말하는 순간, 러벅에게 날개가 있다는 생각이 떠올랐다. 지금쯤 절벽 아래로 샤메인을 찾으러 날아오고 있을 터였다. 더 이상 날기 위한 방법 따위를 고민할 틈이 없었다. 샤메인은 있는 힘껏 발을 휘저으며 집 쪽으로 둥실둥실 떠갔다. 그리고 어느새, 현관 앞 정원을 가로질러 지붕 위에 도착했다. 그즈음, 하늘을 나는 주문도 풀린 것 같았다. 샤메인은 간신히 집 앞 샛길에 비틀거리며 내려앉았고, 겨우 작은 도로에 발을 내딛을 수 있었다. 쿵 소리와 함께 말끔하게 포장된 도로로 내려오기 직전까지도 온몸은 사시나무처럼 떨렸다.

'이제는 안전해!'

윌리엄 고조부님 집 안에 있다면 분명 안전할 거라는 확신이 들었다. 샤메인은 정말 그럴 거라고 확신했다.

잠시 후, 샤메인은 중얼거렸다.

"맙소사! 정말 힘든 하루였어. 처음 집을 봐 달라는 부탁을 받았을 때는, 조용히 책이나 실컷 읽을 수 있을 거라고 기대했는데……. 아무튼 셈프로니아 숙모님 너무하셔!"

그때 바로 옆 덤불이 부스럭거렸다. 다음 순간 수국 줄기가 구부러지면서 작고 파란 남자가 깡충 뛰어내리자, 샤메인은 너무 놀라 큰 소리로 고함을 지르며 도망쳤다.

"네가 이 집의 책임자 맞아?"

작고 푸른 남자가 샤메인을 뒤따라오며 쉰 목소리로 다그치듯 물었다.

땅거미가 내린 뒤였지만 그 남자의 피부는 자줏빛이 아닌 선명한 파란색이란 걸 알 수 있었다. 무시무시한 날개도 보이지 않았다. 불같은 성격 탓인지 얼굴에는 쭈글쭈글 주름이 잡혀 있었고, 커다란 코는 얼굴 절반을 넘게 차지했지만, 러벅처럼 생기지는 않았다.

그제야 샤메인은 공포에서 벗어났다.

"넌 누구지?"

샤메인이 물었다.

"나야 물론 코볼도(독일 전설에 나오는 장난꾸러기 꼬마 요정—옮긴이)지. 하이놀랜드 지역 대부분에 우리 코볼도가 살아. 난 여기서 정원 일을 하고 있어."

"한밤중에?"

"코볼도는 보통 저녁에만 움직이거든. 아까 뭘 물어봤더라. 아, 네가 여기 책임자 맞아?"

작고 푸른 남자가 말했다.

"글쎄, 그런 셈이지."

"그럴 줄 알았어. 커다란 요정들이 마법사를 데려가는 걸 봤거든.

그럼 수국 줄기를 전부 다 잘라 내기를 바라겠군?"

코볼도가 만족스러운 표정으로 말했다.

"무슨 이유로?"

샤메인이 물었다.

"난 나뭇가지 치는 걸 좋아해. 정원 일의 가장 큰 즐거움이니까."

코볼도가 의기양양하게 말했다. 샤메인은 태어나서 한 번도 정원일 따위를 고민해 본 적이 없지만, 지금은 신중하게 결정해야만 했다.

"싫어. 윌리엄 고조부님이 가지를 그대로 둔 건, 잘라 내는 걸 싫어하셨기 때문일 테니까. 얼마 뒤면 돌아오실 텐데, 온통 가지를 쳐 낸 걸 보시면 화내실 거야. 그냥 평소 하던 대로 하고 나중에 할아버지가 돌아오시면 여쭤 보지 그래?"

"당연히 싫다고 하겠지. 마법사들이란 남의 흥을 깨는 데는 도사거든. 그럼 보통 요금을 줄 거야?"

코볼도가 시름에 잠긴 목소리로 말했다.

"보통 요금이 뭔데?"

샤메인의 말이 떨어지기가 무섭게 코볼도가 대답했다.

"내가 금 한 그릇이랑 갓 낳은 달걀 열두 개를 가지고 가는 거야."

다행히 그때 윌리엄 고조부의 목소리가 허공에 울려 퍼졌다.

"얘야, 매일 밤 정원 일이 끝나면 롤로에게 마법으로 배달되는 우유를 500밀리리터씩 주고 있단다. 괜히 고민할 필요 없다."

코볼도는 정원 옆으로 뻗은 작은 길가에 침을 뱉었다.

"내가 뭐랬어? 남의 흥을 깨는 데는 도사랬지? 밤새 정원에 앉아 있어 주면 진짜로 일을 많이 할 수도 있는데."

샤메인이 잔뜩 점잔을 빼며 대답했다.

"난 좀 쉬어야겠어. 이제 들어갈게."

샤메인은 자리에서 일어났다. 온몸이 천근만근이었다. 두 다리에 힘이 빠져 현관까지 겨우 걸어왔다.

'또 문이 잠겨 있겠지. 집에도 못 들어가고 낑낑대면 얼마나 바보처럼 보일까?'

그러나 예상과는 달리 샤메인이 현관에 도착하기도 전에 문이 활짝 열렸다. 문이 열리자 눈이 부실 정도로 밝은 빛과 함께 꼬리를 살랑살랑 흔들며 뛰어오는 웨이프의 모습이 보였다. 샤메인은 무사히 집에 돌아왔다는 사실과 더불어 환영을 받는 게 너무 좋아서 웨이프를 번쩍 안아 들고는 집 안으로 들어갔다. 가슴에 안긴 웨이프는 온몸을 비틀면서 샤메인의 턱을 반갑게 핥았다.

집 안으로 들어서자, 샤메인이 가는 곳마다 밝은 빛이 비추었다.

"아주 좋아! 양초를 찾느라 고생할 필요도 없겠어."

샤메인이 외쳤다. 하지만 마음속에서는 여전히 무서운 고함 소리가 들렸다.

'창문을 열어 두고 갔잖아! 러벅이 집 안으로 들어올 수도 있어!'

샤메인은 부엌에 웨이프를 팽개치듯 내려놓고 황급히 문으로 빠져나갔다. 그리고는 복도 끝까지 전속력으로 달려가서 쾅 소리를 내며 창문을 굳게 걸어 잠갔다. 밝은 빛은 반가웠지만, 실내가 너무 밝은 탓에 집 밖의 초원이 더욱 어두워 보였고, 실눈을 뜨고 바깥을 살펴봐도 러벅이 있는지 알 수가 없었다. 바깥 초원에 서 있을 때, 창문을 통해 집 안이 들여다보이지 않았다고 생각하며 위안을 얻으려고 했지만, 여전히 온몸이 바들바들 떨렸다.

그 뒤로도, 샤메인은 좀처럼 떨리는 몸을 진정시키지 못했다. 부엌으로 돌아오는 동안에도, 웨이프와 고기파이를 함께 나눠 먹으면서도 온몸이 벌벌 떨렸다. 식탁 아래 고인 찻물이 웨이프를 온통 갈색으로 더럽히자, 더욱 떨렸다. 웨이프가 안길 때마다 샤메인의 몸은 끈적이는 찻물로 범벅이 되었다. 결국 주문을 거느라 단추를 떼어 내는 바람에 앞섶이 활짝 풀어진 블라우스를 벗어서 바닥에 고인 찻물을 닦아 냈다. 블라우스를 벗고 나니, 몸떨림이 더욱 심해졌다. 샤메인은 엄마가 가방에 챙겨 준 두꺼운 울 스웨터를 꺼내서 몸에 둘렀다. 그래도 몸이 떨리는 건 멈추지 않았다.

빗방울이 험악한 기세로 쏟아지면서 창문을 무섭게 두드렸다. 빗방울은 부엌 굴뚝 아래로 후드득 소리를 내며 떨어졌고, 샤메인은 아까보다 훨씬 심하게 몸을 떨고 있었다. 처음에는 충격을 받아서 떨리는 거라고 생각했지만 시간이 지나도 온몸에 한기가 가시지 않았다.

"맙소사! 할아버지, 어떻게 벽난로에 불을 붙이죠?"

샤메인이 소리쳤다.

"내가 마법을 걸어 두고 왔단다. 그냥 쇠살대(벽난로의 연료 받이―옮긴이)에 아무 물건이나 집어넣으면서 '불이여, 붙어라!'라고 소리치면 된단다."

샤메인은 두리번거리며 난로에 집어넣을 적당한 물건을 찾으려고 애썼다. 바로 옆 식탁에 놓인 가방이 보였지만, 그 안에는 돼지고기 파이와 애플 타르트가 가득 들어 있었다. 게다가 베이커 부인이 정성스럽게 수를 놓은 예쁜 꽃들이 그려진 가방이 아닌가. 서재에 가면 적당히 쓸 만한 종이를 찾을 수 있겠지만, 그러자면 귀찮게 움직여야만 했다. 개수대 옆 가방에 빨랫감이 가득하다는 게 생각났지만, 옷을 불쏘시개로 썼다간 윌리엄 고조부가 반기지 않을 것 같았다. 그때 샤메인 눈에 찻물 범벅으로 더러워진 데다 단추가 두 개나 없어진 블라우스가 발꿈치에 돌돌 말려 있는 것이 보였다.

"어차피 더러워진 옷이니까."

샤메인이 중얼거렸다. 그리고 갈색 찻물로 흠뻑 젖은 블라우스를 벽난로 속으로 집어던지며 소리쳤다.

"불이여, 붙어라!"

쇠살대에서 우레 같은 소리가 들리더니 불길이 솟아올랐다. 1분쯤 지났을까, 누가 봐도 흐뭇할 정도로 불꽃이 활활 타오르기 시작했다. 샤메인은 안도의 한숨을 내쉬었다. 난롯불이 쉬익 소리를 내며 뜨거운 김을 뿜어 대자, 샤메인은 난로 앞으로 의자를 옮겨 따스한 온기에 몸을 맡겼다. 굴뚝으로 따스한 기운이 퍼졌다. 그런데 난로에서 비눗방울이 솟아나기 시작했다. 비눗방울은 부엌으로 퍼져 나갔고, 커다란 비눗방울, 작은 비눗방울, 일곱 색깔 무지개색으로 빛나는 비눗방울은 부엌을 가득 메웠다. 비눗방울은 허공으로 계속해서 퍼졌고 주위에 있는 가구 위로도 사뿐히 내려앉았다. 이내 샤메

3. 요정이 된 하울

인의 얼굴 위에 닿아 뽕 소리와 함께 터지기도 했다. 잠시 후, 부엌
은 뜨거운 비눗방울의 폭풍에 휩싸이게 되었다. 나중에는 제대로 숨
을 쉬기 힘들 정도였다.

"벽난로에 비누를 던져 둔 걸 깜빡했어!"

갑자기 습해진 뜨거운 열기에 숨을 헐떡이면서 샤메인이 외쳤다.

웨이프는 비눗방울이 자신을 공격하는 적이라고 생각했는지, 샤
메인의 의자 아래로 기어 들어가서 미친 듯이 짖어 댔다. 뽕 소리를
내며 터지는 비눗방울을 향해 으르렁거리기도 했다. 너무 짖어 대서
귀가 먹먹했다.

"제발 그만!"

샤메인이 소리쳤다. 뜨거운 땀이 얼굴과 머리칼 위로 흘러 내려와
어깻죽지까지 뜨거운 기운으로 온통 축축해졌다. 샤메인은 결국 무
차별로 공격해 오는 비눗방울을 양손으로 밀쳐 내면서 말했다.

"아무래도 옷을 벗어야겠어."

그때 뒷문을 힘차게 두드리는 소리가 들렸다.

"잘못 들었나."

다시 문을 두드리는 소리가 더 크게 들렸다. 샤메인은 꼼짝도 하
지 않고 의자에 앉아 러벅이 아니기를 간절히 기도했다. 하지만 세
번째 문을 두드리는 소리가 들리자, 어쩔 수 없이 자리에서 일어나
부엌을 가득 메운 비눗방울을 뚫고 누가 찾아왔는지 확인하기 위해
서 나갔다.

'정원사 롤로일지도 몰라. 비가 너무 많이 오니까 집에 들이오고

싶은 거겠지.'

"누구세요? 무슨 일이죠?"

샤메인이 집 안에서 큰 소리로 물었다.

"좀 들여보내 줘요!"

문밖에서 고함 소리가 들렸다.

"비가 억수같이 퍼부어요!"

누구인지 모르지만, 분명 젊은 사람의 목소리였다. 롤로의 끽끽거리는 쉰 소리도 러벅의 윙윙거리는 소리도 아니었으니까. 샤메인은 뜨거운 김이 퍼지는 쉬이익 소리와 비눗방울이 터지는 소리 속에서도 집 밖에서 소나기가 세차게 퍼붓는 소리를 똑똑히 들을 수 있었다. 하지만 이것도 속임수인지 몰랐다.

"문 좀 열어 봐요! 마법사님이 절 기다리고 계실 거예요!"

문밖의 목소리가 외쳤다.

"거짓말하지 마!"

샤메인이 되받아쳤다.

"저번에 편지를 보냈단 말이에요! 어머니가 저 대신 만날 약속을 잡아 주셨고! 당신이 나를 집 밖에 세워 둘 권리도 없잖아요."

누군가 계속 고함을 질렀다.

현관에 걸어 둔 빗장이 위아래로 흔들렸다. 두 손을 뻗어 문이 열리지 않도록 고정시키기도 전에, 부서질 것처럼 문이 벌컥 열리면서 흠뻑 젖은 소년이 집 안으로 들이닥쳤다. 비에 젖은 생쥐 꼴이라는 표현마저 무색할 정도였다. 구불거리는 머리칼이 흠뻑 젖어서 소년의 온 얼굴에 갈색 끈처럼 들러붙어 있었다. 실용적으로 보이는 웃옷과 바지는 온통 검은색이었는데 비에 젖어 번쩍거렸다. 등에는 커다란 배낭을 짊어지고 있었다. 걸음을 옮길 때마다 부츠에서는 철벅철벅 소리가 났다. 집 안으로 들어오자 소년의 온몸에서 뽀얀 김이 피어올랐다. 소년은 집 안 가득 둥둥 떠다니는 비눗방울과 의자 밑에서 으르렁거리는 웨이프, 두 손으로 스웨터를 부여잡고 붉은 머리칼 사이로 자신을 응시하는 샤메인을 차례차례 쳐다보았다. 그리고 개수대에 산더미처럼 쌓인 더러운 접시와 찻주전자가 빈틈없이 들어찬 식탁을 넋 놓고 바라보았다. 곧이어 시선을 돌려 터질 것처럼 빵빵한 빨래 가방을 쳐다보았다. 소년이 감당하기엔 너무 벅찬 광경이 펼쳐져 있다는 눈치였다. 소년은 입을 쩍 벌리고 못 박힌 듯 한자리에 서서, 집 안을 다시 한번 둘러보았다. 하지만 온몸에서 뽀얀 김을 뿜어낼 뿐, 더 이상 아무 말이 없었다.

잠시 후, 샤메인이 한 걸음 다가갔다. 그리고 소년의 턱을 손으로 붙잡고 뚫어져라 살폈다. 거뭇한 수염 자국이 있는 걸 보면, 보기보다는 나이가 있는 모양이었다. 샤메인은 탁 소리를 내며 턱을 쥐고 있던 손을 놓았다.

"문이나 닫으시지?"

소년은 등 뒤로 세찬 소나기가 부엌까지 들이치는 것을 보고 놀란 목소리로 대답했다.

"아! 알겠어요."

소년은 완전히 문이 닫힐 때까지 있는 힘껏 현관문을 밀고는 물었다.

"그런데 집 안이 왜 이러죠? 당신도 마법사님 제자인가요?"

"마법사님이 안 계신 동안 집을 돌봐 드리는 것뿐이야. 알다시피 병환 중이시라서 요정들이 치료해 주려고 모시고 갔거든."

샤메인의 말에 소년은 망연자실한 표정이었다.

"제가 올 거라고 말씀 안 하시던가요?"

"말할 틈도 없이 급히 떠나셨어."

샤메인이 대답했다. 하지만 마음은 이미 《마법의 책》 아래 깔려 있던 편지 뭉치로 가 있었다.

'제발 제자로 받아 달라고 애원하는 편지를 보낸 장본인이 틀림 없어.'

하지만 웨이프가 워낙 큰 소리로 컹컹 짖어 대는 통에 도무지 집 중할 수가 없었다.

"웨이프, 조용히 해! 그런데 이름이 뭐야?"

"피터 레지스. 저희 어머닌 몬탈비노의 마녀세요. 윌리엄 놀랜드 마 법사님과 둘도 없는 친구 사이라 이곳에 올 수 있도록 손을 써 주셨죠. 조용히 해, 꼬마 강아지. 오늘쯤 찾아뵙기로 약속하고 온 거예요."

소년은 비에 흠뻑 젖은 배낭을 바닥에 쿵 내려놓았다. 의자 아래 에 숨어 있던 웨이프는 잠시 짖던 걸 멈추고 배낭 안에 혹시 위험한 물건이 든 건 아닌지 킁킁거리며 이리저리 살폈다. 피터는 젖은 웃 옷을 벗어 의자에 걸어 두었다. 웃옷 안에 입고 있던 셔츠도 흠뻑 젖 어 있었다.

3. 요정이 된 하울

"그런데 당신은 누구시죠?"

소년이 비눗방울 사이로 샤메인을 쳐다보며 물었다.

"샤메인 베이커. 이 집 주인을 윌리엄 고조부님이라고 불러. 사실은 셈프로니아 숙모 쪽 친척이라서 외고조부시지만. 난 하이놀랜드에 살아. 넌 어디서 왔니? 왜 하필 뒷문으로 들어온 거야?"

"우리 집은 몬탈비노예요. 보다시피, 고개 쪽에서 지름길로 온다는 게 그만 길을 잃었어요. 예전에 엄마를 따라서 한 번 와 봤던 곳이거든요. 마법사님의 제자로 받아 달라고 부탁을 드리러 왔었는데, 그동안 길을 까맣게 잊어버렸나 봐요. 여기 오신 지는 얼마나 됐죠?"

"오늘 아침에 왔어."

이 집에 온 지 하루도 지나지 않았다는 사실에 샤메인은 속으로 놀라며 대답했다.

'벌써 몇 주는 지난 것 같은데.'

"아!"

피터는 둥둥 떠다니는 비눗방울 사이로 찻주전자를 바라보았다. 샤메인이 몇 잔이나 차를 퍼마셨는지 세어 보려는 것처럼.

"몇 주 정도 되신 줄 알았죠."

"내가 왔을 때도 지금 보이는 그대로였어."

샤메인이 냉담하게 말했다.

"뭐가요? 온통 비눗방울이 떠다니고 집 안이 엉망진창이었어요?"

'아무래도 이 녀석이랑 친해지긴 글렀군.'

샤메인은 속으로 생각했다.

"아니, 비눗방울은 나 때문에 생긴 거야. 벽난로에 비누를 집어넣은 걸 깜빡하고 불을 지폈거든."

"아! 마법을 잘못 써서 이렇게 된 줄 알았어요. 그래서 그쪽도 제자로 온 사람일 거라고 생각했죠. 그렇다면 비눗방울이 알아서 잠잠해질 때까지 기다리는 수밖에 없겠네요. 혹시 먹을 거 없어요? 아사 직전이에요."

샤메인은 탁자 위에 놓인 가방을 쳐다보았다. 그리고 재빨리 시선을 거두며 말했다.

"아니, 먹을 거 없는데."

"그럼 강아지 먹이는 어떻게 해요?"

샤메인은 피터의 배낭 앞에서 마음껏 으르렁거릴 요량으로 의자 밑으로 기어 들어간 웨이프를 바라보았다.

"딱히 없지, 고기파이 반쪽 정도. 내 강아지도 아닌걸. 길 잃은 강아지인데 고조부님이 집에 데려온 거래. 이름은 웨이프야."

웨이프는 여전히 으르렁거리고 있었다.

"그만 짖어, 웨이프."

피터가 입을 열었다. 그리고 비눗방울 틈새로 팔을 뻗더니 축축한 웃옷이 걸린 의자 아래 웅크리고 있는 웨이프 쪽으로 다가갔다. 그리고 웨이프를 끌어내더니 가슴에 안고 거꾸로 뒤집었다. 웨이프는 낑낑 소리를 내며 네 다리를 버둥거리면서 뒷다리 사이로 털이 듬성듬성한 꼬리를 둥글게 말았다. 피터가 꼬리를 다시 일자로 폈다.

"녀석한테 무례하게 굴지 마. 당장 내려놔."

3. 요정이 된 하울

샤메인이 말했다.

"녀석이 아니라 암놈이에요. 그리고 강아지한테 예의를 지킬 게 뭐 있어요? 안 그래, 웨이프?"

웨이프는 아니라는 듯 컹컹 짖어 댔다. 그러고는 간신히 피터의 품에서 빠져나와 식탁으로 내려갔다. 그 틈에 찻주전자 하나가 식탁에서 떨어졌고 샤메인의 가방이 뒤집어졌다. 돼지고기파이와 사과 타르트가 굴러 나오자 샤메인은 적잖이 당황한 표정이었다.

"와, 먹을 거다!"

피터가 소리치며 웨이프에게 뺏기기 전에 돼지고기파이를 쏜살같이 낚아챘다.

"먹을 만한 건 이게 전부예요?"

피터는 우적우적 파이를 씹어 삼키며 물었다.

"그래. 그건 아침 식사용이었어."

샤메인이 말하며 떨어진 찻주전자를 바로 세웠다. 주전자에서 흘러나온 찻물은 곧바로 갈색 거품으로 바뀌었고, 새하얀 비눗방울 틈새에서 갈색 빛을 뿜어내며 공중으로 둥실둥실 떠올랐다.

"네가 무슨 짓을 저질렀는지 봐."

"어차피 엉망인데 크게 달라질 것도 없죠. 뭐, 청소도 한 번 안 했나 봐요? 그나저나, 파이 맛이 기가 막히네. 다른 건 무슨 맛이에요?"

"사과 타르트야. 정 먹고 싶으면 웨이프랑 나눠 먹어."

샤메인은 군침을 삼키며 사과 타르트 옆에 앉아 있는 웨이프를 내려다보며 대답했다.

"규칙이에요?"

마지막 돼지고기파이 한 점을 꿀꺽 살피며 피터가 물었다.

"그래, 웨이프가 만든 거야. 이 녀석, 아니 꼬마 아가씨 실력이 꽤 좋거든."

"그럼 이 꼬마 아가씨도 마법에 걸린 거예요?"

피터가 애플 타르트를 집어 들며 물었다. 웨이프는 킁킁 작은 소리를 내며 찻주전자 사이로 오락가락했다.

샤메인은 웨이프가 집 안 어느 곳이라도 스스로 찾아갈 수 있을 것 같다고 생각했다. 그리고 자신이 문을 열기도 전에 앞문이 활짝 열린 이유가 뭔지 골똘히 생각했다.

"맞아, 웨이프는 마법을 부릴 줄 알아. 그것도 아주 훌륭한 마법사라고."

샤메인이 대답했다. 피터는 마지못해서 천천히 애플 타르트를 절반으로 쪼갰다. 웨이프는 더러워진 꼬리를 열심히 흔들면서 피터가 움직이는 방향으로 시선을 옮겼다. 웨이프는 집 안에 얼마나 많은 거품이 널려 있는지 전혀 상관하지 않았지만 피터가 지금 무엇을 하는지는 정확히 알고 있는 것 같았다.

"무슨 말인지 알겠어요."

피터는 웨이프에게 애플 타르트를 건네줬다. 웨이프는 조심스럽게 턱으로 애플 타르트를 받아 입에 물고는 식탁에서 의자로 뛰어내렸다. 그리고 다시 현관으로 가서 빨래 가방 뒤 어딘가에서 몰래 먹으려는 것처럼 가벼운 걸음으로 사라졌다.

"따뜻한 차 한 잔 어때요?"

피터가 물었다.

'따뜻한 차.'

샤메인이 산에서 내려온 뒤, 너무나도 간절히 바라던 바였다. 샤메인은 온몸을 덜덜 떨면서 몸에 두르고 있던 스웨터를 바짝 끌어당겼다.

"좋은 생각이야. 만들 줄 알면 한번 준비해 봐."

피터는 비눗방울을 손으로 휘저으며 식탁에서 찻주전자를 찾으려고 했다.

"누군가 차를 마셨던 게 분명해요."

"난 아니야."

"어쨌거나 차를 만들 수 있다는 거잖아요. 가만히 보고만 있지 말고 냄비든 뭐든 좀 찾아봐요."

"네가 찾아봐."

피터는 경멸하는 눈빛으로 샤메인을 쏘아보고는 성큼성큼 비누거품을 한쪽으로 치우며 부엌을 가로질러 개수대로 걸어갔다.

"수도꼭지가 없잖아!"

피터가 믿기지 않는 듯 말했다.

"게다가 냄비들이 하나같이 더럽기 짝이 없네요. 마법사님은 어디서 물을 길어다 쓰셨을까요?"

"뒷마당에 수도 펌프가 있어."

샤메인이 퉁명스럽게 대답했다.

피터는 비눗방울 사이로 거세게 퍼붓고 있는 비를 유리창을 통해 내다보고 서 있었다.

"화장실도 없어요?"

피터가 물었다. 샤메인이 화장실 가는 법을 설명하기도 전에 피터는 비눗방울을 헤집고 비틀거리면서 부엌을 가로질러 다른 쪽 문을 통해 거실로 향했다. 발 디딜 틈도 없이 거실에 들어찬 비눗방울에 피터는 신경질적으로 팔을 휘저으며 부엌으로 뒷걸음쳤다.

"이게 말이 돼요? 어떻게 방이 두 개밖에 없죠?"

피터는 어이가 없는 듯했다.

샤메인은 한숨을 내쉬며 몸을 감싸고 있는 스웨터를 바짝 끌어안은 채로 피터에게 다가가 길을 안내했다.

"다시 문을 열고 들어가서 왼쪽으로 돌아."

그런데 피터가 오른쪽으로 돌고 있었다. 샤메인은 놀라서 급히 피터를 붙잡았다.

"그쪽이 아니잖아. 오른쪽으로 돌면 진짜 이상한 곳으로 연결되거든. 이쪽이 왼쪽이야. 그것도 몰라?"

"몰라요. 정말 모르겠어요. 엄지손가락에 줄을 묶어서 매달고 다녀야겠어요."

샤메인은 어처구니없는 표정으로 천장을 바라보며 눈동자를 굴리고는 피터를 왼쪽으로 밀었다. 잠시 후, 두 사람은 복도 끝에 도착해 있었다. 반대편 끝 창문 너머로 비가 세차게 퍼붓고 있었다. 피터가 주위를 둘러보는 동안 빛이 천천히 새어 들어왔다.

"자 이제 오른쪽으로 돌면 돼. 이 문을 열면 화장실이야. 여기 문들을 따라가면 침실이 나와."

샤메인이 피터를 오른쪽 방향으로 밀었다. 피터는 샤메인이 하는 대로 내버려 두었다.

"아! 마법사님이 집 안을 접어 놓으셨군요. 무척 배우고 싶은 마법인데. 고마워요."

피터는 말을 끝내기 무섭게 허겁지겁 화장실로 뛰어 들어갔다. 샤메인이 발끝으로 살금살금 걸어서 서재 쪽으로 가고 있을 때 피터의 흥분된 목소리가 들렸다.

"와, 신난다! 수도꼭지! 물도 나와!"

샤메인이 윌리엄 고조부님 서재로 급히 들어가서 문을 닫는 동안, 책상 위에 놓여 있던 우스꽝스럽게 뒤틀린 램프에 환하게 불이 들어오더니 점점 밝아졌다. 책상 가까이 걸어가자, 서재는 거의 한낮처럼 밝아졌다. 샤메인은 《마법의 책》을 밀어 놓고 밑에 있는 편지 뭉치를 집어 들었다. 지금 즉시 확인해야 한다. 피터가 말한 게 사실이라면, 편지 중에는 윌리엄 고조부의 제자로 들어오기를 요청하는 피터의 편지가 있어야 한다. 낮에는 아무 생각 없이 훑어봤기 때문에 그중에 피터의 편지를 봤는지 안 봤는지 기억이 없었다. 만약 피터의 편지가 없다면 어쩌면 또 다른 러벅일지도 모르는 사기꾼을 상대해야 할 터였다. 샤메인은 정확한 사실을 파악해야만 했다.

'아! 여기 있군.'

샤메인은 편지 뭉치 가운데 하나를 꺼내서 안경을 코끝에 걸치고 읽기 시작했다.

존경하는 놀랜드 마법사님,

마법사님의 제자가 되게 허락해 주셔서 영광으로 생각합니다. 마법사님과 약속하신 가을에 가는 대신 이번 주 안으로 방문해도 되겠습니까? 저희 어머니가 잉거리로 여행을 가시는데 떠나시기 전에 제가 마법사님 댁에 도착하기를 바라십니다.

별다른 회신이 없으면 이번 달 13일에 댁으로 방문하겠습니다.

양해를 바라며,

윌리엄 마법사님의 충실한 제자

피터 레지스

이제 사실인 걸 알았으니 문제없어. 샤메인은 한편으로는 안심이 되었고 한편으로는 짜증이 났다. 아까 편지 뭉치를 살펴봤을 때, 편지 위쪽에 '제자'라는 단어와 아래쪽의 '바라며'라는 단어를 보았다. 하지만 편지마다 똑같은 단어가 적혀 있었다. 그래서 그녀는 이 편지도 또 다른 부탁 편지라고 생각했던 것이다. 윌리엄 고조부님 역시 이 편지를 다른 편지를 받았을 때와 똑같은 방식으로 처리한 것 같았다. 아니면 답장을 쓸 수 없을 정도로 아팠을지도 모른다. 상황이 어찌되었든 이제 어쩔 수 없이 피터와 엮인 셈이었다.

'귀찮아! 하긴, 나쁜 애는 아닌 것 같으니까.'

이때 멀리서 피터의 당황스러운 고함 소리가 들려왔다. 샤메인은

3. 요정이 된 하울

깜짝 놀라 허둥지둥 편지 뭉치를 《마법의 책》 밑으로 밀어 넣고 재빨리 안경을 벗으며 복도로 뛰어갔다.

비눗방울과 섞인 뿌연 김이 화장실 쪽에서 뭉게뭉게 뿜어 나오고 있었다. 뜨거운 뿌연 김은 거대한 덩어리를 감싸고 있다가 샤메인 쪽으로 불쑥 나타났다.

"도대체 무슨 짓을 한……."

샤메인이 입을 열었다. 거대하고 하얀 덩어리가 커다란 분홍색 혀를 내밀며 샤메인의 얼굴을 핥았다. 젖은 수건이 얼굴을 훑고 지나간 느낌이었다. 거대한 물체는 커다란 울음소리를 냈다. 코끼리 울음소리가 들리는 것 같았다. 샤메인은 놀라서 뒤로 주춤거리며 물러섰다가 벽에 기대어 거대한 동물의 눈동자를 쳐다보았다.

"어디서 본 것 같은데. 오, 맙소사! 웨이프! 피터가 너한테 무슨 짓을 한 거야?"

피터는 화장실에서 간신히 빠져나와 가쁜 숨을 내쉬었다.

"뭐가 잘못된 건지 모르겠어요. 물이 차서 주문을 걸어 데우려고 했던 건데."

숨을 헐떡거리면서 피터가 말했다.

"그렇담, 아까랑 반대로 주문을 걸면 되겠네. 웨이프가 코끼리처럼 커졌잖아."

샤메인은 못마땅했다. 피터는 거대하게 변해 버린 웨이프를 심란한 표정으로 쳐다보았다.

"짐마차 정도밖에 안 되는데요, 뭘. 날더러 어쩌라는 거죠? 그보다 더 큰 문제는 욕실 파이프가 빨갛게 달아오르고 있다는 거예요. 아, 솔직하게 말하면!"

피터가 말했다.

화가 치민 샤메인은 거대한 웨이프를 구석으로 살살 밀면서 욕실로 들어갔다. 뜨겁고 하얀 김 사이로 펄펄 끓는 물이 네 개의 수도꼭지와 변기에서 쏟아져 나오고 있었고, 벽을 따라 길게 뻗은 수도 파이프는 빨갛게 달아오르고 있었다.

"윌리엄 고조부님! 욕실 물을 차게 만드는 방법 좀 알려 주세요?"

샤메인이 소리쳤다. 윌리엄 고조부의 친절한 목소리가 쉬이익 하는 소리와 혼란 속에서 울려 퍼졌다.

"애야, 복잡한 건 여행 가방에서 찾을 수 있단다."

"그럴 시간이 없잖아요!"

샤메인이 소리쳤다. 여행 가방에서 필요한 정보를 찾을 만큼 시간이 없다는 건 불을 보듯 뻔했다.

"차가워져라! 얼어라! 모든 파이프들아, 지금 당장 차가워져라! 명령이다, 차가워져라!"

그녀는 뜨거운 김을 향해 두 팔을 흔들면서 미친 듯이 소리쳤다. 놀랍게도 주문이 효과가 있었다.

뜨거운 수증기가 연기처럼 변하더니 이내 사라졌다. 변기도 뜨거운 물을 내뿜지 않았다. 세 개의 수도꼭지는 꼴깍꼴깍 소리를 내다가 멈추었고, 수도꼭지에서 흘러나오던 물은 그대로 얼어 버렸다. 세면대의 차가워진 수도꼭지에서는 고드름이 자랐다. 벽을 따라 길게 이어져 있던 파이프에서도 고드름이 길게 생기더니 쉿쉿 소리를 내면서 욕탕 아래로 미끄러져 떨어졌다.

"이제 괜찮아졌군."

샤메인이 말하며 웨이프 쪽으로 고개를 돌렸다. 웨이프는 슬픈 얼굴로 그녀를 바라보았다.

"웨이프, 작아져라, 당장! 명령한다."

샤메인의 명령에도 웨이프의 크기는 그대로였다. 웨이프는 거대한 꼬리를 슬프게 흔들었다.

"만약 웨이프가 정말 마법을 부릴 줄 안다면, 본인이 원할 때 원래 모습으로 돌아올 수 있을 거예요."

피터가 말했다.

"오, 조용히 좀 해! 도대체 어쩔 생각이었어? 이렇게 뜨거운 물을 마실 수 있는 사람은 아무도 없다고!"

샤메인이 피터에게 달려들었다. 피터는 물이 뚝뚝 떨어지고 있는 곱슬머리 사이로 그녀를 노려보았다.

"차 한 잔 마시고 싶었을 뿐이라고요. 뜨거운 물이 있어야 차를 만들죠."

평생 차라고는 끓여 본 적이 없는 샤메인은 어깨를 으쓱해 보였다.

"정말이야? 윌리엄 고조부님, 따뜻한 물은 어디에 있나요?"

천장을 향해 샤메인이 외쳤다. 허공에서 친절한 목소리가 다시 들려왔다.

"부엌에 가서 수도꼭지에 대고 '차'라고 말하렴. 거실 구석에 있

비눗방울 놀이

81

는 손수레 수도꼭지에 대고 '애프터눈 티'라고 말하고, 침실에서 는…….."

피터와 샤메인은 침실에 대한 설명이 끝날 때까지 기다리지 못하고 뛰쳐나갔다. 서로 앞다퉈 침실 문을 닫고 다시 연 다음, 샤메인은 피터를 왼쪽으로 세차게 밀어붙였다. 서로 밀려나지 않으려고 힘을 겨루다 부엌문 틈에 낀 두 사람은 급히 돌아서서 문을 닫고 또다시 열고 마침내 손수레가 있는 거실로 가 한참을 노려보았다. 피터는 샤메인보다 먼저 거실 구석에 도착했다.

"애프터눈 티! 애프터눈 티! 애프터눈 티! 애프터눈……."

피터는 유리로 덮인 빈 표면을 쾅쾅 내리치며 소리쳤다. 그때 샤메인이 마구 휘두르던 피터의 팔을 붙잡았다. 손수레는 찻주전자, 우유, 설탕, 컵 등으로 채워지고 있었다. 또한 크림, 잼, 뜨거운 버터 토스트, 머핀, 초콜릿 케이크로 가득 찼다. 손수레 끝에서 서랍이 활짝 열렸다. 그곳에는 칼, 포크, 숟가락이 가득 들어 있었다. 샤메인과 피터는 수레를 퀴퀴한 냄새가 나는 소파로 끌고 와 마음껏 먹고 마셨다. 잠시 후에 웨이프가 문 근처로 커다란 머리를 들이밀면서 킁킁 거리며 냄새를 맡았다. 웨이프는 손수레를 보자 허겁지겁 달려와 무언가를 갈망하는 눈빛으로 쳐다보며 바닥으로 기어 왔다. 그리고 커다란 털복숭이 턱을 샤메인 등 위로 올렸다. 피터는 심란한 표정으로 웨이프를 쳐다보며 머핀 몇 개를 던져 주었고, 웨이프는 평소보다 얌전한 태도로 머핀을 한입에 먹어 치웠다.

30여 분의 만족스러운 식사 시간이 지난 뒤, 피터는 팔다리를 쭉 펴고 누웠다.

"정말 맛있었어요. 적어도 굶어 죽을 일은 없겠네요, 놀랜드 마법사님. 점심 식사는 어떻게 해결하면 될까요?"

피터는 시험 삼아 허공에 대고 말했다. 하지만 아무런 대답도 들려오지 않았다.

"나한테만 대답하서. 이제는 아무것도 물어보지 않을 거야. 네가 오기 전에 러벅을 상대하느라 완전히 지쳐 버렸다고. 그만 자러 가야겠어."

샤메인이 조금 우쭐거리며 대답했다.

"러벅이 뭔데요? 혹시 우리 아버지를 죽인 놈인가?"

샤메인은 피터에게 아무 대답도 하고 싶지 않았다. 그녀는 일어나서 거실 밖으로 나갔다.

"기다려요, 손수레에 남은 음식은 어떻게 처리하죠?"

"나도 모르겠어."

샤메인은 대답하며 문을 열었다.

"잠깐만요, 잠깐만 기다려요! 먼저 제 침실을 안내해 주셔야죠."

피터가 다급하게 외쳤다.

'안 그래도 그러려고 했어.'

샤메인은 한숨을 내쉬었다. 피터는 왼쪽, 오른쪽을 구분하지 못했던 것이다. 영 내키지 않는다는 듯 샤메인은 부엌에서 계속 커지면서 부글거리는 비누 거품을 헤치고 피터를 서둘러 거실 밖으로 내몰았다. 그리고 배낭을 집어서 왼쪽으로 방향을 틀게 하고 침실이 있는 문 쪽으로 돌아가게 만들었다.

"세 번째 방으로 가. 한 개는 내 방이고 첫 번째 방은 윌리엄 고조 부님 방이니까. 만약 다른 방을 쓰고 싶다면, 침실은 많으니까 아무 방이나 골라. 잘 자."

샤메인이 욕실 쪽으로 가며 말했다. 욕실은 꽁꽁 얼어 있었다.

"오, 어쩌지."

결국 씻는 걸 포기하고 침실로 돌아가 차 얼룩이 묻은 잠옷으로 갈아입을 때, 피터가 복도로 나와 소리쳤다.

"저기요! 화장실이 꽁꽁 얼었어요!"

'그거 안됐구나.'

샤메인은 생각했다. 그러고는 침대로 돌아가 곧장 깊은 잠에 빠져 들었다.

한 시간쯤 뒤, 샤메인은 거대한 맘모스 옆에 앉아 있는 꿈을 꾸었다.

"저리 가, 웨이프. 네 몸집이 얼마나 큰 줄 아니?"

기괴한 꿈을 꾼 후, 다시 깊은 잠에 빠져들기 전에 맘모스가 그르렁 거리며 천천히 그녀에게서 멀어지는 모습을 꿈속에서 본 것 같았다.

5

엄마가 오셨다

샤메인이 잠에서 깼을 때, 웨이프가 샤메인의 다리를 가로질러 어마어마한 머리를 침대에 파묻고 엎드려 자고 있었다. 덥수룩한 털복숭이 엉덩이는 방을 거의 차지하다시피 한 상태였다.

"너 혼자 힘으로 작아질 수는 없는 거구나. 무슨 수를 내야겠어."

웨이프는 커다란 숨소리로 대답을 대신하고는 다시 잠에 빠져들었다. 샤메인은 낑낑대며 거대한 웨이프의 머리에서 다리를 빼냈다. 그러고는 웨이프 몸에 깔려 있는 깨끗한 옷을 찾아 걸쳤다. 마지막으로 머리를 빗으려는 순간, 언제나 머리에 꽂고 다니던 핀이 사라졌다는 걸 깨달았다. 어젯밤 벼랑 아래로 떨어질 때 잃어버린 게 분명했다. 이제 남은 머리 장식이라곤 리본밖에 없었다. 엄마는 말버릇처럼 정숙한 여자아이들은 단정하게 정수리에 머리를 묶어야 한다고 했고, 덕분에 샤메인은 한번도 다른 머리 스타일을 해 본 적이 없었다.

"어쩔 수 없지. 엄마도 여기 없잖아?"

샤메인은 작고 깨끗한 거울에 비친 자신을 보며 말했다. 그러고는 두껍게 땋은 머리를 풀어 헤쳐 어깨 아래로 늘어뜨리고는 리본으로 묶었다. 거울에 비친 모습이 평소보다 훨씬 예뻐 보였다. 깡마른 얼굴도 조금 살집이 붙어 보였고 심술도 덜하게 보였다. 샤메인은 거울에 비친 모습에 만족해하며 고개를 끄덕였다. 그러고는 웨이프의 거대한 몸뚱이를 빙 돌아서 욕실로 향했다.

다행히 밤사이 욕실의 얼음이 다 녹아 있었다. 수도파이프에서 뚝뚝 떨어지는 물소리로 시끄러웠지만, 별다른 문제는 없어 보였다. 적어도 수도꼭지를 틀기 전까지는 말이다. 수도꼭지 네 개에서 얼음처럼 차가운 물이 계속해서 쏟아져 나왔다.

"어차피 목욕할 생각도 없었으니까, 괜찮아."

샤메인이 복도로 나오며 말했다.

피터는 의외로 조용했다. 평소 남자애들은 아침에 깨우기가 너무 힘들다고 말하던 엄마의 말씀이 떠올랐다. 샤메인은 그런 쓸데없는 걱정은 끼치지 않는 편이었다. 샤메인은 문을 열고 왼쪽으로 돌아 단단한 거품으로 가득 찬 부엌으로 들어갔다. 딱딱하게 굳어진 거품과 커다란 비눗방울이 샤메인을 지나쳐 복도 쪽으로 둥둥 떠다녔다.

3. 요정이 된 하울

"정말 짜증 나!"

샤메인은 머리를 한껏 숙이고 팔을 올려 헤집으며 간신히 방을 헤치고 나갔다. 한창 빵 주문이 밀려들어 아빠가 집에서 빵을 구울 때처럼 부엌에는 열기가 후끈거렸다.

"휴! 완전히 사라지려면 며칠 걸리겠어."

샤메인은 더 이상 말을 잇지 못했다. 입을 열자마자 비누 거품이 입안으로 비집고 들어와 가득 차 버렸기 때문이다. 참다못해 재채기를 터트릴 때까지 비누 거품이 코끝을 간질였고, 재채기를 하자 작은 회오리를 만들었다. 마침내 샤메인은 식탁에 부딪치기에 이르렀다. 찻주전자가 바닥으로 떨어지는 소리가 들렸다. 하지만 샤메인은 빨래 가방을 찾기 위해 계속해서 양손을 휘저었고 마침내 빨래 가방 위로 덜거덕거리는 냄비 소리가 들리자 그제야 자신이 어디에 있는지 알 수 있었다. 손을 뻗어 더듬더듬 개수대를 찾아낸 샤메인은 개수대를 잡고 겨우 뒷문에 닿을 수 있었다. 정신을 집중해서 손잡이를 찾으면서, 혹시나 어젯밤에 없어진 게 아닌가 싶었지만, 곧 문 끝이라는 걸 깨닫고 겨우겨우 뒷문으로 빠져나갈 수 있었다. 급하게 뛰어나오느라 목구멍까지 꼴깍거리며 비누 거품이 들어찼고, 눈도 따끔거렸다. 그러나 정원에는 아름답고 조용한 아침이 평화롭게 펼쳐져 있었다.

비누 거품은 둥둥 떠다니며 샤메인 주위로 몰려들었다. 눈가에서 따끔거리는 비눗기가 가시자, 샤메인은 햇빛을 머금고 반짝이는 커다란 비눗방울들이 푸른 산의 경사면을 따라 하늘 높이 둥둥 떠오르는 모습을 감격스럽게 쳐다보았다. 정원 끝에 보이지 않는 벽이라도 있는 것처럼 비눗방울은 뻥 터져 버리기 일쑤였지만, 어떤 비눗방울은 영원히 세상을 떠다닐 것처럼 점점 높이 올라갔다. 샤메인은 갈색의 절벽과 산비탈을 향해 둥둥 떠가는 비눗방울을 끝까지 쳐다보았다. 비눗방울이 떠다니는 초록 비탈길은 분명 러벅과 만났던 초원인 게 분명했지만, 정확히 어딘지는 알 수가 없었다. 샤메인은 산꼭대기 위로 펼쳐진 푸른 하늘을 올려다보았다. 정말 사랑스러운 날씨였다.

부엌에서는 비눗방울이 계속 쏟아져 나왔다. 샤메인이 고개를 돌렸을 때, 더 이상 딱딱한 거품은 보이지 않았지만 벽난로에서 쏟아져 나온 비눗방울이 온통 사방에 널려 있었다. 샤메인은 한숨을 내쉬고는 개수대에 기대어 창문을 열 수 있을 정도로 안쪽으로 들어갔다. 창문을 활짝 열고 나니, 상황이 좋아졌다. 비눗방울이 아까보다 훨씬 빠른 속도로 정원에 무지개를 만들면서 집 밖으로 빠져나가기 시작한 것이다. 순식간에 부엌이 휑해졌다. 개수대 쪽에 있던 가방 두 개와 지난밤에 피터가 가져온 가방 두 개가 보일 정도였다.

"이건 또 어쩐다! 할아버지, 아침은 어떻게 먹죠?"

비눗방울 사이로 할아버지의 목소리가 들려왔다. 샤메인은 불안함이 싹 가셨다.

"얘야, 벽난로 옆에 수도꼭지로 가서 '아침 식사 부탁해'라고 말하면 된단다."

샤메인은 몹시 배가 고파 서둘러 벽난로 쪽으로 뛰어갔다. 한시도

3. 요정이 된 하울

배고픔을 참을 수 없었던 샤메인은 비눗방울이 묻은 수도꼭지를 잡고 말했다.

"아침 식사 부탁해."

말이 끝나기가 무섭게 유리잔이 놓인 쟁반이 날아왔다. 샤메인은 흔들리는 유리잔을 피해 뒤로 물러서야 했다. 쟁반 가운데에는 베이컨과 계란이 담긴 뜨거운 접시와 커피 주전자, 컵, 토스트, 잼, 버터, 우유, 자두 스튜 그릇, 냅킨으로 감싼 나이프, 포크, 수저가 놓여 있었다.

"와, 최고다!"

샤메인은 비눗방울로 엉망이 되기 전에 음식이 든 쟁반을 잽싸게 거실로 옮겼다.

놀랍게도 지난밤, 피터와 애프터눈 티 때문에 옥신각신했던 흔적은 하나도 보이지 않았다. 손수레는 원래 있었던 자리에 깨끗하게 정리되어 있었다. 하지만 퀴퀴한 냄새는 여전했고, 비눗방울들은 손수레 주변에 빼곡히 들어차 있었다. 샤메인은 앞문으로 정신없이 들락날락거렸다. 그러다 《팰림프세스트의 코》라는 책에서 본 주문을 걸기 위해서 분홍색과 파란색 꽃잎을 따라 갔을 때, 서재 창문 밖 정원에 탁자와 의자가 있었다는 사실을 기억해 냈다. 그래서 쟁반을 들고 집 가장자리를 돌아서 어제 탁자와 의자가 있던 자리로 찾아갔다.

마침내 분홍색과 파란색 덤불 너머로 아침 햇빛이 강하게 내리쬐는 곳에 놓인 탁자와 의자를 발견했다. 비록 집 안에는 책 볼 수 있는 공간이라고는 하나도 없었지만 말이다.

'마법은 정말 흥미로운 것 같아.'

샤메인은 쟁반을 탁자 위에 놓으며 생각했다. 간밤의 비로 덤불에서는 물방울이 뚝뚝 떨어지고 있었지만, 의자와 탁자는 바짝 말라 있었다. 샤메인은 커피를 마시면서 의자에 등을 기댔다. 자리에 앉아 따뜻한 햇빛을 받으니 나른했다. 샤메인은 완전히 어른이 된 기분으로 최고의 아침을 즐겼다. 딱 하나 아쉬운 게 있다면, 아빠가 만들어 주시던 초콜릿 크루아상 정도였다.

윌리엄 할아버지도 이곳에서 아침 식사를 즐기셨을 것 같다는 생각이 들었다. 주변에는 수국이 흐드러지게 피어 예뻤다. 정원에서 가장 아름다운 곳이어서 윌리엄 할아버지가 특별히 좋아하셨을 것 같았다. 정원 곳곳에는 갖가지 색을 발하는 덤불이 들어차 있었다. 샤메인 앞쪽에는 흰색, 연분홍, 연자주꽃들이 피어 있었다. 바로 옆으로 왼쪽부터 파란색으로 시작해서 오른쪽으로 갈수록 점점 짙은 짙푸른 바다색을 띠는 꽃 덤불이 늘어서 있었다. 코볼도에게 아름다운 꽃들을 잘라 내지 못하게 해야겠다고 생각하는 순간 피터가 서재 창문에서 머리를 쑥 내밀었다. 피터의 등장으로 모처럼 즐거웠던 기분이 싹 달아났다.

"저기요, 아침은 어디서 먹었어요?"

피터는 샤메인의 설명이 끝나기가 무섭게 고개를 서재 안으로 넣고 사라져 버렸다. 샤메인은 계속 자리에 앉아 있었다. 곧 피터가 나타날 거라고 예상하면서도 제발 나타나지 않기를 바랐다. 하지만 예상했던 두 가지 일 모두 일어나지 않았다. 샤메인은 한가하게 햇빛을 쬐면서 읽을거리가 있으면 좋겠다고 생각했다. 아침 식사를 마친 뒤, 쟁반을 집 안으로 가져가 부엌에 치우면서 내심 자신이 깔끔하고 효율적인 사람이라는 생각에 뿌듯하기까지 했다. 피터는 방금 전까지도 부엌에 있었던 게 분명했다. 창문을 활짝 열어 놓은 채 뒷문을 닫고 어디론가 사라졌기 때문이다. 덕분에 비눗방울은 창문 밖으로 유유히 빠져나가고 있었다.

엄청나게 많은 비눗방울 사이로 거대하고 하얀 웨이프의 몸이 어렴풋이 보였다. 샤메인이 곁으로 다가가자, 웨이프는 커다랗고 너덜너덜한 꼬리를 쭉 펴서 벽난로 위 선반을 향해 거세게 흔들었다. 작은 강아지가 먹을 만큼의 음식이 웨이프의 거대한 발 앞에 놓였다. 웨이프는 슬픈 눈으로 개밥을 바라보다가 커다란 머리를 숙이고 개밥을 한입에 삼켜 버렸다.

"불쌍한 웨이프!"

샤메인이 말했다. 웨이프는 고개를 들어 샤메인을 바라보았다. 그리고 커다란 꼬리로 벽난로를 두드리며 다시금 세차게 흔들었다. 한번 꼬리가 흔들릴 때마다 작은 개 밥그릇이 하나씩 생겨났다. 조금 지나자 웨이프 주변에 개밥이 죽 늘어서 있었다.

"적당히 흔들어, 웨이프."

샤메인이 개밥 몇 개를 내밀며 말했다.

"혹시 무슨 일 생기면 서재로 와. 난 책 좀 볼까 싶어."

샤메인은 말을 마치고는 서재 쪽으로 걸음을 옮겼다. 헐레벌떡 개밥을 해치우느라 웨이프는 샤메인의 말에 신경도 쓰지 않는 눈치였다.

피터는 서재에 있었다. 먹다 남은 아침 식사가 담긴 쟁반은 책상 옆 바닥에 놓여 있었고, 피터는 의자에 앉아 책장에서 꺼낸 커다란 가죽 커버로 된 책을 넘겨 보느라 온통 정신이 팔려 있었다. 오늘따라 피터는 말끔히 단장한 모습이었다. 어젯밤 흠뻑 젖었던 머리카락은 완전히 말라서 황갈색의 곱슬머리는 단정히 정리되어 있었고, 가져온 옷 중에서 두 번째로 말끔한 초록색 트위드(간간이 다른 색깔의 올이 섞여 있는 두꺼운 모직 천—옮긴이)를 걸치고 있었다. 배낭 안에 있던 것이라 다소 쭈글쭈글하고 비눗방울이 닿아 얼룩이 묻었지만, 샤메인의 눈에는 꽤 멋지게 보였다. 샤메인이 서재로 들어서자, 피터는 보던 책을 꽝 덮더니 본래 자리에 꽂았다. 샤메인은 피터의 왼쪽 엄지손가락에 초록색 실이 묶여 있는 것을 보았다.

'그래서 서재까지 찾아올 수 있었구나.'

샤메인은 생각했다.

"앞뒤를 분간 못 하겠어요. 여기 어딘가에 있어야 하는데, 찾을 수가 없어요."

"찾고 싶은 게 뭔데?"

"지난밤에 러벅에 대해서 말했잖아요. 난생처음 들어 본 거라서 찾아보려고요. 러벅이 뭔지 알아요?"

"사실은 나도 몰라, 굉장히 무섭게 생겼다는 건 확실하지만. 나도 궁금하긴 해. 어떻게 하면 찾을 수 있을까?"

3. 요정이 된 하울

샤메인이 솔직하게 말했다. 피터는 초록색 실로 묶인 엄지로 책이 있는 곳을 가리켰다.

"저기요. 이 책들은 마법사의 백과사전인데 찾고 싶은 것을 찾으려면, 그게 뭔지 조금이라도 알고 있어야 해요."

샤메인은 코끝에 안경을 걸치고 책 속으로 코를 파묻었다.

《마법의 책》이라고 금색으로 제목이 쓰인 책들에는 제목이랑 숫자가 쓰여 있었다. 3권은 《그리오롭티카》, 5권은 《파나티콤》, 아래로 내려가면 19권 《고급 연구》, 27권은 《지상의 해몽》, 28권은 《우주의 해몽》이라고 적혀 있었다.

"네 문제가 뭔지 알겠어."

샤메인이 말했다.

"이제 순서대로 책을 배열해 볼게요. 일단 다섯 권은 끝냈어요. 아직 주문의 앞뒤가 뭔지는 알 수 없지만."

피터는 《마법》이라고 붙어 있는 6권을 꺼내서 책을 펼쳤다.

"이번에는 샤메인이 해 봐요."

샤메인이 어깨를 으쓱하며 7권을 꺼냈다. 책 제목은 도무지 감을 잡기 힘들게 《포텐트: 강력 마법》이었다. 샤메인은 넓고 밝은 빛이 들어오는 창틀에 올려놓고 서문보다 조금 뒤쪽을 펼쳐 보았다.

악마: 강하고 때로는 위험한 존재. 종종 다음의 요소들과 헷갈리기
도 한다.

샤메인은 몇 쪽을 더 넘겼다.

마귀: 지옥의 창조물…… 요정의 선물: 다음의 요정들이 영역 보호를 위해 선물한 것으로 강한 힘이 포함되어 있는…….

샤메인은 다시 몇 쪽을 더 넘겨서 읽었다.

몽마(잠자는 여인을 덮치는 괴물-옮긴이): 다음 마귀의 종류로, 여자에게 특히 해로우며…….

샤메인은 책장을 천천히 넘기며 조심스럽게 살펴보았다. 그러다 20쪽을 넘겼을 때 드디어 찾고 싶은 것을 발견했다.
"러벅. 찾았다!"
샤메인이 외쳤다.
"끝내줘요!"
피터가 《마법》 책을 쾅 닫았다.
"이건 도표가 대부분인데요. 뭐라고 적혀 있어요?"
두 사람은 창틀에 기대어 함께 서문을 읽어 내려갔다.

러벅: 다행히 드문 종에 속함. 보라색 곤충 모양으로 메뚜기 크기부터 인간보다 큰 크기까지 다양하며, 요즘은 다행히 야생이나 사람이 살지 않는 곳에서나 볼 수 있다. 러벅은 인간을 발견하는 즉시 펜

치 같은 촉수나 어마어마한 입을 벌려 공격한다. 1년 중 열 달 동안, 인간을 갈기갈기 찢어 주식으로 삼는데 7, 8월은 산란기로 특히 위험하다. 7, 8월 동안 러벅은 여행객이 지나가기를 기다렸다가 생포해서 인간의 몸에 알을 낳는다. 알은 열두 달 뒤에 부화되는데 첫 번째 부화한 러벅이 나머지 알을 먹어 치우고, 갓 태어난 러벅은 인간 숙주를 파먹어 버린다. 보통 남자는 사망한다. 여성은 일반적으로 출산을 하는데 자손은 러벅킨(아래 참조)으로 변하며 결국 사망한다.

세상에, 정말 겨우 빠져나왔구나! 샤메인은 생각했다. 샤메인과 피터의 눈동자는 다음 이어지는 글을 좇느라 바빴다.

러벅킨: 러벅 종과 인간 여성의 자손. 보통 인간 아이와 흡사한 모습이지만 보라색 눈동자를 가졌다. 보라색 피부를 가진 러벅킨도 있고, 퇴화한 날개를 달고 출생하기도 한다. 산파는 발견 즉시 러벅킨을 죽이지만 인간의 아이로 태어나면 살아남는 경우가 많다. 러벅킨은 악마에 가깝고 인간의 몸을 통해 번식할 수 있기 때문에 몇 세기가 흘러도 쉽사리 악마가 사라지지 않는다. 하이놀랜드와 몬탈비노처럼 멀리 떨어진 지역에 사는 사람들은 러벅킨의 후손이라는 소문도 있다.

이 글을 읽고 샤메인과 피터가 얼마나 충격을 받았는지 모른다.

차라리 이 사실을 몰랐으면 하고 바랄 정도였다. 밝은 빛이 환하게 비추는 윌리엄 고조부의 서재가 순간 불안하고 기묘한 그림자가 드리워진 곳처럼 느껴졌다. 사실은 집 전체가 스산한 느낌이 들었다. 샤메인과 피터는 불안한 눈빛을 교환했다. 창문 너머 정원에 위험이 도사리고 있는 건 아닌지 무서웠다. 웨이프가 복도 어딘가에서 큰 소리로 하품을 하자, 둘 다 깜짝 놀랐다. 샤메인은 밖으로 나가서 창문이 제대로 닫혔는지 확인하고 싶었다. 하지만 먼저 피터를 조심스레 살펴야 했다. 러벅의 특징인 보라색의 징후가 도사리는지. 어쨌든 피터는 몬탈비노에서 왔다고 했으니까.

피터도 겁에 질려 창백했다. 콧등의 주근깨가 옅은 오렌지색으로 변했고 듬성듬성 자란 턱수염이 오렌지색으로 보일 정도였다. 눈동자는 빛바랜 갈색이었다. 샤메인처럼 초록색이 감도는 노란색 눈동자는 아니지만, 다행히 보라색도 아니었다. 피터 역시 그녀를 뚫어지게 쳐다봤다. 때문에 샤메인은 피터 얼굴을 자세히 볼 수 있었다. 샤메인은 얼굴이 차가워지는 것을 느꼈고 자기 얼굴도 피터만큼이나 창백하게 질렸다는 것을 알았다. 결국 두 사람은 거의 동시에 입을 열었다.

"몬탈비노에서 왔다고 했는데, 가족들 눈동자가 혹시 보라색이야?"

"러벅을 만났다면서요. 러벅이 몸에다 알을 낳은 것 아니에요?"

"절대 아니야."

"엄마가 몬탈비노의 마녀이긴 해도 사실은 하이놀랜드 출신이에요. 보라색 눈동자도 아니고요. 러벅을 만났을 때 어땠는지 말해 봐요."

샤메인은 창문에 올라가게 된 배경부터 산속 초원의 파란색 꽃 덤불 속에 숨어 있던 러벅을 만나게 된 이야기까지 자세히 말해 주었다. 그런데 대뜸 피터가 물었다.

"러벅이 당신을 만졌어요?"

"아니, 날 만지기 전에 절벽에서 떨어졌어."

"떨어졌는데, 왜 죽지 않았죠?"

피터는 샤메인이 귀신이라도 되는 것처럼 옆으로 약간 물러서며 물었다.

"주문을 외웠어. 하늘을 나는 주문."

샤메인은 자신이 마법을 부린 것을 자랑스러워하며 반쯤 경쾌한 목소리로 말했다.

"정말요? 어떻게요? 어디에서 본 건데요?"

피터가 부러우면서도 다소 의심스럽다는 듯 물었다.

"서재에 있던 책에 적혀 있어. 절벽에서 떨어지는 도중에 몸이 둥둥 떠올랐어. 안전하게 정원 옆 샛길까지 와서 착지할 수 있었어. 그렇게 의심스러운 눈빛으로 쳐다볼 필요 없어. 내가 집에 도착했을 때 롤로라는 코볼도도 있었어. 못 믿겠으면 코볼도한테 물어보면 되잖아."

"이따 물어볼 거예요. 이건 무슨 책이죠? 보여 주세요."

샤메인은 어깨 위에 달랑거리던 리본을 황급히 풀어서 책상 위에 올려놓았다. 《팰림프세스트의 코》는 굳이 숨고 싶지 않은 눈치였나.

샤메인이 마지막으로 놓아두었던 곳이 아닌 다른 곳에 놓여 있었던 것이다. 샤메인은 이 책을 《마법의 책》 시리즈가 세워진 끝부분에서 겨우 찾아내고는 다른 종류의 백과사전인 것처럼 설명했다.

"여기 있어."

샤메인은 《마법》 책 위에 《팰림프세스트의 코》를 탁 내려놓으며 말했다.

"어떻게 내 말을 의심할 수 있어! 이제 읽을 책이 있나 찾으러 가야겠어."

샤메인은 책장으로 씩씩하게 걸어가서 그럴듯한 제목의 책을 집어 들었다. 책장에 꽂힌 책들은 하나같이 지루해 보였다. 그래서 일부러 재미있는 제목의 책을 골랐다. 《예술가로서의 마법사》나 《퇴마록》은 어떨까? 《합창 기도의 이론과 연습》은 내용이 딱딱해 보여서 그 옆에 있는 책 《열두 종류의 지팡이》가 차라리 낫겠다 싶었다.

샤메인이 책을 고르고 있는 동안 피터는 책상에 앉아서 《팰림프세스트의 코》를 한 장씩 꼼꼼히 넘겨 보고 있었다. 샤메인은 《예술가로서의 마법사》에 있는 구절들이 모두 "따라서 행복한 작은 마법사는 우리에게 달콤하고, 요정 같은 음악을 들려준다"로 연이어진다는 것을 깨닫게 되었다. 그때 피터가 신경질적인 목소리로 말했다.

"하늘을 나는 주문은 없어요. 내가 하나씩 살펴봤다고요."

"내가 주문을 써 버려서 그런가 봐."

샤메인이 우물거리며 말했다. 그리고 《열두 종류의 지팡이》를 들고 정독하기 시작했다.

3. 요정이 된 하울

"그런 일은 없을 텐데. 솔직하게 말해 봐요, 어디서 찾았어요?"

"그 책에서 찾았다고 했잖아. 아무리 말해도 안 믿을 거면서, 왜 자꾸 물어봐?"

샤메인은 안경을 벗고 읽던 책을 덮었다. 그러고는 책을 한 무더기 들고 피터가 있는 서재 문을 쾅 닫고 나가서 욕실과 거실 사이를 왔다 갔다 했다. 퀴퀴한 곰팡이 냄새가 진동했지만 샤메인은 계속 버티기로 했다. 《마법의 책》을 읽은 뒤로는, 따스한 햇빛이 비추는 야외도 더 이상 안전해 보이지 않았다. 수국이 피어 있는 덤불에서 갑자기 러벅이 튀어나오지는 않을까 싶어서 샤메인은 소파 깊숙이 몸을 웅크렸다.

그러다 어느새 《열두 종류의 지팡이》에 푹 빠져서, 책의 내용을 점차 이해할 수 있을 것만 같았다. 그때, 현관문에서 무언가 날카롭게 긁히는 소리가 났다. 샤메인은 언제나 그렇듯, 누군가 대신 나가겠거니 생각하며 계속 책에 몰두해 있었다.

그때 덜그럭거리며 현관문이 열렸다. 셈프로니아 숙모의 목소리도 들렸다.

"샤메인은 물론 잘 지낼 거야, 베레니케. 평소처럼 책에 코를 파묻고 있을걸."

샤메인은 책을 덮고 안경을 벗었다. 셈프로니아 숙모 뒤를 따라 집으로 들어오는 엄마가 보였다. 숙모는 여전히 눈에 띄게 뻣뻣한 실크 드레스를 입고 있었고, 베이커 부인은 반짝이는 흰색 칼라와 소매가 달린 얌전한 회색 옷과 회색 무자를 쓰고 있었다.

'깨끗한 옷을 입고 있어서 다행이야.'

샤메인은 이렇게 생각하면서 혹시 엄마나 숙모가 집 안에 있는 나머지 방을 본다면 큰일이라는 생각이 들었다. 때가 덕지덕지 묻은 접시들, 더러운 개 밥그릇, 비누 거품, 빨래, 커다란 개. 문제는 부엌만이 아니었다. 서재에는 피터가 앉아 있지 않은가. 부엌만으로도 잔소리를 들을 정도로 충분히 더러운데. 하지만 셈프로니아 숙모는, 확신하건대, 마녀이기 때문에 서재를 찾아내서 피터가 있다는 걸 발견할 수도 있다. 그러면 엄마는 생판 모르는 남자애가 여기서 뭘 하고 있는지 궁금해하겠지. 그러면 피터가 어떻게 된 건지 설명할 것이고, 아마도 엄마는 윌리엄 고조부님 집을 피터에게 돌보라고 할 것이다. 그렇담 샤메인은 그 즉시 집으로 돌아가야 한다는 결론이 나왔다. 셈프로니아 숙모가 엄마의 말에 동의하는 즉시, 샤메인은 집으로 돌아가야만 한다. 평화와 자유라고는 하나도 없는 집으로.

이런저런 생각을 하던 샤메인은 자리에서 벌떡 일어나 환하게 웃으며 엄마와 숙모를 맞았다. 너무 웃어서 얼굴에 경련이 날 것만 같았다.

"안녕하세요! 문소리를 못 들었어요."

샤메인이 말했다.

"평소에도 못 들었잖니."

셈프로니아 숙모가 말했다.

베이커 부인은 샤메인을 불안한 눈초리로 쳐다보았다.

"정말 괜찮니, 애야? 지내는 건 편하니? 머리는 왜 그렇게 했어?"

"이게 더 좋아요. 저한테 잘 어울리는 머리 스타일 같죠, 숙모님?"

샤메인이 엄마와 숙모, 부엌 사이를 번갈아 쳐다보며 말했다. 셈프로니아 숙모는 파라솔에 기대어서 샤메인을 훑어보았다.

"그래. 잘 어울린다. 나이보다 어리고 살집도 있어 보여. 그래서 머리를 묶은 거니?"

"네, 맞아요."

샤메인이 확신에 찬 목소리로 대답했다.

베이커 부인은 한숨을 쉬었다.

"얘야, 그렇게 당돌하게 말하지 않았으면 좋겠다, 사람들이 싫어하잖니. 하지만 잘 지내고 있는 것 같아서 다행이야. 어젯밤에 빗소리를 들으며 침대에 누워 있는데 도통 잠을 잘 수가 없더구나, 이 집에 비가 새면 어쩌나 걱정이 되어서 말이야."

"비는 새지 않아요."

"창문을 열어 놓고 자는 건 아닌지 걱정했다."

베이커 부인이 덧붙였다. 샤메인은 몸서리를 쳤다.

"창문도 닫았어요."

이렇게 말함과 동시에 피터가 러벅의 초원으로 향하는 창문을 열어 두었다는 사실이 기억났다.

"걱정할 거 하나도 없어요, 엄마."

샤메인은 거짓말을 했다.

"사실 엄마는 걱정이 태산이란다. 네가 집을 떠나 생활하는 건 이번이 처음이잖니. 아빠한테도 이 말을 했더니, 네가 제대로 챙겨 먹지 못할까 걱정하시더라."

베이커 부인은 자수가 놓인 가방을 들고 있었다.

"아빠가 음식을 좀 챙겨 주셨단다. 부엌에다 갖다 놓을게. 그래도
되지?"

베이커 부인은 이렇게 말하고서 샤메인을 밀치고 문 안쪽으로 들
어갔다.

'안 돼! 제발!'

샤메인은 속으로 외쳤다. 그리고 조심스럽고 예의 바르게 엄마 손
에 들린 가방을 뺏어 들고 말했다.

"신경 쓰실 필요 없어요, 엄마. 제가 가져다 놓을게요."

"왜 그러니? 힘든 일도 아닌데."

베이커 부인이 가방을 다시 뺏어 들며 말했다.

"왜냐하면, 제가 엄마를 위해 깜짝 놀랄 만한 것을 준비했거든요."

샤메인이 당황하면서 말했다.

"이쪽에 앉으세요. 소파가 정말 편해요, 엄마. 앉으세요, 셈프로니
아 숙모님."

그리고 가방을 들어 문 쪽으로 놓았다.

"잠깐이면 가방 가져다 놓고 오는데. 그냥 부엌 탁자 위에 두면 나
중에 찾기도 쉽고……."

베이커 부인의 말에 샤메인은 한 손을 가로저었다. 다른 손으로는
필사적으로 가방을 붙잡고 있었다.

"윌리엄 고조부님!"

샤메인이 울 듯한 목소리로 외쳤다.

"모닝커피! 부탁드려요!"

다행히도 윌리엄 고조부의 친절한 목소리가 들렸다.

"구석에 있는 손수레 수도꼭지에 '모닝커피'라고 말하렴."

베이커 부인은 화들짝 놀라며 목소리가 어디서 나오는지 두리번거리며 살폈다. 셈프로니아 숙모는 이 모든 광경을 흥미롭게 지켜보더니 양산으로 손수레 꼭지를 두드리며 말했다.

"모닝커피?"

그러자 바로 거실이 따뜻한 커피 향으로 가득 찼다. 손수레 위에 놓인 주둥이가 긴 은색의 커피 주전자가 뜨거운 김을 내뿜고 있었고, 금색의 작은 커피 잔, 금색의 크림 통, 은색 설탕 통, 달콤한 케이크 접시도 함께 놓여 있었다. 베이커 부인은 너무 놀라서 순간 가방을 잡고 있던 손을 놓쳐 버렸다. 샤메인은 재빨리 가방을 챙겨서 가까운 팔걸이의자 뒤쪽에 숨겼다.

"대단히 고품격의 마법이로구나."

셈프로니아 숙모가 말했다.

"베레니케, 앉아 있어. 샤메인이 손수레를 소파로 가져올 거야."

베이커 부인이 멍한 표정으로 숙모 말에 따라 자리에 앉으며 샤메인에게 안도의 눈빛을 보냈다. 집 안은 이제 우아하고, 품위 있게 모닝커피를 마시는 공간으로 변해 있었다. 셈프로니아 숙모는 커피를 따르고 샤메인은 달콤한 케이크를 날랐다. 샤메인이 부엌문을 향해서서 셈프로니아 숙모에게 케이크 접시를 건네고 있었을 때, 문이 열리면서 거대한 웨이프의 얼굴이 불쑥 들어왔다. 분명 달콤한 케이크 냄새를 맡고 찾아왔을 것이다.

"저리 가, 웨이프! 얼른 가! 여기는…… 예의 바르게 행동하지 않으면 들어올 수 없어. 나가!"

웨이프는 측은하게 샤메인을 바라보고 한숨을 크게 내쉬고는 나가 버렸다. 그동안 베이커 부인과 셈프로니아 숙모는 커피가 찰랑거리는 잔을 조심스럽게 잡고 샤메인이 누구와 이야기하는지 지켜보았다. 웨이프가 나가자 문이 쾅 닫혔다.

"저건 뭐지?"

베이커 부인이 물었다.

"아무것도 아니에요. 윌리엄 고조부님의 경비견이에요, 식탐이 대단하더라고요."

샤메인이 베이커 부인을 안심시키는 목소리로 말했다.

"집에 개가 있어? 상황이 별로 좋아 보이지 않는구나, 샤메인. 개들이 얼마나 더러운데. 물릴 수도 있잖아! 그 개를 어디 묶어 놨으면 좋겠구나."

불안에 찬 목소리로 베이커 부인이 말했다.

"아니, 아니에요 엄마, 정말 깨끗한 강아지예요, 내가 시키는 대로 말도 잘 듣고요. 그냥, 너무 많이 먹는 게 문제예요. 윌리엄 고조부님이 다이어트 시키려고 하셨대요. 그래서 오랜만에 케이크 냄새를 맡고 온 거예요."

샤메인은 자신이 한 말이 사실일까 생각하며 말했다. 부엌문이 다시 열렸다. 이번에는 저쪽에서 피터의 얼굴이 보였다. 무언가 급하게 말하려는 것처럼 보였다. 하지만 셈프로니아 숙모의 화려한 드레스와 베이커 부인의 얌전한 드레스를 보자 공포에 사로잡힌 눈빛이 되었다.

"개가 또 들어왔네. 웨이프, 나가!"

샤메인이 다소 절망적으로 말했다. 피터는 샤메인의 다급한 신호를 눈치채고 셈프로니아 숙모가 돌아보기 전에 저 멀리 사라져 버렸다. 베이커 부인은 아까보다 더 공포에 질린 모습이었다.

"베레니케, 별걱정을 다하는구나. 물론 개가 더럽고 냄새도 나고 시끄러운 건 안다. 하지만 집을 안전하게 지키려면 개를 키우는 게 좋아. 샤메인이 개를 데리고 있는 걸 오히려 다행으로 생각해야 돼."

"그런 것 같네요. 하지만, 하지만 이 집이 증조부님의 그 뭐냐, 마법의 힘으로 지켜지고 있다고 하지 않았어?"

베이커 부인이 내키지 않는 목소리로 말했다.

"네, 맞아요! 이 집에는 이중으로 안전막이 쳐져 있어요!"

샤메인이 열심히 대답했다.

"물론 그렇지. 아무나 문지방을 넘어올 수 없다고."

셈프로니아 숙모의 말이 완전히 틀렸음을 증명이라도 하듯 코볼도가 손수레 아래서 불쑥 나타났다.

"여기, 이봐!"

파랗고 작은 코볼도가 잔뜩 화가 나서 말했다.

베이커 부인은 비명을 지르며 커피를 가슴팍에 쏟았다. 셈프로니아 숙모는 치마를 끌어 코볼도로부터 우아하게 몸을 돌렸다. 코볼도는 혼란스러운 표정으로 두 사람을 노려본 뒤 샤메인을 쳐다봤다. 정원에서 만났던 코볼도가 아니었다. 그때 봤던 코볼도보다 코가 더 컸다. 파란색 옷은 더욱 고급스러워 보였다. 누군가에게 명령을 내리는 게 익숙한 것 같았다.

"넌 중요한 임무를 맡은 코볼도구나?"

샤메인이 물었다. 코볼도는 대꾸를 하기보다는 이렇게 말했다.

"뭐? 그렇게 말한다면, 난 티민즈라고 해. 이 동네를 담당하고 있어. 내가 이 동네 코볼도 대표인데, 모두 단단히 화가 났어. 여기 살던 마법사는 집에 없는 거야, 아니면 우리를 안 보겠다는 거야, 아니면⋯⋯."

샤메인은 작은 코볼도가 굉장히 화가 났다는 걸 알아챘다. 그래서 재빨리 대답했다.

"맞아. 마법사님은 집에 안 계셔. 너무 아프셔서 요정들이 데리고 가서 치료를 받고 있는 중이야. 마법사님이 없는 동안 내가 집을 돌보고 있고."

코볼도는 커다란 파란색 코 아래로 시선을 내리고는 샤메인을 쏘아보았다.

"그 말, 거짓말은 아니겠지?"

'하루 종일 거짓말만 했는데!'

샤메인은 화가 났다.

"모두 사실이야."

셈프로니아 숙모가 말했다.

"윌리엄 놀랜드 마법사님은 지금 여기에 안 계셔. 그러니까 여기서 나가 주는 게 좋겠어, 착한 코볼도. 베이커 부인이 놀라셨잖니."

코볼도는 셈프로니아 숙모를 쏘아본 뒤 베이커 부인을 노려보았다.

"그렇다면 이 문제가 해결되는 일은 없겠군!"

그는 샤메인을 향해 말하고 처음 왔을 때처럼 순식간에 사라졌다.

"오, 세상에! 너무 작아! 그 파란색은 어떻고! 어떻게 들어왔죠? 치마 밑에 들어가게 하면 안 된다, 샤메인!"

베이커 부인이 가슴에 손을 얹으며 숨을 가쁘게 쉬었다.

"그냥 코볼도일 뿐이야. 진정해, 베레니케. 코볼도는 인간과 어울리지 않는다는 규칙이 있는데, 여기서 뭘 하고 있는지 몰라. 하지만 윌리엄 고조부님이 코볼도와 뭔가 협상을 했을지도 몰라. 마법사들이란 가난하니까."

셈프로니아 숙모가 말했다.

"커피를 쏟아 버렸네."

베이커 부인이 불평하며 치마에 묻은 커피를 털었다. 샤메인은 작은 컵을 들어서 다시 커피를 부었다.

"여기 케이크 하나 더 드세요, 엄마. 윌리엄 고조부님이 코볼도에게 정원 일을 시켰어요. 어제 코볼도를 만났을 때도 굉장히 화가 나 있더라고요."

샤메인이 접시를 넘겨주며 말했다.

"정원사가 거실에 왜 들어온 거야?"

베이커 부인이 물었다. 평소에도 엄마를 이해시키려면 열심히 설명을 해야만 했다. 둔한 성격은 아니지만, 좀처럼 상황을 이해하려 들지 않았기 때문이다.

"그때는 다른 코볼도였어요."

샤메인이 설명을 시작했다.

부엌문이 열리면서 웨이프가 거실로 들어왔다. 놀랍게도 원래 크기로 돌아와 있었다. 코볼도보다 더 작은 몸으로 돌아온 웨이프는 더 없이 즐거워 보였다. 웨이프는 가벼운 걸음으로 종종거리며 샤메인을 지나치더니 케이크 접시를 보고 애처로운 눈빛을 보냈다.

"웨이프! 아침을 얼마나 많이 먹었는지 생각해 봐!"

샤메인이 말했다.

"이 개가 경비견이니?"

베이커 부인이 떨리는 목소리로 말했다.

"그렇겠지."

셈프로니아 숙모가 의견을 말했다.

"크기로 봐서는 쥐 한 마리쯤은 잡을 수 있겠구나. 아침을 얼마나 먹는다고 그랬지?"

"50마리 개가 먹을 분량이오."

샤메인이 아무 생각 없이 말했다.

"50마리!"

베이커 부인이 말했다.

"제가 좀 과장한 거예요."

웨이프는 주위를 둘러보고는 샤메인의 턱 아래 발을 얹어 놓고 애
처롭게 먹을 것을 달라고 졸랐다. 어떻게든 사랑스럽게 보이려고 애
쓰는 눈치였다.

'축 처진 한쪽 귀를 잔뜩 늘어뜨리고 최대한 귀엽게 보이려고 하
는군.'

샤메인이 생각했다.

"정말 사랑스럽고 작은 개구나! 배고픈가 봐, 맞지?"

베이커 부인이 웨이프에게 먹다 남긴 케이크를 주며 말했다. 웨이
프는 예의 바르게 그것을 받아서는 한입에 먹고 계속 달라는 표정을
지었다. 베이커 부인은 접시에 있는 케이크를 웨이프에게 모두 주었
다. 웨이프는 아까보다 더 애처로운 표정을 지었다.

"너 정말 밉다."

샤메인이 웨이프에게 말했다.

"이 강아지가 널 지켜 준다면 안전에 대해서 걱정할 필요는 없겠
네. 강아지 때문에 네가 먹을 게 줄어드는 것만 빼면 말이야."

셈프로니아 숙모도 우아하게 케이크를 웨이프에게 건네주며 샤메
인에게 말했다.

"웨이프는 잘 짖어요."

샤메인이 말했다.

'빈정댈 필요는 없어요, 셈프로니아 숙모님. 이 개가 경비견이 아
니라는 것쯤은 저도 알아요.'

샤메인은 웨이프가 정말로 자신을 위험에서 보호해 주고 있다는

사실에 대해 한 번도 생각해 보지 않았다. 그런데 웨이프는 코볼도와 부엌 혹은 샤메인이 처한 난처한 상황에서 지켜 주었고, 엄마의 관심을 완전히 독차지해 버렸다. 그리고 순식간에 원래의 크기로 돌아왔다. 샤메인은 엄마가 웨이프에게 케이크를 건네는 모습을 흐뭇하게 바라보았다. 웨이프는 감사 인사를 하려는 듯 베이커 부인의 손을 사랑스럽게 킁킁거리며 애교를 떨었다.

"정말 예쁘구나!"

베이커 부인이 웨이프에게 다섯 개째 케이크를 주며 말했다.

'저러다 배가 뻥 터져 버릴지도 몰라.'

샤메인은 걱정했지만 웨이프 덕분에 엄마와 숙모가 떠날 때까지 아주 평화롭게 시간이 흘러갔다. 베이커 부인이 말했다.

"아! 잊어버릴 뻔했네! 너한테 온 편지가 있단다."

베이커 부인은 주머니를 뒤져 뒷면이 빨간 인주로 봉해진 길고 화려한 편지봉투를 샤메인에게 건넸다. 봉투에는 우아하게 흘린 글씨체로 '샤메인 베이커 양에게'라고 쓰여 있었다.

샤메인은 그 편지를 보는 순간 대장장이가 쇠를 두드리는 것처럼 심장이 쿵쾅쿵쾅 뛰었다. 순간 눈앞이 어지러웠다. 엄마가 건네준 편지를 들고 있는 손이 파르르 떨렸다. 국왕이 직접 그녀에게 답장을 한 것이다. 정말 답장을 보내 주었다. 국왕이 보낸 편지가 확실하다고 믿었다. 윌리엄 고조부의 서재에서 발견한 편지와 똑같은 글씨체였던 것이다.

"감사합니다."

샤메인은 아무 일도 없는 것처럼 대답했다.

"열어 보렴, 얘야. 굉장히 화려한 편지처럼 보이는데, 뭔지 아니?"

베이커 부인이 물었다.

"아무것도 아니에요. 학교에서 준 수료증이에요."

이 대답이 실수였다. 엄마가 다시 물었다.

"수료증? 아빠는 네가 학교에서 다양한 문화를 체험하기를 바라셨던 건데."

"알아요, 10년 정도 학교를 다니면 그냥 수료증을 받을 수 있어요. 하지만 학교를 그만두더라도 수료증을 주니까 걱정 마세요."

즉석에서 지어낸 그럴듯한 말에도 불구하고 베이커 부인은 여전히 걱정스러운 표정이었다. 웨이프가 갑자기 뛰어올라서 베이커 부인에게 턱을 받치고 음식을 달라고 애원하지 않았다면 쓸데없는 걱정으로 잔뜩 호들갑을 떨었을 게 분명하다.

"귀여운 강아지! 샤메인, 고조부님이 다 나아서 돌아오시면 집에 올 때 이 강아지를 데리고 올 수 있는지 한번 물어보렴. 엄마는 정말 괜찮아."

베이커 부인이 말했다.

샤메인은 허리춤에 국왕 폐하의 편지를 챙겨 넣고 엄마와 셈프로니아 숙모에게 다시 방문해도 좋다는 인사말도 없이 작별 인사를 건넸다. 수국이 피어 있는 길을 따라 멀어져 가는 두 사람을 향해 환희에 가득 차서 손을 흔들었다. 샤메인은 안도의 한숨을 내쉬며 현관문을 닫았다.

"고마워, 웨이프! 넌 정말 똑똑한 개야!"

샤메인은 문에 기대어 편지봉투를 열었다.

정말 떨리는 순간이었다.

'거절하는 편지라도 괜찮아. 내가 국왕 폐하였다고 해도 거절했을 게 분명해!'

편지를 채 꺼내기도 전에 피터가 다른 문으로 들어왔다.

"사람들 갔어요? 드디어? 당신 도움이 필요해요. 코볼도들이 저한 테 화를 내고 있어요."

6

코볼도와 싸우다

샤메인은 한숨을 쉬고는 편지를 주머니에 집어넣었다. 편지 내용이 무엇이든 간에 피터에게는 알리고 싶지 않았다.

"왜? 코볼도들이 왜 화가 났는데?"

"이리 와 봐요. 모두 말도 안 되는 소리를 하는 것 같아요. 당신이 이 집을 책임지고 있다고 했더니, 마녀들과 이야기를 끝낼 때까지 얌전히 기다리겠다고 했어요."

"마녀들! 한 분은 우리 엄마야!"

"어때서요, 우리 엄마도 마녀인데. 실크 옷을 입은 여자를 유심히 살펴봤어야죠. 마녀가 확실해요. 일단 이리 와 봐요."

피터는 문을 열고 샤메인을 먼저 나가게 해 주었다. 피터가 셈프로니아 숙모를 마녀로 본 것이 맞을지도 모른다고 생각했다. 예의를 차리는 베이커 가문 사람들은 누구도 마법에 대해 입에 올리는 법이 없었다. 물론 샤메인도 노골적으로 드러내지는 않았지만 셈프로니아 숙모가 예전부터 마녀였을 거라고 생각했었다.

부엌에 들어서자, 숙모가 마녀인가에 대한 고민 따위는 날려 버릴 정도로 엄청난 장면이 기다리고 있었다. 부엌 곳곳에 코볼도가 서성이고 있었던 것이다. 개 밥그릇과 차가 쏟아진 자리만 빼고 빈 공간이 있는 곳이라면 코가 크고 각양각색으로 생긴 코볼도가 부엌에 들어차 있었다. 몇몇 코볼도는 찻주전자와 개수대의 더러운 접시들 사이에 간신히 균형을 잡고 서 있었다. 파랗고 작은 여자 코볼도들도 있었는데 대부분은 빨래 가방이 있는 곳에 나란히 앉아 있었다. 여자 코볼도는 남자 코볼도와 달리 작고 코가 귀여웠으며 멋진 주름치마를 입고 있었다.

'스커트가 참 예쁘다. 조금만 더 큰 치수면 좋았을 텐데.'

샤메인은 생각했다.

코볼도의 수는 엄청났고, 샤메인은 벽난로에서 뿜어져 나오던 비누 거품이 거의 사라졌다는 걸 알았다.

샤메인이 들어오자 코볼도들이 앞다퉈 소리를 지르기 시작했다.

"코볼도 전부가 모인 것 같아요."

피터가 말했다. 샤메인은 피터의 말이 백 번 옳다고 생각했다.

"그러게 말이야. 자, 말해 봐. 문제가 뭐야?"

샤메인은 시끄럽게 소리를 지르는 코볼도를 향해 말했다. 순간 폭풍우 소리처럼 커다란 목소리들이 돌아왔다. 샤메인은 놀라서 손으로 귀를 틀어막았다.

"그만! 이렇게 동시에 소리 지르면 어떻게 알아들을 수 있겠어?"

그녀가 소리쳤다. 아까 거실로 찾아왔던 코볼도가 여섯 명 정도의 다른 코볼도와 함께 의자 위에 서 있었다. 눈에 띌 만큼 독특한 코를 가진 코볼도였다.

"네가 말해 봐. 이름이 뭐랬지?"

"티민즈야. 넌 마법사 대변인 샤밍 베이커. 내 말이 맞지?"

그는 퉁명스럽게 인사하며 말했다.

"그런 셈이지."

이름을 잘못 부른 것 때문에 말싸움을 하는 건 별로 소용없는 짓인 것 같았다. 게다가 샤밍으로 불리는 편이 내심 기분 좋았다.

"마법사님이 병환 중이시라고 말했을 텐데. 병을 고치러 멀리 가셨어."

"그렇게 말한다면 어쩔 수 없지. 혹시 도망간 건 아니겠지?"

티민즈의 말이 끝나자 부엌은 야유와 함성으로 가득 찼다. 샤메인은 다시 소리를 질러 상황을 진정시켜야 했다.

"조용히 해! 마법사님은 도망간 게 아니야. 마법사님이 떠나시는 날 내가 도착한 거야. 병환이 심해서 요정들이 모시고 나갔어. 요정들이 데려가지 않았다면 돌아가셨을지도 몰라."

샤메인의 말이 끝나자 모두 조용해졌다. 티민즈가 못마땅한 얼굴로 말했다.

"그렇게 말한다면 네 말을 믿을 수밖에. 우리는 마법사님에게 불만이 많아. 너라면 해결할 수도 있겠지. 우린 이런 게 정말 싫어. 정말 추잡하잖아."

"뭐가 문제인데?"

티민즈는 찡그린 눈으로 샤메인을 노려봤다.

"웃지 마. 내가 이렇게 불평할 때마다 마법사님도 웃었거든."

"안 웃는다고 약속할게. 뭔데?"

"우린 정말 화가 많이 났어. 코볼도 여자들은 마법사를 위해 설거지를 하지 않기로 결정했어. 우리가 수도꼭지를 다 가져가 버려서 마법사는 접시를 씻을 수가 없었지. 그런데도 마법사는 항상 실실 웃었어. 말할 기운도 없다고 하면서."

"많이 아프셨잖아. 이젠 알겠어. 그럼 진짜 문제가 뭐야?"

"마법사의 정원. 처음 불만을 터트린 건 롤로야. 그래서 내가 가 보니까 정말 롤로 말이 맞더라고. 마법사는 파란 꽃을 키우고 있었는데, 물론 꽃 색깔로 가장 적합하고 합당한 색이지. 그런데 마법을 써서 반은 분홍색으로 어떤 건 초록이나 하얀색으로 만들었더라고. 그건 정말로 흉측하고 꽃 색깔로도 적합하지 않아."

피터는 코볼도 말을 더 이상 듣고 있을 수 없었다.

"수국은 원래 그런 꽃이야!"

피터가 크게 외쳤다.

"내가 설명하고 있잖아! 정원사라면 당연히 그렇게 말할 거야. 제

3. 요정이 된 하울

초 파우더를 꽃나무 밑에 놓아두지 않으면, 분홍색 꽃만 필 거야. 롤로는 정원사잖아. 그 사실도 분명히 알고 있지."

샤메인은 부엌의 수많은 코볼도들 가운데 롤로를 찾으려 했지만 그의 모습은 보이지 않았다.

"롤로가 어젯밤 나한테 물어봤는데……."

샤메인이 말했다.

"롤로는 모든 꽃을 자르고 싶어 했어. 그래서 꽃을 잘라도 되냐고 마법사님께 물어봤더니 안 된다고 하셨다더군."

그때 롤로가 개 밥그릇 옆에서 튀어나오는 바람에, 샤메인은 하마터면 롤로를 밟을 뻔했다. 쇳소리 섞인 목소리를 듣자 샤메인은 롤로라는 걸 단박에 알 수 있었다.

"내가 물어봤지. 그런데 이 여자애는 길가에 앉아서 하늘에 떠가는 구름이나 보면서 그냥 가만히 내버려 두라고 했어. 마법사만큼이나 나쁜 애야!"

샤메인이 그를 노려보았다.

"넌 정말 못된 말썽꾸러기로구나. 네 맘대로 할 수 없으니까 문제를 크게 만드는 거잖아!"

롤로가 팔을 휘저었다.

"방금 얘가 하는 말 들었어? 어때? 내가 잘못한 거야? 아님 얘가 잘못한 거야?"

부엌은 엄청난 함성으로 가득 찼다. 티민즈가 조용히 하라고 소리치자 귀가 찢어질 듯 시끄럽던 소리가 투덜투덜하는 소리로 잦아들었다. 티민즈가 샤메인에게 말했다.

"그렇다면 이 흉측한 꽃을 자르도록 해 줄 거야?"

"아니, 그렇게는 안 돼. 그 꽃들은 윌리엄 고조부님 거잖아. 난 할아버지의 모든 물건을 그대로 돌봐야 할 책임이 있어. 롤로는 그걸 망치려고 했고."

샤메인이 말했다. 티민즈가 그녀를 더욱 노려봤다.

"그게 너의 마지막 대답이야?"

"응, 그래."

샤메인이 대답했다.

"그렇다면 네 마음대로 해. 코볼도는 이제 더는 집안일을 도와주지 않을 테니까."

티민즈의 말이 끝나자 갑자기 모든 코볼도가 사라져 버렸다. 찻주전자, 개 밥그릇, 더러운 그릇에서 벅적거렸는데 코볼도들은 몇 개 남은 비눗방울이 공중에 흔들릴 정도로 차가운 바람을 일으키고는 없어졌다. 곧이어 벽난로 쇠살대 안쪽에서 불이 피어오르기 시작했다.

"바보 같은 짓을 했어요."

피터가 말했다.

"무슨 뜻이야?"

샤메인이 분을 삭이지 못한 채 말했다.

"수국 꽃이 원래 여러 색깔이라는 걸 말한 사람은 너잖아. 게다가 롤로가 다른 코볼도를 어떻게 선동했는지 봤잖아. 난 윌리엄 고조부님이 집에 돌아오셨을 때 정원이 엉망이 되어 있는 게 싫어."

"알아요. 하지만 재치 있게 넘길 수도 있었잖아요."

피터가 말했다.

"파란색이나 다른 색 꽃이 피게 제초 주문을 걸어 두겠다고 둘러대면 되잖아요."

"알아. 하지만 롤로는 전부 잘라 내고 싶어 할 거야. 어젯밤에 정원 손질을 못 하게 하니까 나보고 흥을 깬다고 불평했거든."

"롤로가 어떤 성격인지 다른 코볼도들이 확인하도록 만들 수도 있었잖아요. 그런데 대신 모두를 화나게 만들었죠."

"적어도 난 윌리엄 할아버지처럼 웃지는 않았어. 코볼도를 화나게 만든 건 할아버지야. 내가 아니라고!"

샤메인이 변명했다.

"그렇다면 마법사님이 어떻게 되었는지도 알겠군요! 코볼도들이 수도꼭지를 가져가 버렸고 이제 설거지도 하지 않는다고 하잖아요. 지금부터 우리가 직접 설거지를 해야 돼요. 욕실에는 뜨거운 물도 없는데!"

피터의 말이 끝나자 샤메인은 보란 듯이 걸어 나가 의자에 앉아서 편지를 열기 시작했다.

"우리가 왜 설거지를 해야 돼? 설거지하는 방법도 모르는데."

피터는 화가 났다.

"모른다고요? 그럼 한번 해 보지 그래요?"

샤메인은 봉투를 열고 크고 화려하게 접힌 종이를 꺼냈다.

"엄마는 나를 애지중지 키우셨어. 내가 부엌 근처에 오지도 못하게 하셨다고."

"믿기 힘든 얘기군요! 집안일을 하지 않으면 귀한 건가요? 비누로 벽난로에 불을 붙이는 것도 귀한 거고요?"

"그건, 우연히 그렇게 된 거야. 조용히 해 줘, 편지 좀 읽게."

샤메인이 거만한 태도로 말했다. 그러고는 안경을 코에다 걸치고 예쁜 종이를 펼쳐 들었다.

"저는 설거지나 할래요. 그 파란 코볼도 등쌀에 시달리고 싶지 않아요. 그래서 말인데, 당신도 나를 도와줘야만 해요."

"조용히 해!"

샤메인은 편지를 읽기 위해서 온 신경을 집중했다.

친애하는 베이커 양에게,

당신이 우리를 위해 친히 봉사하고 싶다고 제안해 주다니, 정말 친절한 분이십니다. 보통 때라면, 우리 딸 힐다 공주를 위해 충분한 조건을 갖춘 조수를 찾을 것입니다. 하지만 공주에게 일이 생겨 중요한 손님이 방문할 예정이라, 그동안 도서관에서 일하는 것을 중단시키려고 합니다. 당신의 제안을 감사하게 받아들여 도서관에서 임시로 일해 주었으면 합니다. 가능하다면 수요일 아침 10시 30분까지 궁전으로 오십시오. 우리 모두가 기쁜 마음으로 당신을 맞이할 것이고 도서관 일에 대해서 알려 드릴 것입니다.

당신의 봉사에 감사함을 느끼며,

샤메인의 심장이 점점 빠르게 뛰었다. 너무 기쁘고, 신기하고, 믿을 수 없는 일이 일어났다는 생각에 편지를 다 읽기도 전에 가슴이 터질 것만 같았다. 국왕 폐하가 궁전 도서관 일을 돕도록 허락해 주시다니! 감격의 눈물이 흘러내렸다. 눈물을 닦으려고 안경을 벗었다. 기쁨에 벅차서 가슴이 쿵쾅거렸다. 그러나 곧 불안해졌다. 오늘이 수요일인가? 벌써 기회를 놓친 걸까?

샤메인은 피터가 있는 곳으로 가지 않았다. 멀리서 들려오는 소리만 듣고 있었다. 피터는 안으로 들어오면서 냄비를 던지듯이 놓고 개 밥그릇을 발로 찼다.

"오늘이 무슨 요일이야?"

샤메인이 피터에게 물었다.

피터는 들고 온 커다란 냄비를 쉬익 소리를 내며 타오르는 불 위에 올려놓았다.

"비누가 어디 있는지 알려 주면 대답하죠."

"짜증 나! 식료품 창고에 있는 빨래 가방 안에 이상한 상표가 붙어 있을 거야. 이제 무슨 요일인지 알려 줄래?"

"행주, 행주가 어디 있는지 알려 줘요. 식료품 창고에 빨래 가방이 두 개나 있는 거 알고 있어요?"

"어디 있는지는 모르겠는데. 오늘 무슨 요일이야?"

샤메인이 전혀 관심 없다는 듯 말했다.

"대답부터 해요. 제가 행주가 어디 있냐고 물어보니까 마법사님이 대답하지 않았어요."

"네가 오는 줄도 모르셨잖아. 수요일은 아니지?"

"어떻게 내가 오는 걸 모르실 수가 있지? 편지를 받으셨을 텐데. 행주랑 수건이 어디 있는지 좀 물어봐요."

샤메인은 한숨을 쉬었다.

"윌리엄 할아버지, 바보 같은 아이가 행주랑 수건이 어디 있는지 알고 싶어 해요."

그녀가 허공을 향해 물었다. 친절한 목소리가 대답했다.

"얘야, 깜짝 잊을 뻔했구나. 식탁 서랍에 있단다."

"오늘은 화요일이에요."

피터가 샤메인의 배에 서랍이 닿을 정도로 확 당겨서 서랍을 열었다. 피터는 수건과 행주 등을 꺼내면서 말했다.

"오늘은 분명 화요일이에요. 집에서 토요일에 출발했는데 여기까지 걸어오는 데 3일이 걸렸으니까, 이제 됐죠?"

"고마워, 정말 친절하구나. 내일 마을에 가 봐야 해. 하루 종일 밖에 있을 거야."

"그렇담 내가 여기 남아서 집을 보는 게 당신한테 좋은 일이겠네요? 어디 가서 땡땡이치려고요?"

피터가 이죽거리며 말했다.

"국왕 폐하가 일을 도와 달라고 부탁하셨어. 못 믿겠으면 이 편지를 읽어 봐."

　　　　　　　　　　　　3. 요정이 된 하울

샤메인이 도도하게 말했다. 피터는 편지를 들고 자세히 살펴보기 시작했다.

"알겠어요. 한 번에 두 가지 약속을 잡다니, 정말 대단하군요. 이제 설거지하는 걸 도와줄 수 있겠군요. 물이 뜨거울 때 말이에요."

"왜? 내가 더럽힌 것도 아닌데? 난 정원에 가 볼래."

샤메인은 편지를 봉투에 넣으면서 말했다.

"내가 더럽힌 것도 아니에요. 그리고 코볼도를 화나게 한 건 당신네 집안어른이고요. 예의라고는 눈을 씻고 찾아봐도 없군요! 너무 게을러서 일을 하기 싫은 거잖아요!"

샤메인은 피터를 휙 지나쳐서 거실로 갔다. 피터는 샤메인의 뒤통수에 대고 소리쳤다.

샤메인은 피터의 말을 못 들은 척하며 현관 쪽으로 나갔다. 웨이프가 그녀의 발치에서 맴돌며 따라왔지만, 피터에게 화가 많이 나 있어 웨이프는 신경도 쓰이지 않았다.

"쟤는 만날 불평이야! 이 집에 온 뒤로 불만이 끊이지 않잖아. 자기는 뭐, 완벽한 사람인가?"

현관문을 쾅 닫으며 샤메인이 말했다.

샤메인은 정원에 들어서는 순간 너무 놀라 숨이 턱 막혔다. 코볼도들이 매우 분주하게 일을 끝마친 것 같았다. 정말 신속하게 정원을 손질해 두었다. 꽃은 절대 자르지 말라고 했기 때문에 손도 대지 않았지만, 분홍색 꽃망울과 연보라색 혹은 하얀색 꽃망울들은 싹둑 싹둑 잘려 있었다. 정문으로 향하는 길에는 분홍색 꽃받침과 수국 꽃잎의 연보라색 꽃받침이 사방에 흩뿌려져 있었고, 꽃 덤불 위에도 가득했다. 샤메인은 너무 화가 났다.

"게으르다고, 내가? 가엾은 윌리엄 고조부님! 정원이 엉망진창이야. 할아버지는 가지각색의 꽃들을 모두 좋아하셨을 텐데. 작고 파란 짐승들 같으니라고!"

샤메인은 치마에 꽃잎을 가득 주워 담아 서재 창문 밖 탁자에 내려놓았다. 그러고는 근처 벽에서 바구니를 찾아 들고 꽃 덤불 쪽으로 갔다. 웨이프가 종종걸음으로 다가와 주위를 킁킁대며 맴돌았다. 샤메인은 작은 수국 꽃잎들을 바구니에 담았다. 그러다 코볼도들이 항상 파란색 꽃만 남겨 두는 것이 아니라는 사실을 발견하고는 씁쓸한 미소를 지었다. 초록색이나 라벤더 빛의 꽃은 그대로 남겨 놓던 것이다. 이윽고 코볼도가 심각한 문제라고 여겼을 가지각색의 수국 덤불을 발견했다. 가운데는 분홍색이고 바깥쪽은 파란색이었다. 덤불 주위에는 수많은 작은 발자국들이 찍혀 있었는데 이것을 어떻게 처리할 것인지에 대해 회의를 열었던 것 같았다. 결국 이들은 덤불의 반만 자르고 반은 남겨 두었다.

"봤지? 말처럼 쉬운 일이 아니잖아. 이건 분명 기물 파손이야. 창피한 줄 알아야지."

샤메인은 코볼도가 듣고 있을지도 모른다고 생각하며 큰 소리로 말했다.

샤메인은 꽃잎이 가득 담긴 바구니를 탁자로 옮겨다 놓았다. 그리고 계속 꽃을 줍느라 바빴다.

3. 요정이 된 하울

"기물 파손, 정말 나쁜 행동이야. 이 못된 코볼도들!"

샤메인은 적어도 롤로가 주변에서 자신의 말을 듣고 있을 거라고 생각했다.

꽃봉오리가 큰 것은 줄기도 길었다. 샤메인은 분홍, 연보라, 초록이 감도는 하얀 꽃다발을 주웠고, 탁자 위에 있는 나머지 꽃들을 활짝 펼쳐서 햇볕에 말렸다. 수국을 바짝 말렸다가 겨울에 집 안을 장식해 두면 예쁜 색깔로 유지된다는 것을 책에서 읽은 적이 있었다.

'분명 윌리엄 할아버지도 좋아하실 거야.'

샤메인은 생각했다.

"이제 책을 많이 읽는 게 얼마나 좋은 건지 알았겠지!"

그녀는 공중에 대고 소리쳤다. 누구도 듣지 않았지만 샤메인은 비단 피터뿐만 아니라 세상을 향해 자신이 옳다는 걸 증명하고 싶었다. 샤메인은 국왕 폐하에게 편지를 받았다는 것 때문에 무척 흥분해 있었다.

"이 정도면 됐어. 이리 와, 웨이프."

웨이프는 샤메인을 따라 집으로 들어왔지만 부엌 앞에서 몸을 떨며 물러섰다. 웨이프가 왜 이런 행동을 했는지 부엌에 들어서니 알 수 있었다. 피터가 뜨거운 냄비 옆에서 샤메인을 쳐다봤다. 앞치마를 두르고 있는 피터는 접시를 바닥으로 차곡차곡 쌓았다. 그리고 샤메인을 매섭게 노려보았다.

"천생 여자가 따로 없군요. 집안일 좀 도와 달라고 했더니 꽃이나 따고 있고."

"그런 게 아니야. 말썽꾸러기 코볼도들이 분홍 꽃을 다 잘라 버렸어."

"그랬어요? 정말 안됐네요! 할아버지가 오시면 화내시겠어요. 안 그래요? 꽃은 저기 달걀이 담겨 있는 접시에 두세요."

샤메인은 달걀이 잔뜩 들어 있는 파이 접시를 바라보았다. 바로 옆에 식탁 위의 찻주전자 사이로 조각 비누가 든 큰 가방이 있었다.

"그럼 달걀은 어디에 둔담? 잠깐만."

샤메인은 욕실로 들어가서 꽃잎을 세면대에 넣었다. 세면대에 담긴 꽃잎은 불길한 기운을 풍기며 잔뜩 물기를 머금고 있었지만, 샤메인은 쓸데없이 불안해하지 않기로 했다.

"찻주전자를 비워 내고 수국을 담아 잘 키워야겠어."

"좋은 생각이네요. 몇 시간은 걸리겠는데요. 물이 따뜻해지지 않았어요?"

피터가 말했다.

"그냥 뜨거운 김만 올라오는데. 기포가 올라와야 하지 않아? 그러려면 몇 시간쯤 걸릴 것 같은데. 이것 봐."

그녀는 커다란 냄비 두 개를 놓고 찻주전자 속에 물을 붓기 시작했다. 그러고는 "게으른 것도 장점이 많다"라고 말하며 찻주전자를 탁자에 놓자, 순식간에 사라져 버렸다.

"하나는 남겨 둬요. 뜨거운 물이 마시고 싶다고요."

피터가 화난 목소리로 말했다.

샤메인은 왜 이런 일이 벌어졌을까 생각하면서 조심스럽게 마지막 찻주전자를 의자에 올려놓았다. 그런데 나머지 주전자도 사라져 버리는 것이 아닌가!

"참 나."

피터가 애써 친절하게 말하려고 노력하는 모습을 보자 샤메인이 말했다.

"이걸 다 비우면 거실에서 애프터눈 티를 마실 수 있을 거야. 엄마가 음식을 잔뜩 가져 오셨어."

피터는 깜짝 놀랄 정도로 기뻐했다.

"그럼 설거지를 끝내고 맛있는 음식을 먹으면 되겠어요. 당신이 뭐라고 해도, 집안일부터 끝내야 해요."

반항하는 샤메인을 붙잡아 손에서 책을 빼앗고 허리춤에 옷을 꼭 묶도록 했다. 그리고 나서는 신기하고 이상한 일이 벌어지고 있는 부엌으로 등을 떠밀었다. 피터는 샤메인의 손에 행주를 건네며 말했다.

"당신이 닦아요, 내가 헹굴게요."

피터는 불 위에서 끓는 냄비를 들어 뜨거운 물의 절반을 비누 조각 위에 붓더니 싱크대 주변에 흩뿌렸다. 그리고는 펌프에서 퍼 올린 차가운 들통을 들어 싱크대에 반쯤 물을 부었다.

"뭐 하고 있는 거야?"

"안 그러면 뜨거운 물에 데잖아요."

칼과 포크를 미지근한 물에 던져 넣은 다음 더러운 접시를 넣으며 피터가 대답했다.

"정말 설거지를 어떻게 하는 건지 몰라요?"

"몰라."

샤메인은 여태까지 읽은 책에서 한 번도 설거지에 대해 본 적이 없다는 사실에 화가 나서 피터가 설거지하는 것을 가만히 보고 있었다. 피터는 씩씩하게 행주로 접시에 달라붙은 묵은 때를 박박 닦아 냈다. 접시가 거품 밖으로 나오자 반짝반짝 빛이 났다. 샤메인은 설거지하는 과정이 마법과 비슷하다고 생각했다. 피터가 접시를 물에 담근 다음 다른 들통으로 옮겨서 헹구는 과정을 빤히 지켜보고 있을 때, 피터가 샤메인에게 접시를 건네주었다.

"이걸 어쩌라는 거야?"

"물기를 닦은 다음에 식탁 위에다 가지런히 놓으세요."

샤메인은 최선을 다했다. 끔찍한 설거지를 끝내려면 몇 년은 족히 걸릴 것 같았다. 행주는 접시의 물기를 전혀 빨아들이지 못하는 것 같았다. 물기 때문에 접시가 손에서 자꾸 미끄러졌다. 그래서 피터가 설거지하는 속도보다 훨씬 늦게 접시의 물기를 닦아 냈다. 피터는 접시 씻은 물을 개수대 옆 배수구에 버린 뒤, 샤메인의 일이 끝나기를 기다렸다. 놀랄 것도 없이, 바로 그때 샤메인의 손에 있던 접시가 바닥으로 떨어지며 산산조각이 났다.

"이런, 이걸 어떻게 붙이지?"

샤메인이 바닥에 흩어진 조각들을 보고 말했다. 피터는 어이없다는 듯 샤메인을 쳐다봤다.

"당연히 못 붙이죠. 다음부터 떨어뜨리지 않도록 조심하세요."

3. 요정이 된 하울

피터는 깨진 접시를 주워서 다른 들통에 집어넣었다.

"이제부터 내가 닦을게요. 당신은 설거지를 해요. 안 그러면 하루 종일 걸리겠어요."

피터는 더러운 물을 개수대 밖으로 버리고 나이프, 포크, 숟가락을 꺼내서 헹굼 통에 넣었다. 샤메인은 부엌 식기들이 반짝반짝 빛나고 있다는 사실이 놀라웠다.

샤메인은 피터가 다시 개수대에 비누와 뜨거운 물을 채워 줬으면 싶었다. 조금 전만 해도 피터가 쉬운 일을 골라서 했다고 생각했지만 그건 오해였다. 설거지는 절대로 쉬운 일이 아니었다. 접시를 일일이 닦아 내는 속도가 너무 느려서 몇 년이 걸릴 것 같았다. 속도는 점점 느려졌다. 피터는 샤메인에게 계속 접시, 컵, 받침, 머그잔을 건네주면서 아직 더럽다고 말했다. 피터는 접시를 다 닦을 때까지 개 밥그릇은 넘겨주지 않았다. 샤메인은 피터가 못됐다고 생각했다. 웨이프는 접시를 깨끗이 핥아먹으니까 설거지하기 훨씬 쉬울 텐데. 그런데 설거지가 거의 끝날 때쯤 보니, 손이 온통 붉어지고 쭈글쭈글한 주름으로 뒤덮여 있었다!

"어머나, 병에 걸렸나 봐! 끔찍한 피부병에 걸렸어!"

피터가 조소하듯 웃자, 샤메인은 머리끝까지 화가 났다. 하지만 적어도 끔찍한 설거지는 끝난 것 같았다. 샤메인은 축축하고 자글자글한 주름이 가득한 손을 못마땅한 표정으로 바라보았다. 식료품 창고에서 피터가 계속 접시를 닦고 있는 걸 알았지만, 무시하고 곧바로 거실로 가서 비스듬히 내리쬐는 햇빛 아래에 앉아《열누 종류의 지팡이》를 읽었다. 책을 읽지 않으면 당장이라도 미쳐 버릴 것 같았다.

'오늘은 한 글자도 책을 읽지 못했어.'

피터는 샤메인이 책을 들기가 무섭게 수국이 가득 꽂힌 화병을 들고 와서 책을 읽고 있는 탁자 위에 쾅 내려놓았다.

"엄마가 가져왔다는 음식은 어디 있죠?"

"뭐라고?"

꽃잎 사이로 샤메인이 피터를 노려보았다.

"음식이라고 말했어요."

웨이프도 피터의 말에 동의하듯 샤메인의 다리를 붙잡고 낑낑댔다.

"그래, 음식이 있었지. 접시를 더럽히지 않고 먹는다고 약속하면 줄게."

"좋아요. 너무 배고파서 양탄자라도 씹어 먹을 지경이에요."

샤메인은 마지못해 책을 읽다 멈추고 팔걸이의자 뒤에 있는 음식 가방을 끌고 왔다. 세 사람은 베이커 씨가 만든 꽤 많은 양의 맛있는 페이스트리와 함께 애프터눈 티를 두 번이나 손수레에서 꺼내서 눈 깜짝할 사이에 먹어 치웠다. 음식을 먹는 동안 샤메인은 수국이 꽂힌 꽃병을 손수레 위에 올려놓고 바깥쪽으로 치우도록 했다. 하지만 잠시 후 고개를 돌려 보니 꽃병이 사라져 버렸다.

"어디로 사라진 건지 궁금해요."

피터가 말했다.

"그럼 네가 손수레에 앉아서 어디로 사라지게 되는지 알아보든가."

샤메인이 제안했다. 하지만 아쉽게도 피터는 그럴 마음이 전혀 없었다. 샤메인은 빵을 먹는 동안에도 피터를 몬탈비노로 돌아가게 할수 있을 방법이 없을까 골똘히 궁리했다. 피터가 싫은 건 아니었다. 하지만 샤메인이 아는 한, 피터는 다음번에는 빨래 가방을 세탁하도록 할 게 분명했다. 집 안을 청소할 일을 생각하니 끔찍해서 몸서리가 쳐질 지경이었다.

'적어도, 내일 아침에는 집에 없을 테니까. 그렇다면 피터도 빨래를 시킬 수 없겠지.'

샤메인은 생각했다.

갑자기 엄청난 긴장감이 밀려왔다. 이제 국왕 폐하를 뵈러 갈 것이다. 샤메인은 국왕 폐하를 뵙기 위해 열심히 편지를 썼고, 마침내 내일 직접 뵐 수 있는 기회를 잡았다. 그 생각을 하니 식욕이 완전히 사라졌다. 마지막 하나 남은 크림 스콘을 쳐다보던 샤메인은 이미 깜깜한 저녁이 되었다는 것을 알게 되었다. 마법의 빛이 집안을 비추고 금빛 햇빛이 방을 채웠지만, 창문 밖은 암흑처럼 어두웠다.

"이만 자러 가야겠어. 내일은 정말 긴 하루가 될 거야."

샤메인이 말했다.

"만일 국왕 폐하가 이성적인 사람이라면 당신을 보자마자 내치고말 거예요. 그럼 집으로 돌아와 빨래를 하세요."

피터가 말한 두 가지 모두, 샤메인 입장에서는 생각조차 하고 싶지 않은 끔찍한 일이었다. 그래서 피터의 말에 어떤 대답도 할 수 없었다. 샤메인은 《퇴마록》을 몇 쪽 읽다가, 결국 책을 들고 쿵쿵거리며 침실이 있는 왼쪽 복도로 걸음을 옮겼다.

7

힐다 공주와 도서관

샤메인은 뜬눈으로 밤을 새웠다. 바로 어젯밤에 읽었던 《퇴마록》 때문이었다. 《퇴마록》은 귀신과 기묘한 생물체를 다룬 이야기로, 세상에 귀신이 진짜로 있고 정말 무서운 존재라는 것을 믿을 수 있도록 생생하게 묘사한 책이었다. 샤메인은 밤새 불안에 떨면서 언제든 불을 켤 수 있도록 정신을 바짝 차리고 있었다. 또 하나 걱정스러운 것은 샤메인의 베개 옆에서 쿨쿨 자고 있던 웨이프였다.

무엇보다 어젯밤 걱정된 건, 지금이 몇 시인지 도무지 알 길이 없다는 것이었다. 샤메인은 자다 깨다를 반복하며 너무 많이 잔 게 아닐까 걱정하느라 여념이 없었다. 그러다 회색 어둠이 드리워진 새벽에 잠을 깨어 새들이 지저귀는 소리를 들었고, 그 참에 일어나기로 했다. 그런데 어찌된 일인지 다시 잠이 들었고 일어나 보니 바깥이 대낮처럼 밝아 있었다.

"도와줘!"

샤메인은 외마디 고함을 지르며 침대에서 일어났다. 잠을 푹 자게 했던 따뜻한 이불이 원망스러웠다. 샤메인은 바닥에 누워 있는 웨이프를 밟고 허겁지겁 방을 뛰어나갔다. 가지고 온 옷 중에서 최고로 좋은 초록색 스커트를 꺼내면서 지금 시간을 알 수 있는 가장 합리적인 방법을 떠올렸다.

"윌리엄 할아버지, 지금 시간을 어떻게 알 수 있죠?"

샤메인이 허공에 대고 소리쳤다.

"손목을 두드려 보렴. 그리고 '시간'이라고 말해라."

어제보다 더 기운이 없고 약해진 목소리였다. 샤메인은 주문은 사라질지라도 할아버지의 몸이 약해지는 건 아니라고 굳게 믿고 싶었다.

"시간?"

샤메인이 손목을 두드리며 말했다. 샤메인은 소리가 들리거나 시계가 나타나길 기대했다. 하이놀랜드에 사는 사람이라면 모두 시계에 대해서 무한한 관심을 가지고 있었다. 샤메인의 집에는 욕실의 시계를 합쳐서 총 열일곱 개의 시계가 있었다. 처음에는 윌리엄 고조부의 집 어디에도 그 흔한 뻐꾸기시계 하나 없다는 사실에 놀랐지만, 이렇게 손쉽게 시간을 알 수 있다고 생각하니 이제는 이해할 수 있었다. 8시였다.

"최소한 한 시간은 걸릴 텐데!"

샤메인은 숨을 헐떡거리면서 욕실로 뛰어들었다. 그러면서 한쪽 팔을 실크 블라우스에 욱여넣었다.

평소보다 긴장한 상태로 머리를 매만졌다. 거울에 비친 모습이 웬일인지 물이 흐르는 것처럼 흐릿해 보였다. 어깨 너머로 단정하게 땋아 내린 머리 때문에 평소보다 어려 보였다.

'국왕 폐하도 한눈에 학생이라는 걸 알아보시겠지.'

샤메인은 생각했다. 하지만 머리 스타일에 대해 고민할 시간이 없었다. 서둘러 욕실에서 나온 샤메인은 왼쪽 문을 통해 따뜻하고 작은 부엌으로 들어갔다.

개수대 옆에는 모두 다섯 개의 빨래 가방이 있었지만, 그것까지 둘러볼 여유가 없었다. 웨이프가 따라가고 싶어서 애처롭게 낑낑댔다. 그리고 불이 활활 타오르는 벽난로 앞을 계속 왔다 갔다 했다. 샤메인은 웨이프가 애처로워 벽난로 선반에 있는 수도꼭지를 향해 아침 식사를 달라고 할 참이었다. 웨이프는 너무 작아져서 꼬리를 쳐서 벽난로에서 음식이 나오게 할 수가 없었다.

"개밥 주세요."

샤메인은 자기 것보다 웨이프가 먹을 것을 먼저 챙겨 주었다. 발밑에서 웨이프가 아침을 먹는 동안, 샤메인은 깨끗한 식탁에 앉아 허겁지겁 음식을 먹었다. 그러면서 깨끗하게 정돈된 부엌이 훨씬 멋지다는 생각을 했다. 이런 면에서 보면, 피터도 나름대로 쓸모가 있다고, 샤메인은 마지막 남은 커피를 부으며 인정했다. 그러다 다시 몇 시인지 궁금해서 손목을 두드리고는 9시까지 딱 6분이 남았다는 걸 알고 불안해졌다.

"시간이 어쩜 이렇게 빨리 지나가지!"

샤메인은 큰 소리로 외치며 깨끗한 웃옷을 챙기려고 욕실로 뛰어갔다. 그런데 너무 급하게 뛰는 바람에, 문을 통과할 때 길을 잘못 들어서 이상한 곳까지 와 버렸다. 사방이 파이프로 둘러싸인 길고 좁은 방이었는데 가운데에는 지저분한 파란색 털로 덮인 거대한 물 탱크가 있었다.

"아, 짜증 나!"

샤메인은 다시 문 쪽으로 돌아갔다. 어느새 부엌으로 돌아와 있었다.

"여기서부터는 길을 정확히 알아."

거실을 가로질러 현관문으로 나가면서 샤메인이 중얼거렸다. 그러다 하마터면 집 밖에 롤로 것으로 보이는 우유통을 엎을 뻔했다.

"롤로는 우유를 받을 자격도 없어!"

문을 세게 닫으면서 샤메인이 외쳤다. 드디어 수국이 핀 샛길을 가로질러 현관 밖으로 나갔다. 샤메인 뒤쪽에서 현관문이 쾅 소리를 내면서 닫혔다. 이제부터 천천히 걸어도 된다. 궁전까지 얼마나 남았는지 몰라도 급하게 뛰는 것은 바보 같은 일이었다. 벽돌길이 있는 곳까지 내려오면서 첫 번째 구부러진 길을 만났다. 다시 한번 정원 문이 쾅 닫혔다. 샤메인은 계속 같은 길을 돌고 있었다. 웨이프는 작은 네 다리로 최대한 빨리 샤메인을 뒤쫓아 갔다. 샤메인은 한숨을 쉬고는 웨이프에게 성큼성큼 걸어갔다. 샤메인이 오는 모습에 웨이프는 신이 나서 기분 좋게 낑낑거렸다.

"안 돼, 웨이프. 넌 따라올 수 없어. 집으로 가!"

샤메인은 엄한 태도로 윌리엄 고조부의 집을 가리켰다.

"집!"

웨이프는 귀를 축 늘어뜨리고 앉아서는 애원하는 표정을 지었다.

"안 돼! 집에 가!"

샤메인이 다시 집 쪽을 가리키며 명령했다. 웨이프는 바닥을 파고 기어 들어가더니 하얀색 꼬리만 대롱대롱 흔들고 있었다.

"정말 못 살아!"

웨이프는 길 가운데서 꼼짝하지 않기로 작정한 것 같았다. 결국 샤메인은 웨이프를 품에 안고 집까지 뛰어갔다.

"너는 데려갈 수가 없어."

집에 도착했을 때 숨을 헐떡이며 샤메인이 말했다.

"국왕 폐하를 만나러 가야 돼. 폐하를 뵙는데 개를 데리고 가는 사람은 없어."

샤메인은 윌리엄 고조부 댁의 앞문을 열어서 웨이프를 정원에 있는 작은 길에 내려놓았다.

"자, 여기 가만히 있어."

웨이프의 원망스러운 얼굴을 뒤로하고 샤메인은 다시 문을 닫고 성큼성큼 길을 따라 내려갔다. 샤메인은 손목을 급하게 두드리며 물었다.

"시간?"

그러나 윌리엄 고조부 집 밖에서는 주문이 듣지 않았다. 하지만 약속 시간에 늦었다는 것쯤은 분명히 알 수 있었다. 샤메인은 서둘러 뛰기 시작했다. 샤메인의 뒤쪽에서 다시 문소리가 쾅 들렸다. 웨이프가 다시 뒤따라오고 있었다. 샤메인은 끙 신음 소리를 내며 다시 돌아서 웨이프를 들어 올렸고 다시 현관문 안쪽에 내려놨다.

"자, 착하게 굴어야지, 그대로 있어!"

샤메인은 숨을 헐떡이며 다시 뛰어갔다.

그런데 현관문 닫히는 소리가 또 들리더니 웨이프가 졸랑거리며 따라왔다.

"한 번만 더 따라오면 소리 지를 거야!"

샤메인은 웨이프를 세 번째로 집 안에 내려놓으며 말했다.

"여기 있어, 이 멍청한 강아지야!"

이제는 로열 맨션 궁까지 뛰어가야 겨우 제시간에 닿을 수 있을 것 같았다. 다시 현관문이 닫히는 소리가 들렸다. 곧이어 작은 발소리가 났다. 샤메인은 다시 돌아서서 웨이프한테 소리쳤다.

"너 정말 이러기야, 웨이프! 나 늦었단 말이야!"

이제 웨이프를 안고 숨을 헐떡이며 마을 쪽으로 뛰어가는 수밖에 없었다.

"좋아, 네가 이겼다. 너를 데리고 가지 않으면 늦으니까 데리고 갈 수밖에. 하지만 정말 데리고 가기 싫어, 웨이프! 알겠니?"

3. 요정이 된 하울

웨이프는 이제야 만족한 것 같았다. 웨이프는 꼼지락대며 샤메인의 턱을 열심히 핥았다.

"안 돼, 그만. 나 기분 별로야. 정말 밉다. 너 정말 귀찮다. 가만히 있지 않으면 버리고 갈 거야."

웨이프는 샤메인의 팔에 가만히 앉아서 만족스러운 한숨을 내쉬었다. 샤메인은 서둘러 길을 재촉했다. 드디어 사방이 거대한 절벽으로 둘러싸인 곳에 도착했다. 본래는 초원에서 러벅이 갑자기 나타나지 않을까 싶어서 살펴볼 생각이었지만, 급히 서두르느라 러벅을 걱정할 틈도 없었다. 놀랍게도 길을 꺾자, 바로 눈앞에 마을이 있었다. 이렇게 가까운 곳에 마을이 있는지 몰랐다. 여러 채의 집과 높은 탑이 아침 햇살을 받아 장밋빛으로 반짝이는 모습이 눈앞에 펼쳐졌다. 샤메인은 셈프로니아 숙모의 조랑말도 이 길로 왔을 거라고 생각하며 첫 번째 보이는 집들 사이로 성큼성큼 걸어갔다.

강을 사이에 두고 길이 두 갈래로 나뉘었다. 곧 지저분한 마을로 길이 이어졌다. 샤메인은 윌리엄 고조부 댁에 갈 때, 길도 좋지 않고 왠지 기분 나쁜 동네라고 생각했던 걸 기억해 내고는 잔뜩 긴장한 채로 걸음을 재촉하며 지나갔다. 마을 사람들은 무척 지치고 가난해 보였다. 샤메인이 지나가는 것에도 별 관심이 없었다. 만약 쳐다봤다고 해도, 샤메인이 아니라 품에 안겨서 마을 풍경을 감상하는 웨이프에게 관심을 두었을 것이다.

"작고 예쁜 강아지로구나."

샤메인이 빠른 걸음으로 걸어가고 있는데, 가게에서 양파 꾸러미를 옮기던 여자가 놀라며 말했다.

"작고 예쁜 괴물이에요."

샤메인 말에 여자가 깜짝 놀랐다. 웨이프는 반항하는 것처럼 꼼지락거렸다.

"이건 진심이야. 넌 정말 말썽꾸러기야, 만약 너 때문에 지각이라도 하면, 절대 용서하지 않을 거야."

샤메인과 웨이프는 넓고 깨끗한 집들이 많은 거리에 도착했다.

드디어 웨이프와 샤메인이 시장에 도착했을 때, 마을 회관에 있는 커다란 시계가 10시를 가리켰다. 샤메인은 30분이 넘는 거리를 어떻게 10분 만에 올 수 있었는지 의아해하며 다시 걸음을 재촉했다. 이제 도로 끝에서 돌면 궁전이 있을 터였다. 샤메인은 이제야 숨을 고르며 천천히 걸을 수 있었다. 그때 산에 걸쳐 있던 안개 사이로 햇빛이 강하게 내리쬐었다. 웨이프의 몸이 햇살을 받자, 샤메인은 도저히 더위를 참을 수 없었다. 샤메인은 강 위로 흐르는 산책로를 돌아서 마을 위쪽의 커다란 협곡 쪽으로 길게 이어진 갈색 도로로 뛰어가 유유히 걸음을 옮겼다. 조금 더 걸어가니 샤메인이 좋아하는 서점이 세 개나 있었다. 샤메인은 느리게 걷는 사람들 틈을 헤집고 들어가 창문으로 서점 안을 구경했다.

"작고 예쁜 강아지네."

주위에 있던 사람들이 샤메인에게 말했다.

"하! 사람들이 네가 얼마나 돼지인지 알아야 하는데!"

샤메인이 웨이프에게 말했다. 커다란 시계탑이 30분을 알리는 종이 울릴 때쯤, 샤메인은 겨우 로열 스퀘어 광장에 도착했다. 샤메인은 기뻤다. 그러나 광장을 지날 때 종소리를 듣자, 왠지 모르게 기분이 좋지 않았고, 더 이상 덥지도 않았다. 순간 소름이 오스스 돋으면서 스스로가 보잘것없는 존재처럼 느껴졌다. 여기까지 찾아온 자신이 바보처럼 느껴졌다. 주변 사람들이 하나같이 샤메인을 한 번씩 쳐다보면서 지나갔고, 반짝이는 궁전 지붕의 금색 타일을 보자, 다시 한번 기가 죽었다. 그나마 웨이프가 턱을 핥아 주어서 조금 기분이 좋아졌다. 궁전의 거대한 앞문으로 걸어가는 중에도 너무 긴장된 나머지, 왔던 길로 돌아가고 싶을 정도였다. 하지만 지금까지 가장 하고 싶었던 일이라는 걸 다시 한번 상기했다. 비록 지금은 이 일이 진정 원하는 일인지 확신하기 힘들었지만.

'번쩍이는 황금 타일은 그저 금처럼 보이는 것뿐이야. 그쯤은 세상 사람들 모두가 알고 있다고!'

샤메인은 금으로 칠해진 커다란 손잡이를 잡고 용감하게 문을 두드렸다. 순간 알 수 없는 힘 때문에 바닥에 주저앉고 싶은 한편으로, 이 자리에서 벗어나 멀리 도망치고 싶은 생각이 들었다. 샤메인은 너무 긴장한 나머지 몸을 부르르 떨면서 웨이프를 가슴에 꼭 안고 그대로 서 있었다. 꽤 연로해 보이는 문지기가 궁전 문을 열어 주었다.

'궁전을 지키는 집사인가 보다.'

샤메인은 언젠가 이 사람을 본 적이 있었는지 생각해 보았다. 분명 학교 가는 길에 한 번쯤 마주쳤을 것이다.

"음…… 전 샤메인 베이커예요. 국왕 폐하가 초대해 주셨어요."

샤메인은 웨이프를 한 손으로 안고 다른 손으로는 주머니 속에서 편지를 찾았다. 하지만 편지를 꺼내기도 전에 늙은 집사가 이미 문을 활짝 열고 있었다.

"들어오세요, 샤밍 아가씨. 국왕 폐하가 기다리고 계십니다."

약간 떨리는 목소리로 집사가 말했다. 궁전 안으로 발을 들여놓자 늙은 집사의 목소리만큼이나 다리가 후들거렸다. 집사는 나이 때문에 허리가 너무 굽어서 키가 샤메인 가슴께에밖에 닿지 않았다. 집사는 떨리는 손으로 샤메인을 멈춰 세웠다.

"강아지를 꼭 잡으세요, 아가씨. 궁에서 돌아다니게 하면 안 됩니다."

샤메인은 왠지 불안했다.

"강아지가 계속 따라와서 결국 데리고 올 수밖에 없었어요. 사실은……."

"괜찮습니다, 아가씨. 폐하께서는 강아지를 매우 좋아하세요. 강아지와 친하게 지내려다가 몇 번 물리시긴 했지만, 상관하지 않으시고 아주 좋아하시지요. 우리 라슈푸트 주방장도 강아지를 가지고 있는데 별로 좋은 개는 아니에요. 다른 개들이 자기 영역을 침범하면 죽여 버린답니다."

집사가 무겁고 커다란 문을 닫으며 말했다.

"오, 맙소사."

샤메인이 작은 목소리로 말했다.

"그러니까 반드시 제 뒤만 따라오셔야 합니다, 아가씨."

샤메인은 돌로 되어 있는 넓은 복도를 지나 늙은 집사를 따라가면서 웨이프를 꼭 끌어안았다. 웨이프는 답답했는지 팔 안에서 꿈틀댔다.

궁전 안은 춥고 어두웠다. 한두 개의 금색 테두리로 장식된 위엄 넘치는 갈색 사진만 빼면 궁전 안 어디에도 위엄 있고 화려한 장식품이 없다는 사실에 샤메인은 놀랐다. 사진을 떼어 낸 것으로 보이는 하얀 사각형 자국이 벽에 몇 개 있었지만, 샤메인은 너무 긴장한 나머지 왜 사진을 떼어 낸 건지 궁금해할 여유조차 없었다. 온몸에 한기를 느끼며, 웨이프처럼 하찮은 존재가 된 듯한 느낌을 받을 뿐이었다. 집사는 육중한 사각형 문 앞에서 걸음을 멈추고는 떡갈나무로 된 문을 열었다.

"국왕 폐하, 샤밍 베이커 양입니다. 그리고 강아지도 왔습니다."

말을 끝내고 집사는 비틀거리며 나갔다. 샤메인은 안으로 걸어 들어가면서 휘청거렸다. 폐하께서도 내가 떨고 있다는 걸 눈치채셨겠지! 만에 하나 다리에 힘이 빠지면 어떻게 절을 한담.

샤메인이 들어간 곳은 거대한 도서관이었다. 어두운 갈색 책장이 양쪽으로 길게 이어져 있었다. 오래된 책 냄새가 그녀를 사로잡았다. 앞에는 커다란 떡갈나무 탁자가 놓여 있고 책이 천장 높이 쌓여 있었다. 오래된 노란 종이 뭉치 끝자락에는 요즘 것으로 보이는 흰 종이 뭉치가 놓여 있었다. 한쪽 구석에는 나무로 조각된 의자 세 개가 있었고, 의자 주위로 작은 숯불이 양철통에 들어 있었다. 양철통은 철로 된 쟁반 위에 놓여 있었는데, 거의 닳아빠진 양탄자 위에 놓여 있었다. 두 노인이 나무로 조각된 의자에 앉아 있었다. 이윽고 샤메인이 용기를 내서 고개를 들자, 흰 수염을 멋있게 깎은 덩치 큰 노인이 인자한 웃음을 지어 보였다. 샤메인은 국왕 폐하일 거라는 확신이 들었다.

"이리 와서 자리에 앉으렴. 그 귀여운 강아지는 불가에 놓고."

국왕 폐하가 말했다. 샤메인은 시키는 대로 했다. 다행히 조심스럽게 행동해야 한다는 걸 웨이프도 아는 눈치였다. 웨이프는 양탄자 위에 얌전히 앉아서 살랑살랑 꼬리를 흔들었지만, 샤메인은 나무로 된 조각 의자 끝에 앉아서 바들바들 떨고 있었다.

"우리 딸을 소개하마. 힐다 공주란다."

힐다 공주도 나이가 꽤 들어 보였다. 만약 국왕 폐하의 딸이라는 사실을 몰랐다면, 공주와 국왕이 부부일 거라고 착각할 정도였다. 공주와 국왕 사이에 다른 점이 있다면 공주가 국왕보다 훨씬 근엄해 보인다는 거였다. 힐다 공주는 국왕처럼 키가 컸고, 우아한 은색 머리칼에 색깔이 선명한 가지각색의 트위드 재질로 만든 정장을 입고 있었다. 정말 고풍스러운 옷이라는 생각이 들었다. 공주가 몸에 지닌 유일한 장식품은 정맥이 불거진 손에 끼워진 커다란 반지 하나뿐이었다.

"정말 귀엽고 작은 강아지구나. 이름이 무엇이니?"

공주가 명확하고 솔직한 목소리로 물었다.

"웨이프예요, 공주님."

샤메인이 긴장한 목소리로 대답했다.

"오랫동안 키운 강아지인가?"

샤메인은 공주가 자신을 편안하게 해 주려고 말을 건다는 것을 알 수 있었지만 오히려 긴장이 더해졌다.

"아니요, 음…… 그게…… 그게요. 사실은 이 강아지는 주인이 없어요. 음, 그게…… 윌리엄 고조부님이 그렇게 말씀하셨어요. 할아버지는 개를 오래 키우진 못하셨어요. 왜냐하면 이 개가 음, 그…… 뭐죠. 아니, 그러니까 암놈이에요. 윌리엄 놀랜드라고 아시죠. 마법사인데."

국왕과 공주가 동시에 외쳤다.

"오! 놀랜드 마법사와 친척 사이란 말이니?"

"우리와 절친한 분이란다."

공주가 말을 덧붙였다.

"고조부님은 제 고모뻘인 셈프로니아의 큰삼촌이세요."

샤메인이 솔직하게 말했다. 왠지 모르게 분위기가 한층 더 부드러워졌다. 국왕이 애잔한 목소리로 말했다.

"아직 놀랜드 마법사의 병이 회복되었다는 소식은 없지?"

샤메인이 고개를 가로저었다.

"아직 못 들었습니다. 폐하. 요정들이 할아버지를 모시고 갈 때도 무척 아파 보이셨어요."

"그래, 조금 더 지켜보는 게 좋겠구나. 불쌍한 윌리엄. 자, 베이커 양……."

힐다 공주가 말했다.

"아니요, 그냥 샤메인이라고 불러 주세요."

샤메인이 말을 더듬었다.

"그러자꾸나. 이제 도서관 일을 시작해야 한단다, 애야. 곧 첫 번째 손님을 맞으러 가 봐야 하거든."

"내 딸과 한 시간 정도 시간을 보낼 수 있을 거야. 도서관에서 어떤 일을 하는지 알려 주고, 네가 뭘 도와야 하는지 설명해 줄 거야. 사실 네 글씨체를 보고 나이가 많지 않다는 걸 알았단다. 도서관 일을 해 본 경험도 별로 없을 거라고 생각했지. 그래도 도움을 자청하고 나서 주어서 너무 기쁘단다. 우리에게 조수가 필요할 거라고 생각해 준 사람은 한 명도 없었거든."

폐하는 샤메인에게 환한 웃음을 지어 보이며 말했다. 샤메인은 얼굴이 붉게 달아오르는 것을 느꼈다. 아마도 볼이 새빨개졌을 것이다.

"영광입니다, 폐……."

너무 긴장해서 말을 잇기가 힘들 정도였다.

"의자를 가까이 가지고 오렴. 이제 일을 시작하자꾸나."

힐다 공주가 말했다. 샤메인이 일어나서 무거운 의자를 끌고 다가오자, 국왕이 정중하게 말했다.

"화로 때문에 너무 덥지 않았으면 싶구나. 여름이지만 우리같이 늙은 사람들은 요즘도 추위를 탄단다."

샤메인은 긴장해서 아직도 바짝 얼어 있었다.

"괜찮습니다, 폐하."

"웨이프도 행복해 보이는구나."

왕이 손가락으로 웨이프를 가리키며 말했다. 웨이프는 등을 바닥에 대고 누워서 네 발을 공중으로 향하고 화로에서 나오는 열기를 마음껏 쬐고 있었다. 샤메인보다 훨씬 행복해 보였다.

"일을 시작해야죠, 아버지."

공주가 날카롭게 말했다. 공주는 목에 걸려 있던 안경을 우아하게 코에 걸쳤다. 국왕도 코안경을 걸치고 있었다. 샤메인도 안경을 썼다. 샤메인이 긴장하지 않았다면 동시에 똑같은 모습으로 있는 상황이 재미있어서 깔깔대고 웃음보를 터트렸을 것이다.

"자, 여기에는 도서관의 책, 서류, 양피지 두루마리가 있단다. 오랜 시간에 걸쳐서 아버지와 여기 있는 책의 반 정도를 목록으로 정리해 두었어. 책 제목, 작가 이름 순서로. 그리고 번호와 함께 책에 대한 간단한 정보를 기록해 두었지. 네가 주어진 일을 하는 동안 아버지도 일을 계속하고 계실 거란다. 네가 할 일은, 서류와 두루마리의 목록을 만드는 일이야. 이제 막 그 목록을 만들기 시작한 터라 조금 미안하구나. 목록은 여기 있어."

힐다 공주는 서류 뭉치와 우아한 흘림체로 쓴 종이 묶음을 샤메인 앞에 펼쳐 놓았다.

"보다시피, 난 주제를 몇 가지 분야로 분류했어. 가족 편지, 가계부, 역사적 기록 등등. 네 임무는 서류 뭉치를 살펴보고 무슨 내용인지 판단하는 거야. 적절한 주제를 정해서 밑에다 기록하고, 여기 이름표가 붙은 상자 안에 조심해서 집어넣는 거야. 여기까지 이해하겠니?"

샤메인은 아름다운 글씨가 쓰인 목록을 자세히 보려고 앞에 기대 있다가 갑자기 바보가 된 기분이었다.

"그런데 여기 있는 주제 어떤 것에도 해당되지 않으면 어떻게 하죠, 공주님?"

"훌륭한 질문이야. 사실 지금 분류해 놓은 주제와 맞지 않는 서류가 많이 발견되기를 바라거든. 그런 걸 찾게 되면 아버지와 먼저 상의하도록 해. 아주 중요한 서류인 것 같으면 말이야. 만약 중요하지 않다면 '여러 가지'라고 적혀 있는 상자에 넣으면 돼. 자, 처음으로 살펴봐야 하는 서류 통이야. 일단 네가 하는 걸 지켜볼게. 이 종이 위에는 목록을 기록하도록 해. 펜과 잉크는 여기 있어. 이제 시작해 봐."

그녀는 다 떨어진 갈색 편지통을 분홍색 테이프로 묶어서 샤메인 앞에 내려놓고 뒤에 앉아서 빤히 지켜보았다.

'이렇게 당황스러운 일인 줄은 몰랐어!'

샤메인은 떨리는 손으로 분홍색 매듭을 풀어서 편지를 책상 위에 펼쳐 놓으려고 했다.

"반대편 쪽부터 한 개씩 집어야 돼. 그냥 밀어 두지 말고."

힐다 공주가 말했다.

'오, 세상에.'

샤메인은 곁눈질로 부드러운 가죽 덮개로 된 책을 열심히 읽고 있는 국왕을 쳐다봤다.

'저렇게 책이나 읽었으면 좋겠다.'

샤메인은 깊은 한숨을 내쉬고 조심스럽게 첫 번째 바스락거리는 갈색 편지를 열어 보았다.

친애하는, 아름답고 멋진 그대.
당신이 미친 듯이 보고 싶구려…….

샤메인이 힐다 공주에게 물었다.
"연애편지를 넣는 상자가 있나요?"
"그럼, 물론이지. 여기 있어. 날짜와 쓴 사람이 누군지 적으렴. 도
대체 누가 쓴 걸까?"
공주가 말했다.
샤메인은 편지의 끝 부분을 보았다.
"음. '큰 돌피'라고 되어 있는데요."
"그래!"
국왕과 공주가 동시에 말하고서 크게 웃었다. 특히 국왕이 배꼽을
잡고 웃었다.
"아버지가 어머니께 쓴 편지란다. 어머니는 몇 년 전에 돌아가셨어.
하지만 안쓰러워할 것 없단다. 편지를 목록에 기록해 놓으렴."
샤메인은 살짝만 집어도 부스러지는 갈색 편지지를 보며, 필시 아
주 오래전에 쓰인 것이라고 생각했다. 샤메인은 편지 읽는 것을 듣
고도 국왕이 전혀 신경 쓰지 않아서 놀랐다. 그런데 공주 역시 개의
치 않는 것 같았다.
'역시 왕족이라 다른가 봐.'

이렇게 생각하며 샤메인은 다음 편지를 읽었다.

"나의 통통하고 둥실둥실한 그대."

'흠, 그래.'

샤메인은 맡은 바대로 편지를 처리했다. 잠시 후에 공주가 자리에서 일어나며 의자를 책상 아래로 밀어 넣었다.

"일을 아주 잘하는구나. 이제 난 가 봐야겠어. 손님들이 곧 도착할 테니까. 아버지, 그 여자의 남편에 대한 질문이 많았으면 좋겠어요."

"물론이지, 얘야."

국왕이 노트에 무언가를 적으며 건성으로 대답했다.

"포칭. 다른 왕족들의 마법사란다."

"오, 알아요. 잉거리에는 두 명의 왕족 마법사가 있다고 알고 있어요. 그중 우리 불쌍한 윌리엄이 아파서 세상을 떠날지도 모르잖아요."

"인생은 절대로 불공평하지 않단다. 윌리엄은 정말 최고의 마법사잖니."

국왕이 깃털 달린 펜으로 무언가를 끼적이면서 말했다.

"잘 알고 있어요, 아버지."

힐다 공주가 도서관을 떠나면서 대답했다. 힐다 공주가 나가자 도서관 문이 육중하게 닫혔다.

샤메인은 서류 뭉치 속에 얼굴을 파묻고 아무것도 듣지 않은 것처럼 보이려고 애썼다. 왠지 사적인 대화처럼 들렸기 때문이다. 서류는 뭉텅이로 뭉쳐져 있었다. 그런데 보관한 지가 너무 오래된 터라 종이가 서로 붙어 있었고, 바짝 마른 상태로 갈색으로 바래서 샤메인의 집에서 보았던 말벌 집처럼 보였다. 샤메인은 바짝 말라붙은 편지를 하나씩 떼어 내느라 바빴다.

"으흠."

국왕이 헛기침을 했다. 샤메인은 고개를 들어 국왕이 그녀를 바라보며 미소 짓는 모습과 마주쳤다. 국왕의 깃펜이 안경 위에서 반짝였다.

"아주 신중한 꼬마 아가씨로구나. 우리가 하는 이야기를 자세히 들었다면, 네 고조부와 우리가 정말 중요한 서류를 찾고 있다는 걸 눈치챘을 게다. 내 딸이 분류한 주제는 우리가 찾고자 하는 서류의 실마리 같은 거야. 네가 찾아야 하는 단어는 '금고', '수익', '금', '요정의 선물'이란다. 그중 어떤 것이라도 나오면 즉시 나한테 말해 주렴."

"네, 물론이죠. 국왕 폐하."

그러나 순간 중책을 맡게 되었다는 긴장감 때문에 손에 힘이 빠지면서, 도무지 서류를 넘기는 속도가 나지 않았다.

어떤 서류 뭉치를 펴 보니, 온통 상품 목록과 가격만 빼곡히 적혀 있어 안심했다. 그런데 가격들이 깜짝 놀랄 정도로 낮았다.

10파운드의 초가 1파운드당 2페니, 20펜스.

'아마 200년 전쯤 물가인가 봐.'

최상급 사프란(꽃으로 만드는 노란 가루. 음식에 색을 낼 때 씀—옮긴

이)이 6온스당 30펜스. 주 회의실의 방향용으로 사용하는 향기로
운 사과나무 9그루, 1파딩(옛날 페니의 1/4에 해당하는 영국의 화폐
—옮긴이).

그런 식으로 숫자가 계속되었다. 다음 페이지에는 '린넨 40엘(과거
직물 길이를 나타내던 단위, 약 115센티미터—옮긴이), 44실링' 같은 내
용이 가득 차 있었다. 샤메인은 노트를 만들어 가계부라고 붙어 있
는 상자에 넣고, 다음 서류를 펼쳤다.

"오!"

그녀가 외쳤다. 다음 종이에는 '멜리콧 마법사에게, 금색 지붕 외
관 장식비 명목으로 100평방피트 타일 값 지불, 200기니'라고 쓰여
있었다.

"그건 뭐니, 얘야?"

국왕이 손가락을 책 위에 올려놓으면서 물었다. 샤메인은 오래된
영수증을 읽었다. 국왕은 빙그레 웃으면서 머리를 가로저었다.

"그게 사실이라면, 분명 마법으로 만든 거겠지. 그렇지 않니? 난
마법으로 만든 것도 나중에는 진짜 금으로 변할 거라고 믿고 있었
단다."

"네, 어쨌든 금처럼 보이긴 하잖아요."

샤메인이 위로하는 투로 말했다.

"지난 200년 동안 최고로 꼽히는 훌륭한 마법이기도 하지. 그러니
비싼 건 당연하고. 200기니는 그 당시 엄청난 액수였단다. 뭐, 그런

3. 요정이 된 하울

거지. 난 절대 왕국의 재산을 그런 식으로 흥청망청 사용한 적이 없단다. 행여 운 나쁘게 타일이 떨어지기라도 하면 어떻게 하겠어? 계속 찾아보렴, 애야."

샤메인은 서류 뭉치를 계속 살펴보았다. 어떤 사람은 정원에 장미를 심어 주고 2기니를 받았고, 어떤 사람은 금고를 꾸미고 10기니를 받았다는 사실을 알게 되었다. 아니, 서로 다른 사람이 아니라 모두 지붕을 만든 마법사 멜리콧이었다.

샤메인이 한창 서류를 읽고 있을 때 국왕이 말했다.

"멜리콧은 전문가였어. 내가 무척 총애하던 마법사였지. 가짜로 만든 금을 팔아 치운 고얀 녀석이기도 하고. 왕실 금고가 그때부터 동이 났단다. 내 왕관도 가짜 금이란 걸 몇 년 뒤에 알게 되었지. 그것도 멜리콧의 짓이 분명해. 그런데 출출하지 않니? 너무 추워서 몸이 긴장된 건가? 우리는 점심을 정해진 시간에 챙겨 먹는 편은 아니라서. 물론 우리 공주한테 매일 잔소리를 듣긴 하지만. 보통 이 시간쯤 집사한테 간식을 가져오라고 시킨단다. 집사를 부를 동안 잠깐 일어나서 다리 운동 좀 하지 그러니?"

샤메인이 의자에서 일어나 걷자, 웨이프가 그녀의 발밑으로 데구르르 굴러오더니, 호기심 어린 눈빛으로 쳐다보았다. 국왕은 천천히 몸을 숙이고 문 옆에 있는 줄을 끌어당겨서 벨을 울렸다. 확실히 나이 탓에 많이 노쇠한 것 같다고 샤메인은 생각했다. 그리고 확실히 키가 감당하기 힘들 정도로 컸다. 샤메인은 책장에 있는 책을 살펴볼 기회를 엿보고 있었다. 각종 주제의 책들이 뒤죽박죽 꽂혀 있는 것 같았다. 여행 책자가 대수학과 시집, 지리학 책과 같은 칸에 꽂혀 있었다. 샤메인이 《우주의 비밀 공개》라는 책을 들고 막 책장을 펼쳤을 때, 도서관 문이 열리면서 커다란 요리 모자를 쓴 남자가 손수레를 끌고 들어왔다. 놀랍게도 국왕이 가볍게 식탁 뒤쪽으로 몸을 움직였다.

"얘야, 강아지를 안으렴!"

국왕이 급하게 소리쳤다. 요리사 뒤로 개 한 마리가 따라 들어오더니 뭐가 불안한지 요리사 다리에 꼭 붙어 있었다. 멋진 귀와 화난 것처럼 보이는 꼬리를 가진 꽤 사나워 보이는 개였다. 개는 도서관으로 들어오면서 으르렁대기 시작했다. 의심할 여지없이 다른 개를 물어 죽인 바로 그 무서운 개라는 것을 깨닫고 샤메인은 웨이프를 번쩍 들어 올렸다. 하지만 웨이프는 샤메인의 손에서 빠져나가 요리사의 개를 향해 사뿐사뿐 걸어갔다. 무서운 개의 으르렁거리는 소리가 더 커졌고 갈색 등을 따라서 길게 난 털이 빳빳하게 곤추섰다. 그 모습이 너무 위협적이어서 샤메인은 더 이상 가까이 갈 엄두가 나지 않았다. 하지만 웨이프는 전혀 무서워하지 않는 눈치였다. 오히려 발랄한 걸음으로 으르렁거리고 있는 개 옆으로 다가갔다. 그리고 발을 들더니 대담하게도 그 무서운 개의 코에다 자기 코를 문질렀다. 으르렁거리던 개는 깜짝 놀랐는지 아무 소리도 내지 않았다. 그리고는 투박한 귀를 조심스럽게 웨이프에게 갔다 댔다. 웨이프는 낑낑대며 팔짝팔짝 뛰었다. 잠시 후 두 마리 개는 도서관을 뛰어다니면서 즐겁게 놀았다.

3. 요정이 된 하울

"이런! 서로 사이좋게 지내는 것 같구나. 그런데 왜 심이 오지 않고 자말 자네가 왔지? 무슨 일이 있나?"

왕이 말했다. 샤메인은 자말이 애꾸눈이라는 걸 단박에 알아챘다. 자말이 다가와서 손수레에 접시를 내려놓고 정중하게 사과했다.

"공주님께서 손님들을 대접하신다고 심을 데려갔습니다. 달리 간식을 준비할 요리사가 없어서요. 그래서 제 강아지가 따라왔습죠. 우리 개가 저렇게 행복해하는 모습은 처음 보는데요."

개 두 마리가 즐겁게 노는 모습을 보고서 그가 말했다.

그는 샤메인에게 머리를 숙여 인사했다.

"다음에도 꼭 당신의 작고 하얀 강아지를 데려오시길 부탁드립니다, 샤메인 아가씨."

그리고 휘파람을 불어 개를 불렀다. 요리사의 개는 일부러 못 들은 척했다. 자말은 문까지 걸어가도 개가 따라오지 않자 휘파람을 불었다.

"밥, 오징어 줄게."

이번에는 두 마리가 같이 뛰어갔다. 샤메인은 웨이프가 요리사의 개와 함께 나가는 모습을 보고 너무 놀랐다. 도서관 문이 쾅 닫혔다.

"걱정할 필요 없단다. 서로 친구가 된 것 같구나. 자말이 네 강아지를 데려올 거야. 자말은 매우 믿을 만한 요리사란다. 자말의 개를 위해 만든 게 아니라면, 완벽한 요리를 가져왔을 거야. 뭘 만들었는지 볼까?"

자말은 레모네이드가 담긴 병과 흰 천 아래로 바삭바삭한 갈색 과자를 한가득 담아 왔다. 흰 천을 걷어 올리며 왕이 감탄했다.

"아! 따뜻할 때 하나 먹어 보렴."

샤메인이 과자를 집어 한 입 베어 먹었다. 아버지보다 자말이 훨씬 더 요리를 잘한다는 것을 알 수 있었다. 사실 베이커 씨는 마을에서 내로라하는 최고의 요리사로 알려져 있지만, 갈색 과자는 정말 바삭바삭하고 부드러웠다. 한 번도 먹어 본 적은 없었지만, 따뜻할 때 먹는 게 정말 더 맛있는 것 같았다. 과자를 먹고 나니 레모네이드가 마시고 싶은 마음이 들었다. 샤메인과 국왕은 손수레 위에 놓인 접시를 깨끗하게 비우고 레모네이드도 남김없이 마셨다. 그러고는 다시 일을 시작했다.

이제 두 사람은 아주 친한 사이가 되었다. 샤메인은 국왕에게 궁금한 것을 거리낌 없이 물어볼 수 있을 정도로 친밀감을 느꼈다.

"왜 장미 꽃잎이 2부셸(곡물이나 과일의 중량 단위로 30리터에 해당하는 양—옮긴이)이나 필요했을까요, 폐하?"

"그 당시에는 식탁 밑에 장미꽃잎을 뿌려 놓는 걸 좋아했거든. 내 생각엔 지저분한 취미인 것 같지만. 철학자가 낙타한테 무슨 말을 했는지를 잘 들으렴."

그리고 국왕은 읽고 있던 책 중 한 페이지를 낭독해 주었다. 두 사람은 크게 웃었다. 철학자는 결국 낙타에 오르지 못했다.

시간이 꽤 흐른 뒤에, 도서관 문이 열렸다. 웨이프가 신이 나 모습으로 종종거리며 돌아왔다. 자말을 따라서 도서관까지 온 것이다.

"공주님께서 전하라는 메시지가 있습니다, 폐하. 숙녀분이 도착하

3. 요정이 된 하울

셨고, 심이 응접실로 차를 들여갔습니다."

"그렇군. 크럼핏(위에 작은 구멍들이 있는 동글납작한 빵. 버터와 함께 뜨겁게 해서 먹음―옮긴이)을 가져갔나?"

"머핀도 가져갔습니다."

자말이 나가면서 말했다. 국왕은 책을 덮고 일어났다.

"이제 손님을 맞으러 가 봐야겠구나."

"그럼 전 명세서를 계속 살펴보도록 할게요. 궁금한 게 생기면 기록해 두겠어요."

"아니란다, 괜찮다. 강아지도 데리고 나와 함께 가자꾸나. 잠깐 쉬는 것도 능률을 올리는 데 도움이 될 거야. 오늘 찾아온 숙녀분은 내 딸의 친구란다. 한 번도 만난 적은 없지만."

샤메인은 다시 몹시 긴장이 되었다. 힐다 공주는 편하게 대하기에는 너무도 고풍스럽고 귀족적인 면모가 강해서 무서웠다. 힐다 공주의 친구라면 둘 다 비슷할 거라는 생각이 들었다. 샤메인은 국왕의 제안을 거절하고 싶었지만, 국왕은 문을 열고 기다리고 있었다. 웨이프는 벌써 국왕의 뒤를 따라 졸랑거리며 걸어가고 있었다. 샤메인은 어쩔 수 없이 가야 할 것 같은 의무감을 느꼈다.

응접실에는 다 해진 팔걸이와 너덜너덜한 솔이 대롱대롱 매달린 빛바랜 소파가 길게 놓여 있었다. 벽 여기저기에는 걸려 있던 그림을 뗀 흔적이 많이 보였다. 제일 큰 그림이 있던 자리는 활활 타오르는 불꽃이 피어오르는 거대한 대리서 벽난로 위였다. 응접실도 도서관처럼 추었고, 샤메인은 다시 긴장감에 바짝 얼어붙었다.

힐다 공주는 벽난로 옆에 있는 소파에 앉아 있었다. 요리사 심은 커다란 차를 올린 손수레를 밀고 소파 앞으로 다가왔다. 손수레를 미는 심의 모습을 보자, 어디선가 본 것 같다는 생각이 스쳤다. 회의실 근처에서 길을 잃었을 때 이상한 복도를 따라서 손수레를 밀고 있던 나이 든 남자와 마주쳤던 것이다.

'이상한 일이네!'

샤메인은 생각했다. 심은 비틀거리며 버터를 바른 크럼핏을 난로 근처에 갖다 놓았다. 크럼핏을 본 웨이프는 코를 벌렁거리더니 주저하지 않고 돌진했다. 샤메인은 겨우 웨이프를 붙잡을 수 있었다. 샤메인이 빠져나가려고 바둥거리는 웨이프를 두 팔로 안자, 공주가 말했다.

"아, 아버지, 국왕님이십니다."

응접실에 있던 사람들이 모두 일어났다.

"아버지, 저의 훌륭한 친구, 소피 펜드래건 부인을 소개시켜 드리겠습니다."

공주가 말했다. 국왕은 힘없는 모습으로 걸어가서 악수를 했다. 커다란 방이 순식간에 좁게 느껴졌다. 샤메인은 국왕의 키가 얼마나 큰지 감을 잡지 못했었다.

'그날 봤던 요정들만큼 크잖아.'

"펜드래건 부인, 만나 뵙게 되어 기뻐요. 제 딸의 친구는 우리 친구기도 하죠."

국왕이 말했다. 샤메인은 펜드래건 부인을 보고 깜짝 놀랐다. 공주보다 훨씬 어려 보였던 것이다. 부인은 요즘 한창 유행하는 파란 공작 깃털이 달린 옷을 입었고 길게 늘어뜨린 붉은 금발은 푸른 초록색의 눈동자와 완벽하게 어울렸다.

'정말 예쁘네!'

샤메인은 부러웠다. 펜드래건 부인은 국왕과 악수를 하며 가볍게 고개를 숙이고는 입을 열었다.

"제가 맡은 바 최선을 다하기 위해서 왔습니다, 국왕 폐하. 그 말밖에 달리 드릴 말씀이 없습니다."

"매우 좋습니다, 그 정도면 된 거죠. 모두 자리에 앉으시죠. 함께 차를 듭시다."

국왕의 말에 모두 소파에 앉았고, 정중한 몸짓과 공손하고 낮은 목소리로 대화를 시작했다. 심은 주춤거리며 찻잔을 날랐다. 샤메인은 혼자만 동떨어진 느낌이었다. 이곳에 있으면 안 될 사람처럼 느껴지기도 했다. 결국 샤메인은 국왕과 가장 멀리 떨어진 소파 구석에 조용히 앉아 여기 모인 사람들이 누구인지 알아내려고 애썼다. 웨이프는 샤메인 옆에 앉아서 얌전하게 주변을 두리번거렸다. 웨이프의 눈동자는 크럼핏을 입으로 가져가는 어느 신사의 손을 좇고 있었다. 그 신사는 매우 조용하고 창백해 보여서 잠깐 쳐다봤다가 눈을 떼는 순간에 어떤 모습인지 까맣게 잊어버릴 정도였다. 또 다른 신사는 말할 때조차 거의 입을 움직이지 않았다. 샤메인의 추측으로는 왕의 일을 돕는 수상 정도 되는 것 같았다. 이야기를 들으면서 계속 고개를 끄덕이고 때로는 수상의 말에 놀란 것처럼 눈을 깜박이기도 하는 펜드래건 부인은 왠지 비밀이 많은 사람 같았다. 나이가 지긋해 보이는 또 한 여자는 힐다 공주의 시녀 같았다. 곧이어 날씨 이야기가 화두에 올랐다.

"오늘 밤에 비가 오지 않는다 해도 그리 놀랄 일은 아닙니다."

시종이 말했다. 그때 창백한 신사가 샤메인 옆으로 다가와서 크럼핏을 권했다. 웨이프는 코를 벌렁거리며 접시에 시선을 고정했다.

"와, 감사합니다."

신사가 자신의 존재를 잊지 않아 준 것에 감사하며 말했다.

"두 개 들어요."

창백한 신사가 말했다.

"안 그러면 국왕 폐하가 남은 것을 모두 잡수실 테니까."

그때 국왕은 머핀을 두 개 집어먹고 있었다. 두 개를 한꺼번에 겹쳐서 입에 넣으면서도 웨이프처럼 크럼핏에서 눈을 떼지 못했다.

샤메인은 그 신사에게 다시 한번 감사하며 두 개를 집었다. 여태까지 먹어 본 크럼핏 중에 가장 버터 맛이 강렬했다. 웨이프는 샤메인의 손에 코를 대고 킁킁댔다.

"알았어, 알았다고."

샤메인이 중얼거리면서 위에 있는 빵 조각을 떼어 내려 하자 크럼핏 위의 버터가 소파에 뚝 떨어졌다. 남은 버터는 그녀의 손가락을 타고 내려가서 소매를 적실 지경이었다. 황급히 손수건으로 얼룩을 지우려고 애쓰고 있을 때, 시녀는 날씨에 대한 이야기를 끝내고 펜드래건 부인에게 말을 걸었다.

"힐다 공주님이 그러시는데 예쁜 아드님이 있으시다고요."

"네, 이름은 모건이에요."

펜드래건 부인이 대답했다. 부인 역시 손가락에 묻은 버터를 손수건으로 닦아 내느라 다소 짜증이 난 것 같았다.

"모건이 몇 살이지, 소피? 지난번에 보았을 때는 갓난아기였잖아."

힐다 공주가 물었다.

"이제 거의 두 살이야. 그 아이를 두고……."

치마로 버터가 떨어지기 전에 손으로 잡으며 펜드래건 부인이 대답했다. 그때 응접실 문이 벌컥 열리더니, 문틈으로 작고 통통하게 살이 오른 아이가 들어왔다. 막 걸음마를 뗀 아기는 지저분한 파란색 옷을 입고 눈물이 그렁그렁한 얼굴을 하고 있었다.

"엄마, 엄마, 엄마!"

아기는 뒤뚱뒤뚱 걸어와서는 엉엉 울음을 터뜨렸지만 펜드래건 부인과 눈이 마주치자 곧 얼굴에 미소가 번졌다. 아기는 두 팔을 벌려서 엄마에게 달려오더니 펜드래건 부인의 치마폭에 얼굴을 파묻었다.

"엄마!"

아기가 소리쳤다. 아기의 뒤로 얼굴 앞쪽으로 기다란 눈물방울 같은 것을 매단 파란 괴물이 초조한 기색으로 둥둥 떠서 따라 들어왔다. 뜨거운 불길이 활활 타오르는 것처럼 보였다. 괴물은 따뜻한 바람을 품고 와서 방 안에 있는 모든 사람들에게 내뿜었다. 괴물 뒤로 더욱 초조한 낯빛의 시녀가 뒤따라 들어왔다.

시녀 뒤로 키 작은 소년이 들어왔다. 지금까지 본 아이 중에 가장 아름다웠다. 천사라면 저처럼 아름다울까. 소년의 얼굴에는 구불구불한 금발이 길게 늘어졌고 분홍색 홍조를 띤 하얀 얼굴은 솜털이 뽀송뽀송했다. 수줍게 웃는 얼굴은 바다처럼 파란 눈과 잘 어울렸다. 작은 주름으로 장식된 하얀 레이스 위로 작고 다부진 턱이 보였다. 작은 몸을 커다란 은색 버튼이 달린 연하늘색 벨벳 슈트로 감싼 소년은 뺨에 사랑스러운 보조개를 만들며 쑥스러운 듯 미소를 지었다. 펜드래건 부인이 아름다운 소년을 왜 저리 노려보는지 샤메인은 알 수 없었다. 정말 매력적인 소년이었다. 길고 예쁜 속눈썹까지!

"제 남편과 불꽃 마귀입니다."

펜드래건 부인이 인사시켰다. 부인의 얼굴은 머리끝까지 화가 난 듯 붉게 달아올랐고 아장아장 걷는 아이 너머로 미소년을 계속 째려보았다.

진흙탕이 된 집

"공주님, 폐하! 손님을 모실 수밖에 없었습니다. 아이가 너무 울어 대서요."

가쁜 숨을 쉬어 대는 시녀의 말에 방 전체가 아수라장으로 변했다. 방에 있던 사람들이 모두 자리에서 벌떡 일어났다. 찻잔을 떨어뜨리는 사람도 있었다. 심은 떨어지는 찻잔을 잡으려 몸을 던졌고, 왕은 크럼핏 접시를 주우려고 달려들었다. 펜드래건 부인은 모건을 안고 서서는 파란 괴물이 깐죽대는 동안 소년을 계속 째려보고 있었다.

"내 잘못이 아니야, 소피! 진짜로 내 잘못이 아니라고! 모건이 너를 찾으면서 미친 듯이 울어 대는데 도무지 말릴 수가 없더라고."

진흙탕이 된 집

163

괴물이 갈라지는 목소리로 말했다. 힐다 공주가 자리에서 조용히 일어났다.

"이제 나가 봐도 좋아. 이런 일로 화낼 이유가 없어, 소피. 왜 아이를 돌보는 유모를 고용하지 않지?"

"네, 일부러 안 썼어요. 이해 못 하실 만도 하죠. 마법사랑 불꽃 마귀가 어린아이 하나쯤은 돌볼 수 있을 줄 알았죠."

펜드래건 부인은 말하는 동안에도 잘생긴 소년을 계속 째려보았다.

"남자들이란 아무것도 할 수 없는 존재라고. 하지만 모건과 소년은 우리에겐 손님이기도 하잖아. 일단 궁에 들어왔으니, 불꽃 마귀가 있을 만한 장소가 어디 있을까?"

공주는 창백한 얼굴의 신사에게 물어보았다. 신사는 별 생각이 없어 보였다.

"불이 붙을 수 있는 땔감 하나만 주시면 감사하겠어요. 이 방에서 쓸 만한 나무를 봤는데, 그것만 있으면 됩니다. 그건 그렇고, 저는 캘시퍼라고 합니다, 공주님."

불꽃 마귀가 키득거렸다. 공주와 창백한 신사는 한시름 놓은 표정이었다. 이윽고 공주가 대답했다.

"물론이지. 그러고 보니 2년 전쯤에 잉거리에서 잠깐 만난 적이 있는 것 같은데."

"이 작은 친구는 누군가?"

왕이 친절하게 물었다.

"또피는 제 꼬모예요."

아이가 천사 같은 얼굴로 커다란 파란 눈을 들어 국왕을 쳐다보며 앙증맞고 혀 짧은 소리로 대답했다. 펜드래건 부인은 엄청 화가 난 것 같았다.

"만나서 반갑구나. 우리 꼬마 신사 이름은?"

국왕이 물었다.

"트윙클."

소년은 부끄러운 듯, 금색의 곱슬머리로 얼굴을 가리며 속삭였다.

"크럼핏 하나 들지 그러니, 트윙클."

국왕이 크럼핏이 담긴 접시를 내밀며 친절하게 말했다.

"고맙씁니다."

트윙클은 크럼핏을 게걸스럽게 먹으며 말했다.

그때 모건이 터질 듯 살집이 오른 커다란 손으로 탁자를 쾅 내리치면서 소리를 질렀다.

"나도, 나, 나!"

모건의 외침은 국왕이 크럼핏을 건네줄 때까지 계속되었다. 펜드래건 부인은 모건을 소파에 앉혀 크럼핏을 먹도록 도와주었다. 심은 주위를 살피며 손수레에서 천 조각을 꺼내 들고 금방이라도 닦을 준비를 했다. 천으로 한 번만 문지르면 버터를 즉시 흡수할 수 있었다. 모건은 심과 공주, 시녀, 수상을 쳐다보며 밝은 얼굴로 말했다.

"덤펫, 드-덤펫."

이렇게 소란이 계속되는 동안, 샤메인은 펜드래건 부인 뒤에 있는 트윙클에게 사로잡혀 있었다. 펜드래건 부인이 뭐라고 말하는 것 같았지만 잘 들리지 않았다.

"하울, 지금 여기서 뭐 하는 거야?"

펜드래건 부인이 성난 목소리로 말했다. 웨이프는 겁에 질려 샤메인의 무릎으로 뛰어 올라와 몸을 웅크렸다.

"나만 빼놓고 초대를 해따나. 정말 바보 같아. 땅신 혼자는 이런 엄청난 일을 할 수가 엄따구. 또피, 땅신에게는 내가 뻴요해."

트윙클의 작고 귀여운 목소리가 들렸다.

"아니라니까! 꼭 그렇게 혀 짧은 소리를 내야겠어?"

"당근이지."

"세상에! 하울, 이런 거 재미없어. 그리고 모건까지 데리고 올 필요는 없었잖아."

"말해짜나. 땅신이 나간 뒤로 모건이 계속 울어 땠다고. 내 말을 못 믿겠으면 캘띠퍼한테 무더봐."

"캘시퍼도 너 못지않게 나빠! 너희 둘은 모건을 달래려는 노력조차 안 했을 거야. 시도라도 해 봤어? 궁에 들어오려고 적당한 구실을 만든 거잖아. 불쌍한 힐다 공주의 가면무도회인데 말이야!"

소피가 큰 소리로 말했다.

"꽁주에겐 우리가 뻴요해, 또피."

트윙클은 열정적으로 말했다. 샤메인은 두 사람의 대화에 상당한 흥미를 느꼈지만, 불행히도 모건은 엄마 곁에 얌전히 앉아 있기보다는 샤메인의 무릎에 있는 웨이프에게 더 관심을 가졌다.

3. 요정이 된 하울

"강아지야!"

모건이 큰 소리로 말하며 소파에서 미끄러지듯 내려왔다. 온통 옷이 더러워졌지만 모건은 버터가 잔뜩 묻은 손을 활짝 벌리며 웨이프를 향해 뛰어왔다. 웨이프는 필사적으로 소파에서 뛰어내리더니 심하게 기침을 하는 사람처럼 맹렬하게 짖어 댔다. 샤메인은 웨이프를 안아서 모건과 멀리 떨어진 곳으로 데리고 갔다. 덕분에 소파 뒤에서 두 사람의 이상한 대화를 끝까지 들을 수 있었다. 펜드래건 부인이 트윙클(이름이 하울이던가?)에게 저녁을 굶고 잠이나 자라고 말하니까 트윙클이 "그렇게 되나 뽀자"라고 대답하는 것이었다.

잠시 후 웨이프가 잠잠해지자 트윙클이 활기찬 목소리로 말했다.

"내 얼굴 늠후늠후 귀엽띠?"

펜드래건 부인은 우아한 태도는 까맣게 잊어버린 것처럼 쿵쿵 소리를 내며 매섭게 발걸음을 옮겼다.

"그래, 아주 지겨울 정도로 예쁘지!"

샤메인은 펜드래건 부인의 화난 목소리를 들었다.

"음, 아이들이 있으면 모든 게 활기차 보이는군. 심, 모건에게 머핀을 더 줘."

샤메인이 모건을 피해 있는 동안 힐다 공주가 따뜻한 불가에 앉아서 말했다.

말이 떨어지기가 무섭게 모건은 심과 머핀을 향해 돌진했다.

샤메인은 자신의 머리칼이 지지직 소리를 내며 타 들어가는 걸 느꼈다. 고개를 돌리자 어깨 바로 옆에서 불꽃 마귀가 이글이글 타오르는 오렌지색 눈으로 무섭게 쏘아보고 있는 것이 아닌가.

"넌 누구냐?"

불꽃 마귀가 물었다. 웨이프는 무척 잠잠해 보였지만, 샤메인은 심장이 쿵 내려앉는 기분이었다. 그녀는 속으로 생각했다.

'얼마 전에 러벅을 만나지 못했다면 이 불꽃 마귀 캘시퍼를 보고 엄청 겁먹었을지도 몰라.'

"전, 그러니까, 잠시 도서관 일을 돕고 있는 것뿐이에요."

"그렇담, 나중에 다시 불러서 얘기를 나누도록 하지. 왠지 고약한 마법에 걸린 것 같은데, 맞지? 너랑 그 강아지 둘 다 말이야."

캘시퍼가 키득거리며 말했다.

"얘는 제 강아지가 아니에요. 마법사님 강아지예요."

"이번 일을 망쳐 놓은 놀랜드 마법사를 말하는 것 같은데?"

"윌리엄 고조부님이 일을 망쳐 놓은 것 같지는 않은데요. 정말 훌륭한 분이신걸요!"

"윌리엄은 엉뚱한 곳만 찾아본 것 같더군. 너까지 일을 망치려고 형편없게 굴 필요는 없어. 모건을 보라고."

불꽃 마귀는 스르륵 사라져 버렸다.

'잠자리가 연못 위를 날다 갑자기 없어진 것처럼 눈에는 보이지 않아도 주변을 계속 맴돌고 있을 거야.'

샤메인은 생각했다.

국왕이 빳빳하고 커다란 냅킨으로 손을 닦으며 샤메인에게 다가와 말했다.

"우리는 일하러 가는 게 좋겠구나. 저녁때까지 깨끗하게 정리해야지."

"물론이죠, 폐하."

샤메인은 국왕의 뒤를 따라갔다.

두 사람이 문으로 나가기 전, 천사 같은 트윙클이 화가 난 펜드래건 부인에게서 용케 도망쳐 시녀의 소매를 잡아당기며 말했다.

"쩨발. 땅난감 없어요?"

시녀는 어찌할 바를 몰라서 가만히 쳐다보았다.

"난 장난감을 가지고 놀지 않는단다."

모건이 시녀의 말을 듣고 외쳤다.

"당난감! 당난감, 당난감, 당난감!"

모건은 한 손에 머핀을 움켜쥐고 두 팔을 휘저으며 소리쳤다. 그러자 모건 앞에 장난감 상자가 나타났다. 장난감 상자 뚜껑이 요란스럽게 열리면서 용수철로 고정되어 있던 인형이 튀어나와 위아래로 흔들렸다. 커다란 인형의 집이 상자 옆으로 뽕 나타났고 테디 베어가 우르르 쏟아졌다. 잠시 후에 낡은 돌로 된 장난감 말이 차 손수레 옆에서 나타났다. 모건은 기뻐하며 까르르 웃었다.

"힐다 공주가 손님을 접대하도록 두고 우리는 가 보는 게 좋겠구나."

국왕이 샤메인과 웨이프를 응접실 밖으로 안내하며 말했다. 응접실 문이 닫히자 사람들은 놀라서 이리 뛰고 저리 뛰었지만, 트윙클은 얌전히 앉아서 모든 걸 지켜보았다.

"마법사들이란 때때로 기운이 넘치는 손님이라니까. 어떻게 어린 나이에 마법사가 되었는지 모르겠지만, 아무래도 엄마들이 한몫하는 것 같구나."

국왕이 도서관으로 돌아오는 길에 말했다.

30분쯤 지났을 때, 샤메인은 윌리엄 고조부 집으로 돌아갔다. 웨이프는 얌전히 샤메인을 종종걸음으로 따라왔다.

샤메인이 웨이프에게 말했다.

"웨이프, 너 그거 알아? 최근 사흘 동안, 난 지금까지 살았던 거랑 완전 다르게 살고 있어! 단 하루도 이렇게 산 적이 없었거든."

샤메인은 알 수 없는 아쉬움을 느꼈다. 국왕은 명세서와 연애편지를 볼 수 있게 해 주었지만 샤메인은 그보다는 책을 볼 기회가 있었으면 좋겠다고 생각했다. 낡고 먼지가 덮인 가죽으로 제본된 책을 읽는 것이 훨씬 더 좋았다. 하지만 괜찮다. 윌리엄 고조부님 댁에 도착하면, 《열두 종류의 지팡이》나 《퇴마록》에 심취할 수 있을 테니까. 물론 밝은 낮에 읽는 편이 훨씬 재밌겠지만. 아니면 색다른 책을 읽어 볼까?

샤메인은 앞으로 읽어야 할 책들을 떠올리느라 걷는 속도를 조절할 생각조차 하지 못했다. 그러나 웨이프가 숨을 할딱거리는 걸 보자 다정하게 안아 주었다. 웨이프를 품에 안고, 윌리엄 고조부 집의 문을 발로 툭 차서 연 다음, 반쯤 길을 올라오자 롤로가 그녀를 무섭게 쏘아보고 있었다.

"이번엔 또 무슨 일이야?"

3. 요정이 된 하울

샤메인은 롤로를 수국 무더기로 던져 버리면 속이 시원하겠다고 생각하며 말했다. 한 팔에는 웨이프를 안고 있었지만, 나머지 한 손으로도 집어던질 수 있을 정도로 롤로는 몸집이 작았다.

"탁자에 올려놓은 꽃송이들 말이야. 그걸 다시 갖다가 붙이라는 거야, 뭐야?"

롤로가 말했다.

"절대 그런 걸 바란 건 아니었어. 꽃잎을 햇빛에 말리고 있는 중이야. 나중에 장식용으로 사용할 거야."

"참 내! 집을 장식하겠다고? 마법사가 퍽이나 좋아하겠다."

"네가 상관할 일이 아니잖아."

샤메인은 도도한 말투로 쏘아붙이고는 롤로를 밀치고 성큼성큼 앞으로 걸어갔다. 현관문을 열 때 롤로가 뭐라고 소리쳤지만, 샤메인은 가볍게 넘겼다. 물론 남의 말을 무시하는 것이 무례한 짓이라는 건 잘 알고 있었다. 하지만 롤로의 외침을 뒤로하고 현관문을 쾅 닫아 버렸다.

집 안으로 들어오자 거실 냄새가 훨씬 더 퀴퀴하게 느껴졌다. 마치 연못에 고인 물이 썩었을 때 풍기는 악취와도 비슷했다. 샤메인은 웨이프를 내려놓고 냄새가 나는 곳을 찾기 위해서 킁킁거렸다. 웨이프도 따라서 킁킁거렸다.

그때 문 밑에서 긴 갈색 손가락이 슬금슬금 움직이면서 부엌 쪽으로 움직이는 게 보였다. 웨이프는 발끝으로 살금살금 손가락을 쫓아갔다. 샤메인도 조심스럽게 걸음을 옮겼다. 아뿔사! 부엌이 진흙탕으로 변해 있었다.

"피터 녀석, 또 무슨 짓을 한 거야?"

샤메인은 문을 세게 열어젖혔다.

부엌 바닥에는 5센티미터 높이 정도로 물이 들어차 있었고, 개수대 뒤에 놓인 빨래 가방 여섯 개에도 진흙탕 물이 스며들고 있었다.

"어휴!"

샤메인은 문을 닫은 다음 다시 열고 왼쪽으로 돌았다. 복도 역시온통 물바다였다. 욕실에서 흘러나온 급물살이 창문을 통해 비추는햇볕을 받아 뜨겁게 데워지고 있었다. 화가 난 샤메인은 철벅거리며 걸음을 옮겼다.

'제발 앉아서 책 좀 읽자! 어떻게 집이 물바다가 되어 있을 수 있어?'

샤메인의 뒤를 따르는 웨이프도 기분이 썩 좋지 않은 모습이었다. 욕실에 도착하자, 피터가 어찌할 바를 모르겠다는 듯이 안절부절못하면서 맥 빠진 모습으로 서 있었다. 신발도 신지 않고 바지도무릎까지 걷어 올린 상태였다.

"천만다행이네! 드디어 돌아왔군요. 욕실 파이프 하나가 구멍이뚫려서 물이 새고 있어요. 물살을 멈춰 보려고 여섯 개나 주문을 써봤는데 소용없더라고요. 오히려 다른 파이프에도 구멍이 생겼지 뭐예요? 저쪽에 털로 덮인 물탱크로 가서 멈추게 할 참이었는데 안됐어요. 최소한 노력이라도 해 볼 작정이었죠. 당신이 왔으니까 무슨 수를 내면 되겠네요."

샤메인이 말하기 전에 피터가 먼저 말했다.

"털로 뒤덮인 물탱크라고? 파란색 털로 덮인 거 말이구나. 그런다고 일이 해결될 것 같아? 벌써 사방이 물바다가 됐잖아!"

"다른 건 전부 건드려 봤다고요! 어쨌든 물탱크에서 물이 줄줄 흐르는 소리가 들린다고요. 거기서 물을 잠그는 꼭지를 찾을 수 있을지도 몰라요."

"정말 구제불능이야! 내가 볼게."

샤메인은 피터를 밀쳐 내고 보란 듯이 물이 넘쳐흐르는 욕실로 들어갔다. 정말로 구멍이 뚫려 있었다. 세면대와 욕조 사이의 파이프 하나에 세로로 긴 틈이 벌어져 분수처럼 물이 뿜어져 나왔고, 사방에 늘어선 파이프마다 마법처럼 보이는 회색 방울들이 달려 있었다. 피터가 여섯 번이나 주문을 걸다가 쓸데없는 걸 만든 게 분명했다.

'이건 모두 피터 녀석 잘못이야! 지난번에는 파이프를 빨갛게 달구어 놓았지. 정말 못 살아!'

샤메인은 머리끝까지 화가 났다.

샤메인은 물이 뿜어져 나오는 구멍을 두 손으로 강하게 틀어막고 명령했다.

"멈춰, 당장 멈춰!"

물은 손 틈으로 빠져나와 얼굴을 뒤덮었다. 그때 물을 뿜어내는 구멍이 손가락 밑으로 15센티미터쯤 움직이더니 길게 땋아 내린 머리와 오른쪽 어깨로 뿜어져 나왔다. 샤메인은 다시 손으로 구멍을 막았다.

"멈춰, 멈추라고!"

구멍은 다시 옆으로 옮겨 갔다.

"정말 이런 식으로 할 거야?"

샤메인이 소리치며 손으로 다시 구멍을 틀어막았다. 물이 나오는 구멍을 따라다니며 손으로 틀어막았지만 커다란 구멍은 계속 이리 저리 옮겨 다녔다. 샤메인은 계속 뿜어져 나오는 물줄기가 욕조를 따라 배수구로 흘러가는 것을 보며 어떻게 할까 곰곰이 생각했다. 파이프에 기대어 한 손으로는 구멍을 막고, 그다음에는 뭘 해야 할 지 고민했다. 피터가 왜 이걸 생각 못 했을까. 쓸데없는 주문을 거 는 대신에 말이야. 샤메인은 투덜거렸다.

"마법사님도 파이프 쪽으로는 잘 모르시나 보죠."

피터가 출입구에 서서 말했다.

"여행 가방 속에 쓸 만한 건 하나도 없었어요. 내가 뒤져 봤거든요."

"가방을 뒤졌어?"

샤메인이 넌더리를 내며 말했다.

"네, 가방 안에 든 물건 몇 개는 꽤 흥미롭던걸요. 궁금하면 보여 드릴 수도……."

"생각하고 있잖아, 좀 조용히 해!"

샤메인은 피터의 말을 끊었다. 피터는 샤메인의 기분이 썩 좋지 않다는 걸 눈치챘다. 샤메인이 욕실 파이프에 기대어 생각하고 있 는 동안 피터는 입을 다물고 가만히 기다렸다.

'물이 뿜어져 나오는 구멍을 양쪽에서 동시에 막아 버리면 다른 데로 움직이지 못할 거야. 일단 구멍 하나를 고치고 바로 다음 구멍을 덮어 버리면 되겠지. 그런데 어떻게 하지? 서둘러야 돼, 발이 완전히 물에 젖기 전에.'

"피터, 가서 행주 좀 가져와. 세 개쯤."

"왜요? 정말이지 다른 건……."

"당장!"

다행히도 피터는 성질 더러운 고양이처럼 우두머리 행세를 하는 샤메인의 행동에 투덜거리면서도 철벅거리며 물길을 뚫고 움직였다. 샤메인은 피터의 투덜거림을 못 들은 척하며 구멍이 다른 데로 움직이지 못하도록 애썼다. 하지만 물 폭탄은 계속되었고 시간이 흐를수록 샤메인의 몸은 온통 물에 젖어 갔다.

'이런 젠장, 피터!'

샤메인은 다른 손으로 멀리 떨어진 구멍을 틀어막으며 힘껏 두 손을 밀기 시작했다.

"닫혀라! 그만 물을 뿜고 제발 사라져!"

샤메인이 파이프를 향해 명령했다. 하지만 보란 듯이 물살은 샤메인의 얼굴 쪽으로 퍼부었다. 샤메인은 구멍이 교묘하게 움직이는 것 같아 일부러 방해 공작을 펴면서 있는 힘껏 구멍을 밀고 또 밀었다.

'난 마법을 쓸 수 있어! 주문이 이루어질 거야. 구멍을 막을 수 있어!'

샤메인은 파이프에 양손을 대고 간절히 빌었다.

"제발 닫혀라!"

그러자 정말 주문이 먹혔다. 피터가 간신히 찾은 행주 두 개를 들고 왔을 때, 샤메인은 속옷까지 흠뻑 젖은 생쥐 꼴이었다. 대신 파이프는 멀쩡하게 정상으로 돌아와 있었다. 샤메인은 행주로 구멍이 났던 파이프를 꽁꽁 묶었다. 그리고 욕조 옆에 있는 긴 빗자루를 꺼내 들었다. 샤메인은 내심 자신의 행동이 마법사와 비슷하다고 생각했다. 그리고 행주를 감싼 파이프를 빗자루로 두드렸다.

"가만히 있어. 그대로 꼼짝 마!"

샤메인은 행주를 향해서 말하고 구멍을 두들겨서 메웠다.

"가만히 있어. 아니면 혼내 줄 거야!"

그리고 피터가 만든 회색 방울을 향해 빗자루를 휘두르며 말했다.

"필요 없으니까 당장 사라져!"

그러자 순식간에 사라졌다. 샤메인에게는 마법의 힘이 넘쳐흘렀다. 연이어 무릎 옆으로 뜨거운 물이 나오는 수도꼭지를 두드리며 말했다.

"뜨거운 물, 나와라. 괜히 이상한 짓 하지 마! 뜨거운 수도꼭지!"

샤메인은 빗자루로 세면대의 뜨거운 수도꼭지를 두드리며 말했다.

"뜨겁지 않은 물로 부탁해. 아니면 혼내 줄 거야. 넌 찬물만 나오게 하고."

차가운 수도꼭지를 가리키며 샤메인이 말했다. 마침내 샤메인은 철버덕거리며 욕실에서 나와 바닥에 고인 냄새나는 물에 빗자루를 갖다 댔다.

"사라져라! 하수구로 사라져!"

피터는 악취가 풍기는 물을 헤치고 세면대 쪽으로 걸어갔다. 그러고는 뜨거운 물을 틀고 손을 갖다 댔다.

"물이 따뜻해요! 정말로 해냈군요! 고마워요."

피터가 외쳤다.

"흥! 이제 옷 갈아입고 책이나 읽어야겠어."

샤메인이 젖은 옷 때문에 몸을 떨면서 투덜거렸다.

"바닥에 물기 닦는 거 안 도와줄 거예요?"

피터가 애절한 목소리로 물었다.

하지만 샤메인은 청소를 도와야 하는 이유를 찾지 못했다. 웨이프는 온몸에 물을 뚝뚝 흘리면서 샤메인에게 안기려고 애쓰고 있었다. 아무래도 욕실 바닥에 걸었던 빗자루 주문은 효력이 없는 듯했다.

"그래, 하지만 오늘 내가 할 일은 다 했는걸."

샤메인이 한숨을 쉬었다.

"나도요. 하루 종일 파이프에서 뿜어져 나오는 물을 막느라 고생했다고요. 부엌만이라도 같이 물기를 닦아 내요."

피터가 애원하듯 부탁했다.

부엌 난로에서 지지직 소리를 내며 불길이 타고 있는 터라, 하얀 김으로 가득 찬 욕실만큼 힘들 것 같지 않았다. 샤메인은 미지근한 물웅덩이를 헤치고 가서 장문을 활짝 열었다. 그런데 이상하게도 다른 곳은 온통 젖어 있는 반면, 여러 개의 빨래 가방이 놓인 바닥만 바짝 말라 있고 식탁 위에 활짝 열려 있는 여행 가방도 전혀 젖지 않았다.

샤메인의 등 뒤에서 피터의 이상한 중얼거림이 들렸다. 웨이프가 훌쩍거렸다. 샤메인이 뒤돌아보니 피터가 양팔을 벌리고 서 있었고 작은 불꽃이 피터의 손가락과 어깨 주변에서 깜빡이고 있었다.

"바닥의 모든 물이여, 바짝 말라라!"

피터가 말했다. 그때 불꽃이 깜빡이며 피터의 머리를 지나서 젖은 몸으로 떨어졌다. 피터의 우쭐한 표정이 하얗게 질렸다.

"맙소사!"

외마디 고함과 함께 피터의 몸 주변에 불꽃이 무서운 기세로 타오르기 시작했다. 피터는 크게 놀라서 소리쳤다.

"앗 뜨거! 도와줘요!"

샤메인은 피터를 향해 한걸음에 달려가 불이 붙은 팔을 잡고 바닥에 있는 물 쪽으로 밀었다. 하지만 별 소용이 없었다. 샤메인은 불꽃이 깜빡이면서 물 아래쪽으로 사라지는 신기한 광경과, 피터 주변으로 기포가 부글부글 끓어오르는 모습을 지켜보았다. 피터가 빠진 곳 주변에서 물이 부글부글 끓어오르는 걸 보고 샤메인은 다시 피터의 몸을 잡아끌었다. 부엌은 뜨거운 물과 수증기로 가득 찼다.

"그만해!"

샤메인이 손으로 피터의 뜨거운 소매를 잡아끌며 소리쳤다.

"무슨 주문을 쓴 거야?"

　　　　　　　　　　　　3. 요정이 된 하울

"어떻게 했는지 모르겠어요."

피터가 울먹거렸다.

"무슨 주문이냐고?"

샤메인이 소리쳤다.

"《펠림프세스트의 코》에서 본 홍수를 멈추는 주문이었어요. 어떻게 주문을 멈추는지 몰라요."

피터가 횡설수설했다.

"너 정말 바보구나!"

샤메인이 소리쳤다. 그리고 활활 불이 붙은 피터의 어깨를 잡고 거세게 흔들었다.

"이 주문, 취소한다! 지금 걸었던 주문 취소, 당장!"

샤메인의 말에 주문이 순순히 사라졌다. 샤메인은 불에 그을린 손을 털었다. 그리고 지지직 소리를 내며 사그라지는 불꽃과 수증기를 지켜보았다. 여전히 사방이 축축하고 탄 냄새가 가득했다. 피터는 온몸 여기저기가 까맣게 그을린 채로 자리에 서 있었다. 얼굴과 손은 온통 연분홍색으로 변했고 머리카락은 눈에 띌 만큼 바짝 타들어 갔다.

"고마워요!"

피터가 긴장이 풀려 자리에 털썩 주저앉으며 말했다. 샤메인이 피터를 거세게 밀쳤다.

"머리카락 탄 냄새가 진동을 하잖아! 어쩜 이렇게 멍청한 짓을 하니! 이번에는 어떤 주문을 쓴 거야?"

"그런 게 아니에요."

피터가 머리에서 탄 부분을 떼어 내며 말했다. 샤메인은 피터가 거짓말을 하고 있다는 걸 알았다. 하지만 추궁했더라도 피터는 솔직하게 고백하지 않았을 것이다.

"난 멍청하지 않아요. 마룻바닥을 보세요."

피터가 항의했다. 마루를 내려다보니 정말 물기가 거의 사라진 상태였다. 타일이 깔려 있고, 물기가 있고, 반짝이며 하얀 김이 피어 올랐지만 더 이상 물은 넘치지 않았다.

"이번엔 아주 운이 좋았나 봐!"

샤메인이 말했다.

"보통은 실수가 잦아요. 엄마도 내가 마법을 쓸 때마다 실수를 하니까 그렇게 말씀하셨어요. 이제 옷을 갈아입어야 할 것 같아요."

"나도."

샤메인이 대답했다. 그들은 문 안쪽으로 들어갔다. 피터가 오른쪽으로 돌리려고 하자 샤메인이 왼쪽으로 밀었다. 덕분에 두 사람은 곧장 걸어서 거실로 갈 수 있었다. 아직 양탄자에 물기가 남아 있었지만 빠른 속도로 말라 버렸다. 하지만 하수도에서 올라온 악취는 여전히 코를 찔렀다. 샤메인이 킁킁거리며 피터를 다시 왼쪽으로 밀었다. 이번에는 축축한 복도가 나왔다. 아까처럼 물이 찰랑거리며 차 있지는 않았다.

"봤죠? 제 주문이 통했어요."

피터가 침실로 들어가며 말했다.

"아이고!"

샤메인이 방으로 들어가며 외쳤다.

'이번에는 피터가 또 무슨 짓을 했는지 몰라. 정말이지 믿을 만한 구석이 없는 녀석이라니까.'

샤메인이 가져온 옷 중에서 제일 마음에 드는 옷이 엉망이 됐다. 샤메인은 안타까운 마음으로 옷을 벗어 널어놓았다. 하지만 불에 그을린 자국은 쉽게 없어지지 않을 게 분명했다. 샤메인은 내일 궁전에 갈 때 평범한 옷을 입고 가야 한다는 것이 속상했다.

'그나저나 피터를 어떻게 집에 혼자 두고 간다지? 하루 종일 주문이나 실험해 보고 있을 게 분명해. 나라도 그랬을 텐데, 뭘.'

샤메인은 스스로가 피터보다 나을 게 없다는 사실을 깨닫고는 부르르 몸을 떨었다. 샤메인 역시 《팰림프세스트의 코》에 나오는 주문을 실험해 보고 싶었기 때문이다.

부엌으로 돌아오면서 샤메인은 피터에게 더 친절하게 대해야 할 것 같은 기분이 들었다. 이제 머리만 빼고 낡은 옷과 슬리퍼를 다시 말려야만 했다.

"저녁은 어떻게 먹어야 하는지 물어보세요. 배고파 죽겠어요."

샤메인이 젖은 신발을 난로 근처에서 말리려고 할 때 피터가 말했다.

피터는 집에 오던 날 입었던 옷보다 훨씬 편해 보이는 낡은 파란색 옷을 입고 있었다.

"어제 엄마가 사셔온 가방에 음식이 있을 거야."

신발을 말리기에 적당한 장소를 고르느라 바쁜 샤메인이 대답했다.

"가방에 음식 없어요. 점심때 다 먹어 버렸거든요."

피터의 말을 듣는 순간 친절하게 대하기로 했던 생각이 싹 사라졌다.

"이런 돼지 같으니라고."

그때 웨이프가 벽난로를 향해 음식을 달라고 낑낑대고 있었다. 궁전에서 받아먹었던 크럼핏은 기억도 나지 않는지 또 뭔가 먹고 싶어서 안달이 난 것이다.

"너도 먹보구나!"

샤메인이 게걸스럽게 개밥을 먹어 대는 웨이프를 내려다보며 말했다.

"도대체 어디다 이 많은 음식을 집어넣는 거니? 윌리엄 할아버지, 저녁은 어떻게 먹을 수 있죠?"

친절한 목소리는 부쩍 힘이 빠져 있었다.

"식료품 저장실 문을 두드리면서 '저녁 식사'라고 말하면 된단다."

피터가 식료품 저장실로 한달음에 달려갔다.

"저녁 식사!"

문을 세게 두드리면서 피터가 말했다. 그러자 식탁 쪽에 뭔가 툭 떨어지는 소리가 들렸다. 샤메인과 피터는 소리가 나는 쪽을 돌아보았다. 활짝 풀어 헤친 옷가방 옆으로 작은 양고기, 양파 두 개, 순무가 놓여 있었다. 샤메인과 피터는 음식을 가만히 쳐다보았다.

"전부 다 날것이잖아!"

피터가 놀라며 말했다.

"게다가 양도 한참 부족하고. 요리할 줄 알아?"

샤메인이 덧붙였다.

"전혀요. 집에서 요리는 엄마가 했거든요."

"오! 진짜 돌겠네!"

9

마법의 지도

피터와 샤메인은 자연스럽게 벽난로 옆에 앉았다. 웨이프는 종종걸음으로 왔다 갔다 했다. 두 사람은 차례대로 쇠살대를 두드리면서 외쳤다.

"아침 식사!"

하지만 아침 주문은 정해진 시간에만 효력을 발휘하는 것 같았다.

"훈제 청어라도 있으면 좋을 텐데."

샤메인이 텅 빈 두 개의 쟁반을 측은하게 바라보며 말했다. 둥근 빵, 굴, 오렌지 주스가 있었던 자리에는 아무것도 남아 있지 않았다.

"달걀 삶을 줄 알아요. 웨이프도 양고기를 먹을 수 있을까요?"

"아무거나 다 먹을 거야. 웨이프는 우리만큼이나 심각할 정도로 먹

3. 요정이 된 하울

는 걸 좋아해. 그래도 순무는 먹지 않을 것 같아. 나라도 안 먹겠어."

처음으로 두 사람은 만족스럽지 못한 저녁 식사를 했다. 피터가 삶은 달걀은 딱딱했지만 그래도 먹을 만했다. 피터는 달걀이 딱딱하게 삶아져 멋쩍었는지 이야기 소재를 다른 데로 돌리려고 궁전에서 어떻게 시간을 보냈는지 물었다. 샤메인도 딱딱하게 삶은 달걀이 꿀과 섞이지 않는다는 데 신경을 쓰고 싶지 않아서, 피터의 질문에 대답해 주었다. 피터는 국왕이 금을 찾고 있다는 사실에 관심을 보였고 모건과 트윙클이 궁에 들이닥친 이야기를 듣고 무척 흥미로워했다.

"불꽃 마귀라고요? 마법을 부릴 줄 아는 두 아기와 불꽃 마귀라! 공주님이 많이 힘들었겠는데요. 그 사람들은 얼마나 머물렀나요?"

"잘 모르겠어. 아무도 거기에 대해서는 말을 안 하던데."

"그렇다면 애프터눈 티 두 잔을 마시고 모닝커피 한 잔을 마시고, 주말이 되기 전에 분명히 궁에서 내칠 거예요. 식사 다 끝났죠? 윌리엄 할아버지 여행 가방을 좀 살펴보고 싶은데……."

"난 책이나 읽을 거야!"

샤메인이 반대했다.

"안 돼요. 책은 언제든 읽을 수 있잖아요. 하지만 여행 가방에는 당신이 알아야 할 정보들이 가득하다고요. 제가 보여 드릴게요."

피터는 아침 식사 손수레를 밀어내고 샤메인 앞으로 여행 가방을 끌고 왔다. 샤메인은 한숨을 내쉬고는 코끝에 안경을 썼다.

여행 가방 안은 온통 종이로 넘쳐났다. 맨 위에는 윌리엄 고조부의 아름답지만 흔들리는 필체로 적힌 쪽지가 있었다. "샤메인에게"
로 시작되는 쪽지였다.

"집을 찾는 열쇠."

쪽지 아래쪽에는 어지러운 선이 엉키듯 그려진 커다란 종이가 나
왔다. 일정한 간격으로 이어진 선 위에는 이름이 붙어 있었고, 마지
막 줄에는 화살표로 '아직 탐험 전'이라고 적혀 있었다.

"이건 아주 소소한 열쇠일 뿐이에요."

샤메인이 종이를 들자 피터가 말했다.

"여행 가방에 들어 있던 종이들은 전부 지도예요. 하나씩 접혀 있
잖아요. 이것 보세요."

그는 옆에 있는 종이 뭉치들을 꺼내서 다른 종이들과 합쳐서 여
행 가방에 맞도록 앞뒤로 펼쳤다. 식탁 위에 놓인 종이들이 커다랗
게 지그재그 형태로 놓였다. 샤메인은 분한 마음을 누르며 종이를
매섭게 노려보았다. 종이 한 장 한 장마다 방과 복도가 자세히 그려
져 있고 옆으로 지시 사항이 상세히 적혀 있었다. '여기서 왼쪽으로
두 번 돌 것' 혹은 '오른쪽으로 두 발자국 간 후 왼쪽으로 한 발자국'
같은 것들이었다. 방에 대한 설명은 하나로 뭉뚱그려 표시되어 있었
다. '부엌'이라고 간단히 적혀 있거나 어떤 방에 대해서는 자세한 설
명이 쓰여 있었다. '내 마법 도구의 방, 나의 자랑거리 중 하나로 언
제나 주문을 걸어서 잠가 두어야 함. 왼쪽 손으로 벽을 만지면 매우
위험하므로 특히 주의를 요함' 같은 것이었다. 또 어떤 것은 모두 십
자로 접힌 복도를 모아 놓은 것으로 '아직 탐험 못한 북쪽 구역', '코

볼도가 있는 곳', '물탱크로 가는 길' 혹은 '무도회장: 사용하게 될지는 아직 미정' 같은 자세한 설명이 붙어 있었다.

"그냥 여행 가방을 달아 둘 걸 그랬어. 이렇게 복잡한 지도는 처음 봐! 이런 게 어떻게 지도일 수가 있어!"

샤메인이 말했다.

"맞아요. 정말 거대한 집이죠."

피터가 맞장구쳤다.

"자세히 보면 접혀 있는 지도가 어디로 향하는지 단서를 찾을 수 있다고요. 이걸 보세요. 이 종이 위쪽에는 거실이 있지만 다음 장으로 가면 뒤쪽으로 종이가 접혀 있어서 서재나 침실로 갈 수 없다고 해요. 하지만 반대로 접으면 부엌으로 이어지게 되죠."

샤메인은 머릿속이 빙빙 도는 것 같았다. 그래서 피터가 열심히 설명하는 걸 일부러 귓등으로 흘렸다. 대신 손 위에 놓인 어지럽게 표시된 지도를 물끄러미 바라보았다. 피터가 설명하는 것보다 더 쉬워 보였다. 최소한 '부엌'은 중앙 우측에 있고, '침실'과 '수영장', '서재'도 어딘가에 있었다. 수영장? 아닐 텐데, 정말일까?

흥미로운 선들이 빙빙 돌아서 오른쪽 밑으로 연결되어 있었다. 거미줄처럼 복잡하게 얽힌 가운데 '회의실'이라는 장소도 있었다. 네모반듯한 회의실 상자에서 뻗어 나온 화살표 끝에는 '궁전으로 가는 길'이라고 적혀 있었다.

"와! 여기서 궁전으로 바로 갈 수도 있네! 초원 위 풀밭으로 나온 후 '마구간'이라고 외친다. 그런데 아직 할아버지 작업실로 가는 길도 모르는데.”

샤메인이 소리쳤다.

피터는 다른 방법으로 지그재그 형태를 만들면서 열심히 설명했다.

“여기 ‘음식 저장소’가 있네요. ‘이곳에서는 언제나 주문이 작동한다’고 적혀 있어요. 이걸 어떻게 활용할지 궁금하네요. 내가 관심 있는 장소는 마법사님이 써 놓은 ‘저장 공간. 쓸모없는 물건만 있나? 언젠가 반드시 살펴봐야 함’이에요. 이렇게 많은 공간들을 마법사님 혼자서 만들었다고 생각해요? 아니면 원래 만들어져 있는 집을 찾아서 이사 온 걸까요?”

“할아버지가 이 집을 발견했을 거야. 여기 화살표 옆에 ‘아직 탐험 못 했음’이라고 써 놓은 걸 보면, 아직 이 집에 대해서 샅샅이 알지 못한다는 사실을 알 수 있잖아.”

“그러게요. 마법사님은 집 가운데 부분만 사용하시는 것 같은데, 그렇죠? 우리가 직접 둘러보면 마법사님을 도와줄 수 있을 거예요.”

피터가 신중하게 말했다.

“그럼 네가 해 보든가. 난 책이나 읽으러 갈 거야.”

샤메인은 어지러운 선이 잔뜩 그려진 종이를 접어서 주머니에 찔러 넣었다. 이 지도만 있으면 아침에 궁전으로 가는 시간을 절약할 수 있을 것이다.

아침이 밝았지만 샤메인의 외출복은 여전히 축축했다. 절망스러웠다. 그다음으로 괜찮은 옷을 입으면서 과연 오늘은 피터와 웨이프

3. 요정이 된 하울

를 놔두고 무사히 궁전으로 갈 수 있을까 생각했다. 오늘도 뭔가 일이 터질 게 분명했다. 집을 비운 사이에 피터가 또 다른 마법 주문을 실험한다면 큰일이다. 웨이프를 밖으로 내보내거나 다른 걸 시험해 보려고 든다면 어떻게 될까?

웨이프는 샤메인을 따라서 종종걸음 치며 부엌으로 들어갔다. 샤메인은 개밥을 주려고 벽난로를 두드렸다. 다소 걱정스러운 빛으로 아침 식사도 부탁했다. 어제 저녁에 아침 식사를 달라고 해서, 행여 오늘 아침에 주문이 통하지 않을 수도 있는 일이었다.

하지만 걱정과는 달리 아침 식사가 준비되었다. 주식으로는 밥과 토스트, 생선이, 후식으로는 복숭아가 가득 담긴 접시가 나왔다. 마실 것은 차와 커피 중 선택하면 되었다.

'어젯밤 일 때문에 미안한가 보구나.'

샤메인은 생각했다. 생선은 좋아하지 않아서 음식이라면 돌이라도 씹어 먹는, 그리고 특히나 비릿한 걸 좋아하는 웨이프에게 던져 주었다.

샤메인이 정신없이 그려진 지도를 보고 궁전으로 가려는 순간, 웨이프가 종종거리며 샤메인을 따라 들어왔다. 잔뜩 엉클어진 선을 보고 있으니 혼란스러웠다. 지도는 샤메인을 더욱 헷갈리게 만들었다. 지도를 앞으로 접고 뒤로 접어 봤지만 소용없었다. 왼쪽 오른쪽으로 몇 번 접다 보니 샤메인은 어느덧 커다란 창문 너머로 강이 내다보이는 곳에서 걷고 있는 자신을 발견했다. 강 너머로 보이는 마을 풍경은 아름다웠다. 그러나 환한 햇빛을 받아 반짝이는 궁전의 금색 지붕은 절망에 잠겨 있었다.

"여기가 아니라 저곳에 가야 한다고!"

샤메인이 주위를 둘러보며 말했다. 창문 밑에는 나무로 된 긴 탁자가 이상한 도구들과 함께 놓여 있었다. 방 가운데에는 이상한 도구들이 더 많았다. 한쪽 병에는 항아리, 그릇, 특이한 모양의 유리그릇들이 가득 차 있는 찬장이 있었다. 샤메인은 찬장에서 풍기는 나무 냄새를 맡았다. 윌리엄 고조부의 서재에서 맡았던 폭풍과 양념이 섞인 냄새와 비슷했다.

'이게 마법의 냄새로군. 여긴 분명히 고조부님의 서재일 거야.'

웨이프가 경쾌하게 걸어 다니는 것을 보니 확신이 생겼다. 웨이프는 이 장소가 익숙한 것 같았다.

"이리 와, 웨이프."

샤메인이 방 가운데에 있는 이상한 도구들 위에 있는 종이에 시선을 두며 말했다. 종이에는 '만지지 마시오'라고 쓰여 있었다.

"자, 이제 부엌으로 돌아가서 다시 시작하자."

하지만 둘은 부엌으로 돌아갈 수 없었다. 서재 앞에서 왼쪽으로 몸을 틀었더니 하늘이 보이는 따뜻한 공간이 나왔다. 풀장은 하얀 돌로 둘러져 물이 넘실대고 있었다. 하얀 석고 담장은 격자무늬로 만들어져 장미넝쿨이 타고 올라가 꽃을 피우도록 되어 있었다. 풀장 입구에는 폭신한 큰 수건이 차곡차곡 쌓여 있었다.

'수영이 끝나면 바로 수건을 쓸 수 있도록 준비된 거구나.'

샤메인은 짐작할 수 있었다. 웬일인지 웨이프는 무서워하며 문을 향해 쭈그리고 앉아서 낑낑대며 바들바들 떨고 있었다.

샤메인이 웨이프를 들어 올렸다.

"누가 널 물에 빠뜨리려고 했니, 웨이프? 다른 사람한테 미움을 받던 강아지였어? 괜찮아. 나도 물 옆에는 가지 않을 거야. 수영을 못하거든."

샤메인이 문을 나가 왼쪽으로 돌았다. 자신이 못하는 것 중에 수영도 있다는 사실을 확인하게 된 셈이었다.

"하지만 내가 게을러서 못 배운 건 아니야. 바보도 아니고. 그저 평소에 방해받는걸 싫어할 뿐이라고."

샤메인은 마구간으로 보이는 곳에 도착하자 웨이프에게 뭔가를 설명하려고 했다.

마구간은 냄새가 심했다. 샤메인은 담장 너머 초원에서 말들이 풀을 뜯고 있다는 걸 확인하고 나서야 안심했다. 다행히 웨이프는 말을 무서워하지 않는 것 같았다. 물론 샤메인은 말에 대해서 아무것도 몰랐다.

샤메인은 한숨을 쉬며 웨이프를 바닥에 내려놓고 안경을 걸치고는 어지러운 선들이 얽혀 있는 도표를 다시 살펴보았다. '마구간'은 여기, 산 중턱 어딘가에 있었다. 부엌으로 돌아오려면 여기서 두 번 오른쪽으로 돌아야 했다. 오른쪽으로 두 번 돌았을 때, 웨이프가 종종걸음으로 샤메인을 따라왔다. 샤메인이 도착한 곳은 커다란 동굴이었다. 그곳에는 파란 코볼도들이 바쁘게 일하고 있었다. 동굴 안에 있던 코볼도들이 일제히 샤메인을 차갑게 노려보자 샤메인은 집

싸게 오른쪽으로 한 번 더 틀었다. 이제 컵, 접시, 찻주전자가 가득
찬 창고에 도착했다. 웨이프가 낑낑댔다. 샤메인은 각양각색의 색과
크기로 수백 개의 찻주전자가 늘어선 선반을 보면서 마음이 급해졌
다. 이러다가 궁전에 늦게 도착할 게 분명했다. 하지만 더욱 끔찍한
상황이 벌어졌다. 다시 지도를 보려고 안경을 걸쳤을 때, 종이의 왼
쪽 밑에 화살표로 뭔가 적인 것을 보았다.

"러벅들이 살고 있음. 주의할 것."

"오, 말도 안 돼! 가자, 웨이프."

샤메인이 소리쳤다. 둘은 문을 열고 밖으로 나가서 오른쪽으로 돌
았지만 여전히 이상한 곳에서 맴돌고 있었다.

이번에는 사방이 완전한 암흑이었다. 샤메인은 웨이프가 발목에
서 안아 달라고 낑낑거리는 소리를 들었다. 둘 다 코를 킁킁거리다
가 "아!" 하고 샤메인이 외쳤다. 축축한 돌이끼 냄새는 이 집에 온
첫날을 떠올리게 만들었다.

"윌리엄 고조부님, 어떻게 부엌으로 돌아가나요?"

다행히도 친절한 목소리가 대답했다. 이번에는 희미할 정도로 작
은 목소리가 저 멀리서 들려왔다.

"지금 거기에 있다면 애야, 길을 잃은 거구나. 잘 들으렴. 시계 방
향으로 돌아서……."

더 이상 들을 필요는 없었다. 한 바퀴를 완전히 도는 대신 조심스
럽게 반만 돌아서 앞쪽으로 몸을 기울였다. 아니나 다를까. 앞으로
희미한 불빛이 있는 돌로 만든 복도가 펼쳐졌다. 마치 건너편에 자

　　　　　　　　　　　　3. 요정이 된 하울

신이 서 있는 것처럼 느껴질 정도였다. 샤메인은 감사하는 마음으로 성큼성큼 걸어 나갔다. 웨이프가 뒤따라와서 복도 쪽으로 돌아섰다. 우여곡절 끝에 궁전에 도착한 것이다. 처음 윌리엄 고조부님 집에 왔을 때, 심이 손수레를 밀고 있던 바로 그 복도였다. 궁전에 처음 와서 맡았던 냄새가 났다. 축축한 돌 냄새 위로 아득히 멀어지는 음식 냄새. 그림이 걸려 있던 자리가 밝은 사각형 자국으로 남겨져 있는 벽도, 궁전의 벽이다. 문제가 있다면 여기가 궁전의 어디쯤인지를 전혀 모른다는 사실이었다. 웨이프는 별 도움이 되지 못했다. 샤메인의 발목에 딱 붙어서 덜덜 떨고 있을 뿐이었다.

샤메인은 웨이프를 안고 복도를 따라 걸으며 어딘가 익숙한 장소가 나오기만을 바랐다. 아무 생각 없이 모서리를 두 번 돌아가다가 어제 친절하게 크럼핏을 건네주었던 창백한 신사와 부딪칠 뻔했다. 신사는 뒤로 한 걸음 물러서며 깜짝 놀랐다.

"오, 맙소사. 아직 도착하지 않은 줄 알았는데. 아가씨 이름이⋯⋯ 샤밍, 맞죠? 길을 잃은 건가? 도움이 필요한가요?"

그가 어둠 속에서 샤메인을 바라보며 외쳤다.

"네, 도와주세요. 저는 그게 뭐냐, 음⋯⋯ 그러니까, 여자 화장실에 가다가 길을 잘못 들었나 봐요. 도서관으로 가는 길을 알려 주시겠어요?"

"기꺼이 도와 드리죠. 안내해 드릴 테니 저만 따라오세요."

창백한 신사는 오던 길을 돌아서 샤메인을 안내했다. 어두운 복도를 따라 위쪽으로 올라가는 돌계단이 있는 크고 차가운 로비를 가로질러 계속 걸어갔다. 웨이프는 익숙한 곳에 온 것처럼 조금씩 꼬리를 흔들기 시작했다. 그러나 계단 앞을 지나갈 때 웨이프는 꼬리 흔들기를 멈췄다. 저 위쪽에서 모건의 목소리가 들려왔던 것이다.

"싫어! 싫어! 싫다고!"

트윙클의 떨리는 목소리도 함께였다.

"나 이거 입기 시더! 쭐무늬 옷 입을 거야!"

소피 펜드래건 부인의 목소리도 들려왔다.

"둘 다 조용히 해! 안 그럼 혼쭐을 내 줄 거야. 경고했어! 이제 더 이상은 못 참아!"

창백한 신사는 움찔하고 놀랐다. 그리고 샤메인에게 말했다.

"애들이 너무 보채는 것 같죠?"

샤메인은 긍정의 뜻으로 고개를 끄덕이고 살짝 웃으며 올려다보았다. 하지만 왠지 몸서리가 쳐졌다. 샤메인은 도무지 이유를 알 수 없었다. 그저 고개만 끄덕였을 뿐인데. 아치형 길로 걸어가는 창백한 신사를 따라가는데, 모건과 트윙클의 목소리가 아련하게 잦아들었다.

또 다른 모퉁이를 돌아서 창백한 신사가 문을 열어 주었다. 바로 도서관으로 통하는 문이었다.

"샤밍 아가씨가 도착했습니다, 국왕 폐하."

창백한 신사가 절을 하며 말했다. 국왕은 얇은 가죽 책 무더기를 보고 있었다.

"오, 고맙네. 이리 와서 앉으렴, 애야. 지난밤에 너에게 보여 줄 서류를 많이 찾아놨단다. 이렇게 많은 서류가 궁에 있는지도 몰랐어."

샤메인은 예전부터 이곳에서 일했던 사람이 된 기분이었다. 웨이프는 아예 자리를 잡고 누워서 배를 드러내고 화로에서 뿜어져 나오는 열기를 쬐려고 이리저리 굴렀다. 샤메인도 제각각의 크기인 서류 더미들 가운데 앉아서 종이와 펜을 들고 자리를 잡았다. 방 안에는 제법 다정한 분위기가 가득했다. 잠시 후에 국왕이 입을 열었다.

"이 일기를 쓴 우리 조상은 스스로를 시인이라고 자부했단다. 이 시에 대해 어떻게 생각하니? 물론 사랑하는 사람에게 쓴 것이란다."

내 사랑, 당신은 염소처럼 우아하게 춤을 추네.
그리고 산속의 소처럼 부드럽게 노래를 하지.

"낭만적인 것 같니, 얘야?"
샤메인이 웃었다.
"끔찍해요. 제 생각엔 여자한테 뺑 차였을 것 같은데요. 그런데 폐하, 그 사람…… 저한테 길을 안내해 준 그 신사분은 누구인가요?"
"집사를 말하는 거니? 함께 지낸 지 수년이 넘었지만 불행히도 집사의 이름은 모르겠구나. 힐다 공주에게 물어보렴. 공주는 이름을 아주 잘 기억하거든."
'글쎄요, 공주님한테 물어보느니 차라리 창백한 신사라고 기억하겠어요.'
오늘도 평화롭게 흘러갔다. 정신없이 시작된 하루가 점차 즐거운 하루로 바뀌고 있다고 생각했다. 200년 진, 100년 전, 40년 전의 밍

세서를 읽고 정리했다. 이상하게도 옛날 명세서가 요즘 것보다 합계 금액이 훨씬 컸다. 시간이 흐를수록 왕실에서 돈을 더 적게 쓰는 것 같았다. 샤메인은 수백 년 전의 편지부터 시작해서 최근 대사관, 스트레인지아, 잉거리, 라슈푸트에서 온 서류까지 완벽하게 정리했고, 가장 껄끄러운 내용의 명세서만 골라서 국왕께 읽어 드렸다. 샤메인은 서류 뭉치를 살피다가 영수증을 발견했는데, 영수증은 '여성의 초상화 비용 지불, 그림의 대가이자 좋은 평판을 받는 화가, 200기니'라는 내용으로 시작되었다. 서류를 뒤지니, 비슷한 내용이 자주 눈에 들어왔다. 족히 60년 동안 연속해서 비용이 지불되었음을 알 수 있었다. 샤메인은 국왕의 통치 기간 내내 누군가 왕실을 상대로 비싼 가격에 그림을 팔아 왔다는 걸 추측할 수 있었다. 하지만 국왕 폐하에게 사실 여부를 확인하지는 않을 작정이었다.

지난번에 자말이 요리했던 것보다 훨씬 더 맛있는 점심이 나왔다. 심이 점심을 가져왔을 때 웨이프는 펄쩍펄쩍 뛰었다. 꼬리를 흔들더니 이내 멈추고는 실망스러운 표정으로 도서관 밖으로 총총 나가 버렸다. 웨이프가 나간 이유가 요리사의 개가 안 왔기 때문인지 점심 식사 때문인지는 알 수 없었다. 아마 점심 식사 때문일 것이다.

심이 식탁 위에 접시를 올려놓았을 때, 국왕은 기분 좋은 목소리로 물어보았다.

"심, 지금 상황이 어떻게 되어 가고 있나?"

"조금 시끄럽습니다, 국왕 폐하. 이제 돌로 만든 말이 여섯 마리가 되었습니다. 모건 님은 살아 있는 원숭이를 갖고 싶어 했습니다만 펜

3. 요정이 된 하울

드래건 부인에게 말씀드렸더니 부인이 강하게 반대하셨습니다. 그래서 조금 소란이 있었습니다. 게다가 트윙클 님은 줄무늬 바지를 못 입게 하는 것 때문에 계속 억지를 부리고 있습니다. 트윙클 님은 아침 내내 줄무늬 바지 문제로 큰 소리를 지르셨습니다, 폐하. 불꽃 마귀는 응접실 앞에 있는 불에서 쉬기로 한 것 같습니다. 오늘도 함께 응접실에서 차를 드시겠습니까, 폐하?"

"오늘은 가지 않을 작정이야. 불꽃 마귀에게는 별 불만이 없다만, 말 때문에 꽤 시끄러울 것 같군. 괜찮다면 도서관으로 크럼핏을 가져다주지 않겠나, 심."

"물론이죠, 폐하."

심이 비틀거리면서 도서관을 나섰다. 문이 닫히자 국왕이 샤메인에게 말했다.

"사실 돌로 만든 말 때문만은 아니야. 난 시끌벅적한 걸 좋아하거든. 하지만 아이들이 떠드는 소리를 들으면 할아버지가 되고 싶다는 욕심이 들어. 손주들의 재롱을 즐길 수 있다면 얼마나 즐거울까? 사실 약간 아쉽기도 하단다."

"음, 마을 사람들 말이 힐다 공주가 사랑에 상처를 받았다고 하던데요. 그래서 공주님이 결혼을 하지 않은 건가요?"

국왕은 깜짝 놀란 눈치였다.

"전혀 모르던 일이구나. 공주가 젊었을 때 왕자들과 공작들이 수년 동안 줄을 서서 구혼을 했지. 하지만 공주는 결혼에는 도통 관심이 없었어. 결혼할 생각이 전혀 없다고 말하더구나. 궁에서 나를 보필하면서 사는 게 더 좋다고 했어. 사실 안된 일이지. 왕좌를 이어받을 사람은 멍청한 사촌의 아들 루도빅 왕자야. 돌로 된 말을 옮길 수만 있다면, 금방이라도 만날 수 있을 게다. 그게 아니면 대접견실을 사용하겠지만. 사실 가장 딱한 건 궁에 더 이상 아이들이 없다는 거란다. 난 아이들이 그리워."

국왕은 조금 우울해 보였다. 샤메인도 우울해졌다. 겉으로 보기엔 화려해도 거대하고 텅 비어 있는 슬픈 궁전이라니.

"그 마음 이해합니다, 폐하."

샤메인이 말했다. 왕은 미소를 지으며 심의 요리를 살짝 맛보았다.

"너라면 이해해 줄 거라고 생각했단다. 너는 똑똑한 아가씨니까. 언젠가 고조부 윌리엄의 명성을 잇게 될 것이야."

국왕의 말에 샤메인은 눈을 깜빡였다. 국왕으로부터 칭찬을 듣는 것이 불편한 게 아니라 국왕의 말이 암시하는 게 뭔지 알 것만 같았기 때문이다.

'난 똑똑한 건지도 몰라, 하지만 슬프게도 친절하거나 동정심이 많은 아이는 아니지. 냉정한 사람일지도 몰라. 피터를 대하는 걸 보면 말이야.'

샤메인은 오후 내내 이런 생각을 곱씹었다. 결국 긴 시간 동안 생각한 끝에 약간의 변화가 일어났다.

하루 일이 끝날 무렵, 요리사 심이 꼬리를 흔들며 뒤따라오는 웨이프와 함께 나타났다. 샤메인은 자리에서 일어나 공손하게 인사를 건넸다.

"항상 친절하게 대해 주셔서 감사합니다, 국왕 폐하."

왕은 샤메인 말에 놀라면서 너무 고마워할 필요는 없다고 말했다.

'그래도 너무 감사한걸요. 국왕 폐하의 친절한 태도는 제게 귀감이 되어 주니까요.'

샤메인은 이렇게 생각하면서 살이 통통하게 오른 웨이프와 요리사 심의 느릿느릿한 걸음을 따라갔다. 그리고 윌리엄 고조부님 집으로 돌아가며 피터에게 더 친절하게 대해 줘야겠다고 다짐했다.

현관에 도착했을 때, 트윙클이 갑자기 나타나서 커다란 굴렁쇠를 휙 굴렀다. 그러고는 모건의 뒤를 바짝 쫓으면서 두 팔로 잡고 큰 소리로 "와, 와 와!" 하고 외쳤다. 순간 심이 휘청거렸다. 샤메인은 트윙클이 빠른 속도로 지나갈 때, 최대한 벽에 바짝 붙었다. 그리고 아주 짧은 순간, 트윙클은 샤메인에게 이상한 눈빛을 보냈다. 하지만 웨이프가 짖어 대는 바람에 왜 그랬는지 생각할 겨를도 없었다. 웨이프는 놀라서 벌렁 뒤집어진 탓에 잔뜩 화가 나 있었다. 샤메인은 웨이프를 똑바로 세워 주었다. 그러다가 모건을 잡으러 뒤쫓아 가는 소피 펜드래건 부인과 우연히 마주쳤다.

"어느 쪽으로 갔죠?"

소피가 가쁜 숨을 쉬며 물었다. 샤메인이 아이들이 도망간 방향을 가리켰다. 소피는 스타킹이 내려오는지 뭐라고 투덜거리면서 스커트를 높이 걷어 올리고 전속력으로 뛰어갔다.

저 멀리서 힐다 공주가 걸어왔다.

"진심으로 미안하구나, 샤밍. 미꾸라지가 따로 없다니까. 사실, 두 아이가 전부 그래. 잘 보살펴야겠어. 아니면 불쌍한 소피가 우리가 부탁한 일에 집중할 수 없을 테니까. 심, 준비됐어?"

공주가 샤메인에게 다가오며 말했다.

"분부만 내려 주십시오, 공주님."

심이 대답했다. 그리고 샤메인에게 인사를 건네고 평화롭기 그지없는 밝은 오후의 햇살이 비추는 궁전 문을 열어 주었다.

'만약 결혼을 하게 된다면 절대 아이 같은 건 낳지 않을 거야. 1주일만 돌봐도 아이들 때문에 냉혈 인간이 되고 말 테니까. 어쩌면 힐다 공주처럼 결혼을 못 할지도 몰라. 그러니까 친절해지는 법을 배우는 게 낫겠어. 어쨌든 오늘 피터가 고생했을 테니까, 일단 피터에게 친절해져야지.'

샤메인은 웨이프를 안고 궁전을 나오면서 생각했다.

집에 도착했을 때, 어떻게 하면 피터에게 친절하게 대할 수 있을까에 대한 생각들로 머릿속이 복잡했다. 생각 끝에 친절을 베푸는 방법을 알아낸 샤메인은 파란 수국이 피어 있는 정원을 성큼성큼 걸어갔다. 어디에서도 롤로의 모습은 보이지 않았다. 롤로에게 친절히 대하는 일은 결코 일어날 것 같지 않았다.

"인간의 능력으로는 불가능한 일이지."

샤메인은 웨이프를 거실에 내려놓으며 중얼거렸다. 거실은 평소답지 않게 깨끗하게 정돈되어 물건들이 제자리에 가지런히 놓여 있었다. 팔걸이의자 옆의 여행 가방, 커피 탁자 위에 여러 가지 색깔의 수국이 꽂혀 있는 화병까지 깔끔하게 정리되어 있었다. 샤메인은 화병을 보고 눈살을 찌푸렸다. 지난번에 꽃병을 수레 위에 놓았을 때 사라지지 않았던가. 아마 피터가 아침에 모닝커피를 주문했을 때 함께 온 게 분명하다. 그러다 문득 축축한 옷을 침실에 늘어놓고 잠옷을 바닥에 벗어 놓았다는 사실을 기억해 냈다.

'이럴 수가! 얼른 치워야지!'

샤메인은 침실로 들어가다 걸음을 멈췄다. 침실이 깨끗하게 정돈되어 있었던 것이다. 축축했던 옷은 바짝 말라 서랍장 위에 예쁘게 개켜져 있었다. 정말 놀랄 일이었다. 피터의 다정한 마음을 가득 느끼며 샤메인은 서둘러 부엌으로 내려왔다.

피터는 부엌 식탁에 앉아 있었는데 잔뜩 우쭐해 있는 표정이었다. 샤메인은 피터가 뭔가 큰일을 해냈다는 걸 확신할 수 있었다. 피터 뒤 벽난로 위에는 까만 냄비가 기묘하고도 향긋한 냄새를 뿜으며 보글보글 끓고 있었다.

"내 방을 깔끔하게 청소한 이유가 뭐야?"

샤메인이 물었다. 피터는 샤메인의 말에 상처를 받은 듯했다. 샤메인은 피터가 무언가 감추고 있으며, 그걸 말하고 싶어서 입이 근질거린다는 걸 알 수 있었다.

"기뻐할 줄 알았는데."

"아니, 전혀 기쁘지 않아. 난 이제 겨우 바닥에 무언가를 떨어뜨리게 되면 내가 줍지 않는 한 계속 바닥에 있다는 사실을 깨닫게 됐어. 물건이 저절로 움직이지 않으니까 내가 치워야 한다는 것도 깨달았지. 그런데 너를 위해서 내가 청소를 하다니! 넌 우리 엄마만큼

나빠!"

샤메인은 말하면서 눈물이 날 것 같은 자신의 모습에 놀랐다.

"무언가 할 일이 필요했어요. 온종일 집에만 있었는걸요. 내가 그냥 가만히 앉아 있기만을 바란 건가요?"

피터가 항변했다.

"네가 하고 싶은 걸 하란 말이야. 춤을 추든지 물구나무를 서든지. 롤로에게 인상을 쓰든지. 하지만 이제 막 배우고 있는 것들을 방해하지는 마!"

"맘껏 배우세요. 배울 게 산더미겠네. 다시 당신 방에 들어갈 일은 없을 거예요. 오늘 내가 배운 게 뭔지 궁금한가요? 아니면 당신은 완전히 자기중심적인 사람인 거예요?"

샤메인은 침을 꿀꺽 삼켰다.

"오늘 저녁부터 너에게 친절하게 대할 작정이었는데, 너 때문에 모든 게 엉망이 됐어."

"우리 엄마가 말씀하시길, 어려움이 닥치면 더욱 열심히 배울 수 있다고 하셨어요. 그러니까 오히려 기뻐하세요. 오늘 내가 배운 걸 말해 줄게요. 어떻게 저녁 식사를 넉넉히 먹을 수 있는지도."

피터는 보글보글 끓고 있는 냄비를 엄지손가락으로 가리켰다. 피터의 엄지손가락에는 빨간 실이 감겨 있었고 반대편 손가락에는 파란 실이 휘휘 감겨 있었다.

'한 번에 세 방향으로 가려고 한 건가.'

샤메인은 부드러운 목소리를 내려고 엄청 노력하면서 입을 열었다.

"어떻게 하면 저녁 식사를 넉넉하게 먹을 수 있어?"

"계속 식료품 저장실 문에 대고 음식을 달라고 졸랐어요. 음식이 충분하게 식탁에 쌓일 때까지요. 그리고 끓이려고 한꺼번에 냄비에 넣었어요."

샤메인이 냄비를 바라보며 물었다.

"냄비 안에 뭐가 있는데?"

"토끼 고기, 간, 베이컨, 양배추, 무순, 양파, 리크(큰 부추같이 생긴 채소―옮긴이)요. 사실 냄비에 끓이는 건 어려운 일도 아니었어요."

'역겨워!'

샤메인은 생각했다. 하지만 무례한 말을 하지 않으려고 몸을 돌려 거실로 향했다.

피터가 샤메인을 불러 세웠다.

"어떻게 꽃병을 돌려받았는지 궁금하지 않아요?"

"손수레에 앉았겠지."

샤메인은 차갑게 대답하고 《열두 종류의 지팡이》를 읽을 생각으로 나가 버렸다.

하지만 이건 바람직한 행동이 아니었다. 수국이 꽂혀 있는 꽃병을 쳐다보다가 다시 손수레를 바라보다가 정말 피터가 손수레에 앉아 있다가 애프터눈 티와 함께 사라졌던 것인지 생각해 보았다. 사실 어떻게 돌아왔는지도 궁금했다. 꽃병을 볼 때마다 피터에게 친절하려고 할 때마다, 그 노력을 허사로 만드는 사건이 벌어진다는 생각이 문득 들었다. 샤메인은 한 시간 정도 멍하니 서 있다가 부엌으로 돌아왔다.

"사과할게. 어떻게 꽃병을 다시 돌려받을 수 있었지?"

피터는 숟가락으로 냄비에 있는 음식을 쿡쿡 찔러 보고 있었다.

"아직 먹으면 안 되겠어. 숟가락이 구부러졌네."

그는 혼잣말을 했다.

"오, 제발. 난 최대한 예의를 지켰잖아."

샤메인이 말했다.

"저녁이 준비되면 부를게요."

피터는 진지하게 자신이 한 말을 지켰다. 냄비에 끓인 스튜를 두 그릇으로 나누어 담을 때까지 한 시간 동안 거의 한 마디도 하지 않았다. 음식을 절반으로 나누는 일은 쉽지 않았다. 피터가 음식을 냄비에 넣고 끓일 때 껍질을 벗기지도 자르지도 않았기 때문이다. 그래서 양배추를 나누려면 숟가락 두 개를 사용해야 했다. 그리고 스튜를 먹으려면 소금이 필요하다는 것도 생각하지 못했다. 질척한 베이컨, 토끼 고기, 통째로 들어 있는 무순, 축 늘어진 양파 등이 하얗고 밍밍한 물에 둥둥 떠 있었다. 그릇에 떠 놓고 보니, 정말이지 끔찍했다. 샤메인은 이 순간까지도 친절하려고 최선을 다하며 아무 불평도 하지 않았다.

한 가지 다행스러운 것은 웨이프가 스튜를 마음에 들어 했다는 것이다. 웨이프는 밍밍한 국물을 덥석 받아서 양배추 중에서도 씹히는 부분만 골라 조심스럽게 목으로 넘겼다. 샤메인은 몸서리치지 않으려고 애쓰며 웨이프처럼 양배추 가운데 부분만 골라 먹었다. 피터의

3. 요정이 된 하울

말에 집중하면, 음식 맛에 신경 쓰지 않을 수 있어서 다행이라고 생각했다.

"그거 아세요?"

피터가 유난히 잰 체하며 말하는 것처럼 느껴졌다. 피터는 말할 때 이야깃거리가 문득 떠오른 것처럼 말한다는 것을 샤메인은 알고 있었다.

"손수레에서 물건이 없어지면 과거로 돌아간다는 거 알아요?"

"그렇담 과거는 상당히 좋은 쓰레기통이구나. 네 말대로면, 과거로 돌아갔던 물건이 되돌아올 리가 없잖아."

"내 말을 듣고 싶기나 한 거예요? 아님 그만할까요?"

피터가 쏘아붙였다.

'친절하게 대해야지.'

샤메인은 스스로를 다그쳤다. 그리고 양배추를 한 입 더 물고는 고개를 끄덕였다. 역겨웠다.

"이 집의 일부가 과거라는 것도 알고 있나요? 손수레 위에 앉아 있었던 게 아니에요. 그저 종이에 적힌 대로 몸을 돌리다가 우연히 발견하게 된 것뿐이에요, 진짜라니까요. 물론 한두 번쯤은 분명 틀린 방향으로 돌았겠죠."

'피터가 틀린 방향으로 돌았다 해도 놀라운 일은 아니지.'

샤메인은 생각했다.

"어쨌든, 수백 명의 여자 코볼도가 그릇을 닦고 있는 걸 보았어요. 코볼도를 보고 잔뜩 긴장했죠. 며칠 전에 수국 때문에 코볼도를 화나게 했잖아요. 그래서 지나가면서 고개를 끄덕이고 웃어 주면서 친절하게 보이려고 애썼어요. 그랬더니 코볼도들도 모두 고개를 끄덕이고 웃으면서 '좋은 아침'이라고 정답게 말하지 않겠어요? 그래서 나도 고개를 끄덕이고 웃으며 걸어 나갔어요. 계속 걸어가다 보니한 번도 와 보지 못한 곳에 와 있었어요. 문을 열자마자 가장 먼저보였던 건 아주 긴 탁자 앞에 놓인 꽃병이었어요. 그다음에 본 건, 바로 놀랜드 마법사님이었어요. 탁자 뒤쪽에 앉아 계셨……."

"맙소사!"

샤메인이 외쳤다.

"나도 깜짝 놀랐어요. 사실, 그 자리에 서서 넋을 잃고 쳐다봤어요. 마법사님은 건강해 보였어요. 혈색도 좋아 보였고 내 기억보다머리숱이 훨씬 더 많았어요. 마법사님은 여행 가방에서 본 지도를만드느라 바빠 보였어요. 책상 위에 온통 종이를 펼쳐 놓았는데 한1/4 정도 채우셨더라고요. 그게 단서가 되었어요. 어쨌든 마법사님은 저를 보고 아주 친절하게 물으셨어요. '문을 좀 닫아 줄 수 있겠니? 찬바람이 들어오고 있어.' 그리고 뭐라고 대꾸하기도 전에 다시날 보고 물으셨어요. '넌 누구니?' 저는 '피터 레지스'라고 대답했죠. 그랬더니 마법사님이 인상을 찡그리셨어요. 그러고선 '레지스, 레지스? 그렇다면 몬탈비노의 마녀와 무슨 연관이 있다는 말인가?'라고말씀하셨죠.

'저희 어머니세요'라고 대답했더니 '몬탈비노의 마녀에게 아이가있는 줄은 몰랐네'라고 말씀하시더군요.

그래서 '자식은 저 하나뿐이에요. 우리 아버지는 제가 태어나고 얼마 후에 트란스몬테에서 산사태로 돌아가셨어요'라고 말했어요.

그랬더니 마법사님은 인상을 더욱 찡그리고 말했죠. '얘야, 그런데 그 산사태는 지난달에 일어난 일이잖니. 러벅들이 많은 사람들을 죽이려고 꾸민 일이라는 말이 있어. 아니면 40년 전에 일어난 산사태를 말하고 있는 건가?' 그리고 못 믿겠다는 눈빛으로 저를 쳐다보셨어요.

어떻게 마법사님을 믿게 해 드릴지 생각하다가 말했어요. '제 말은 사실이에요. 마법사님 집의 어떤 부분에 갔다가 과거로 오게 되었어요. 애프터눈 티가 사라지는 곳인데, 제가 이곳에 온 걸 보면 모든 일이 설명이 되잖아요. 지난번에 손수레 위에 꽃병을 두었는데 여기 있네요.' 마법사님은 꽃병을 보고 아무 말도 하지 않았어요. 그래서 다시 말했죠. '어머니가 마법사님의 제자가 되기로 약속을 받으셨다고 해서 여기까지 오게 되었어요.'

마법사님이 물으셨어요. '그랬어? 그렇다면 내가 허락할 만한 이유가 있었겠구나. 하지만 내 눈에는 네가 재능을 가진 것처럼 보이지 않는데.'

'저는 마법을 할 수 있어요. 어머니처럼 언제든 마음만 내키면 마법을 쓸 수 있는 건 아니지만요.'

마법사님이 말씀하셨어요. '그건 맞아. 너희 어머니는 놀랄 만큼 강한 여자거든. 널 처음 보고 내가 뭐라고 하던?'

'아무 말씀 안 하셨어요. 집에 안 계셨거든요. 샤메인 베이커라는 사람이 마법사님 집을 돌봐 드리고 있어요. 아니, 돌봐 드리게 될 거예요. 하지만 지금은 국왕 폐하의 일을 도와 드리려고 궁에 갔어요. 그리고 불꽃 마귀를 만나서……'

그랬더니 마법사님이 충격을 받은 표정으로 제 말을 끊으셨어요. '불꽃 마귀라고? 얘야, 그건 아주 위험한 존재란다. 그렇다면 황무지 마녀가 머지않아 하이놀랜드에 나타난다는 말이니?'

'아니요, 아니요. 잉거리에 있는 왕실 마법사 한 명이 황야의 마녀를 제거한 지 거의 3년이 되어 가요. 샤메인이 말해 줬는데, 그 마법사가 국왕 폐하와 함께 무슨 일을 했대요. 제 생각에 마법사님 시간대에서 봤을 때, 샤메인은 막 태어난 아기일 거예요. 샤메인 말이, 마법사님이 너무 아프셔서 요정들이 치료를 하려고 데려갔고, 고모인 셈프로니아 숙모가 마법사님이 떠나 있는 동안 집을 보살피라고 시키셨대요.'

마법사님은 이 부분에서 좀 화가 난 것 같았어요. 의자에 앉아 눈을 깜빡이더니 '셈프로니아라는 조카가 있기는 해'라고 말하면서 천천히 뭔가를 생각하는 것 같았어요. '그럴 수도 있겠구나. 셈프로니아가 귀한 집 자손과 결혼을 하게 된다면 말이다. 내가 믿는 한……'

네, 그래요! 샤메인의 어머니를 보셨어요 해요. 정말 우아하신 분이라 샤메인을 손에 물 한 방울 안 묻히고 키우셨대요."

"고마워서 눈물이 다 난다, 피터! 넌 나를 아무짝에도 쓸모없는 사람으로 보는구나."

피터는 말을 이었다.

"하지만 마법사님은 별로 흥미로워하지 않으셨어요. 마법사님은 무엇 때문에 병에 걸리게 되느냐고 물으셨지만 전 대답을 할 수 없었죠. 혹시 이유를 알고 있나요?"

샤메인은 고개를 저었다. 피터는 어깨를 으쓱하고 계속 말을 했다.

"그리고 한숨을 쉬시더니 '그런 건 별로 중요하지 않다'고 말씀하셨어요. 어떻게 해도 그 일은 피할 수 없는 일이라서 그렇다나. 하지만 조금 뒤에 무척이나 감정적이고 혼란스러운 목소리로 말했어요. '난 요정이라곤 아무도 모르는데.' 그래서 '샤메인이 그러는데 국왕이 보낸 요정들이래요'라고 말씀해 드렸어요.

'아.' 마법사님이 대답하셨어요. 그리고 그 전보다 훨씬 행복해 보이시더군요. '물론 그래야지! 왕실 가족에게는 요정의 피가 흐르니까. 왕족 중에는 요정과 결혼한 사람들이 있어서 계속 우호적인 관계를 유지하고 있지.' 그러고선 저를 보며 말했어요. '그렇다면 이야기가 잘 들어맞는구나.', '그래야 정상이죠. 모든 게 사실이니까요. 하지만 이해할 수 없는 건 마법사님이 코볼도들에게 무슨 짓을 하셨길래 그들이 그토록 화가 나 있나 하는 거예요.'

'아무것도 없는데. 확실해. 코볼도는 몇 년 지기들이야. 날 위해서 많은 일들을 도와주는데. 내 친구인 국왕에게 화낼 수는 있어도 코볼도에게 화낼 일은 없을 텐데.'

마법사님이 언짢아해서, 화제를 돌리는 게 낫겠다고 생각했어요. '이 집에 대해서 말씀해 줄 수 있으세요? 마법사님이 지으신 거예요, 아님 발견하신 거예요?'

'아, 발견했지. 아니, 젊었을 때 마법사가 되려고 공부를 하던 중 아담하고 저렴해서 구입한 거야. 그리고 집 안에 미로처럼 여러 갈래 길이 있다는 걸 알아냈지. 새로운 걸 발견하는 건 즐거운 일이야. 예전에는 이 집에 궁전 지붕을 황금처럼 보이게 만든 마법사 멜리콧이 살았어. 난 진짜 금이 들어 있는 당시의 왕실 금고가 이 집에 있다고 생각했단다. 국왕이 몇 년 동안 찾아 헤맸던 것.'

내가 얼마나 그 말에 귀를 쫑긋하고 들었는지 알겠죠?"

피터가 책상을 탁 치며 말했다.

"하지만 더 이상 질문을 할 수 없었어요. 왜냐하면 마법사님이 탁자 위의 꽃병을 보시면서 '이 꽃들이 정말 미래에서 왔단 말이야? 꽃 이름이 뭔지 말해 주겠니?'라고 물으셨어요.

저는 마법사님이 그 꽃을 모른다는 사실에 놀랐죠. 그래서 이 집 정원에 있는 수국이라고 말씀 드렸어요. 마법사님은 꽃을 살펴보면서 '정말 예쁘다'고 중얼거렸어요. 특히 여러 가지 색의 꽃이 핀다는 걸 흡족해 하셨죠. 마법사님은 '이제 직접 이 꽃들을 키워야겠다. 장미보다 더 다양한 색의 꽃이 있을 거야'라고 말씀하셨어요.

'파란색으로 키우실 수도 있어요. 우리 어머니는 집에 있는 꽃에 제초 파우더 주문을 걸어 두시거든요.' 마법사님이 뭐라고 말씀하시는 사이, 꽃병을 가지고 집에 돌아갈 수 있냐고 여쭤봤어요. 그래야 당신이 내가 마법사님을 만났다는 사실을 믿을 테니까요.

'물론이지, 물론이고말고. 그 꽃이 계속 이곳에 있으면 좋겠지만. 가서 불꽃 마귀를 아는 샤메인에게 전해 주렴. 그 아이가 훗날 지도

3. 요정이 된 하울

가 필요하게 될 때까지 이 집의 지도를 완성시켜 놓겠다고 말이야.'

이렇게 해서 제가 꽃을 들고 돌아올 수 있었단 말이죠. 정말 놀라운 일 아닌가요?"

"정말 놀라워."

"코볼도가 수국을 꺾지 않았거나, 내가 꽃들을 주워 오지 않거나, 네가 길을 잃지 않았다면, 할아버지는 절대 수국을 키우실 일이 없었을 거야. 갑자기 어질어질해."

샤메인은 양배추 한 그릇과 무순을 한쪽으로 밀어 놓았다.

'피터에게 친절하게 대해야 돼. 친절해야만, 친절해야만 해!'

"피터, 내일 집에 오는 길에 아빠한테 들러서 요리책을 달라고 하는 건 어떻겠어? 아빠 요리책이라면 수백 권은 가지고 계실 거야. 이 마을의 최고 요리사니까."

피터는 다소 안심한 듯 보였다.

"좋은 생각이네요. 우리 엄마는 요리에 대해 일절 말씀이 없으셨어요. 언제나 혼자 다 하셨거든요."

'윌리엄 고조부님이 피터가 한 말 때문에 날 한심한 아이로 생각했을지도 모르겠다는 것 때문에 화내지 않을 거야.'

샤메인은 머리를 숙였다.

'나는 친절해져야 돼. 하지만 피터가 한 번만 더 이런 실수를 저지른다면……'

지붕 위의 트윙클

그날 밤, 샤메인은 이런저런 고민이 많았다. 윌리엄 고조부의 집에서 시간 여행이 가능해서 10년 전으로 돌아가 로열 맨션 궁으로 가서 샤메인이 오는 걸 전혀 모르고 있는 국왕을 만나게 된다면? 10년 후 미래에 갔더니 루도빅 왕자가 나라를 통치하고 있다면? 샤메인은 이런저런 생각을 하다 평소 다니던 길로 궁전에 가는 편이 좋겠다고 결심했다.

그래서 다음 날 아침, 종종걸음으로 그녀를 따르는 웨이프와 길을 나섰다. 러벅을 만났던 초원이 있는 벼랑 끝에 도착할 때까지 계속 걸었다. 웨이프가 숨이 가빠서 심하게 헐떡거리는 바람에 샤메인은 강아지를 안고 걸어야 했다. 평상시처럼 마을로 걸어가는 길에서 샤

3. 요정이 된 하울

메인은 성인이 되어 열심히 일하는 여성이 된 것 같은 착각에 빠졌다. 웨이프는 행복에 겨워 샤메인의 턱을 핥으려고 애썼다.

간밤에 보슬비가 내렸지만, 오늘 아침 하늘은 맑게 개어 하얀 구름이 뭉실뭉실 떠 있고 산과 들은 부드러운 비단처럼 초록빛을 띠었다. 태양에 젖은 조약돌은 마을로 길게 뻗은 강을 찬란하게 비추고 있었다. 샤메인은 무척이나 만족스러웠다. 오늘도 열심히 서류를 정리하고 국왕과 이야기를 나누리라 잔뜩 기대하면서 걸음을 옮겼다.

로열 맨션 궁의 광장으로 들어섰을 때, 태양이 궁의 황금색 지붕을 강하게 내리쬐었다. 샤메인은 눈이 부셔서 고개를 숙이고 조약돌을 내려다봤다. 웨이프는 눈을 깜빡이며 가만히 있다가 로열 맨션 궁전에서 들려오는 소리에 깜짝 놀라 펄쩍 뛰었다.

"날 봐! 날 보라고!"

소리 나는 쪽을 샤메인이 올려다보았다. 그러나 너무나 눈이 부신 나머지 눈물이 그렁그렁 고여 다시 웨이프를 내려다보았다. 그런데 30미터 높이는 족히 될 황금빛으로 빛나는 궁전 지붕에서 어린 트윙클이 두 다리를 쫙 벌리고 앉아 있는 것이 아닌가. 트윙클은 샤메인을 향해 반갑게 손을 흔들었다. 어찌나 손을 세게 흔들었는지, 하마터면 균형을 잃을 뻔했다. 그 광경을 보고 어제 트윙클에게 느꼈던 불쾌한 기분 따위는 싹 잊어버렸다. 샤메인은 웨이프를 바닥에 내팽개치고 궁전 문을 향해 뛰어가 문을 쾅쾅 두드리며 급히 벨을 눌렀다.

"저기 어린애가!"

끼이익 소리를 내며 천천히 문이 열렸다. 요리사 심이었다. 샤메인은 숨을 헐떡이며 소리쳤다.

"트윙클이 지금 지붕에 앉아 있어요! 그 아이를 지붕에서 데리고 내려와야 해요!"

"그렇습니까?"

심이 말했다. 그리고 비틀거리는 걸음으로 궁전 밖으로 나갔다. 샤메인은 심이 궁 밖으로 나와서 지붕을 쳐다볼 때까지 기다려야 했다. 심은 지붕 위를 쳐다보려고 온몸을 비틀거리며 목을 뺐다.

"정말 아이가 지붕 위에 있네요, 아가씨. 작은 악마 같으니라고. 곧 떨어질 거예요. 궁전 지붕은 빙판처럼 미끄럽거든요."

심의 말을 듣는 순간 샤메인은 참을 수 없는 불안감이 밀려왔다.

"누구든 제발 아이한테 가 줘요. 빨리!"

"그럴 사람이 있을지 모르겠군요. 저 꼭대기까지 올라갈 수 있는 사람은 우리 궁에 없답니다. 자말을 시킬 수도 있지만 눈이 하나뿐이라 균형을 잡을 수 없을 겁니다."

심이 느릿느릿 대답했다. 웨이프는 팔짝팔짝 뛰면서 요란하게 짖어 댔다. 샤메인은 웨이프를 무시했다.

"그렇다면 제가 가겠어요. 어떻게 올라가는지만 알려 주세요. 당장! 이러다가 아이가 미끄러져서 떨어지겠어요."

"좋은 생각이네요, 복도 끝에 있는 계단을 끝까지 올라가세요. 맨 마지막 계단 앞에 나무로 된 작은 문이 있는데……."

샤메인은 더 이상 기다릴 수 없었다. 웨이프를 그 자리에 팽개치

3. 요정이 된 하울

고 돌계단이 있는 입구에 도착할 때까지 축축한 돌이 깔린 궁전 복도를 미친 듯이 달려갔다. 그리고 어린아이의 생명을 구하기 위해 열심히 계단을 올라갔다. 목에 건 안경이 가슴께에서 좌우로 흔들렸고 발소리가 벽에 부딪쳤다가 다시 돌아왔다. 샤메인은 긴 계단을 한꺼번에 두 개씩 뛰어 올라갔다. 아이가 지붕에서 떨어져서 돌에 머리를 부딪치기라도 하면…… 산산조각이 날 거라는 생각이 들었다. 그것도 웨이프의 바로 근처에서! 샤메인은 숨이 점점 가빠왔지만 더 좁아진 세 번째 계단으로 열심히 올라갔다. 지붕으로 향하는 계단은 끝이 없어 보였다. 마침내 작은 나무문이 있는 곳에 도착했다. 샤메인은 숨을 쉬는 것조차 힘들 지경이었다. 샤메인은 제발 늦지 않았기를 바라며 문을 힘차게 열었다. 그리고 밝은 햇빛이 비추는 황금색 지붕으로 조심조심 발을 내딛었다.

"땅신이 와 줄 거라고 땡각했어요."

트윙클이 지붕 가운데 앉아서 말했다. 트윙클은 연한 파란색 벨벳 슈트를 입고 있었고, 금발 머리칼은 황금색 지붕만큼 햇빛을 받아 반짝였다. 꼬마는 매우 침착해 보였다. 지붕 위에서 말썽을 부리는 아이라기보다는 길 잃은 천사 같았다.

"많이 놀랐지? 지붕을 꽉 잡고 움직이지 마. 누나가 구해 줄게."

샤메인이 가쁜 숨을 몰아쉬며 말했다.

"그렇게 해뚜세요."

트윙클이 예의 바르게 말했다.

'저 아이는 지금이 얼마나 위험힌 상황인지 전혀 모르고 있어! 나

부터 마음을 가라앉히는 게 좋겠어.'

샤메인은 무척 조심하면서 나무문에서 기어 나와 트윙클처럼 지붕 위에 앉았다. 자세가 이만저만 불편한 게 아니었다. 샤메인은 지금이 어떤 상황인지 좀처럼 판단이 서질 않았다. 주석으로 만든 타일은 뜨겁고 축축하고 날카롭고 미끄러웠다. 지붕이 너무 가팔라서 그녀의 몸도 바닥으로 떨어져 두 조각이 날 것 같았다. 샤메인은 저 아래로 아득하게 보이는 궁전 광장을 곁눈질로 내려다보았다. 그리고 3일 전 러벅을 피해 달아날 때 썼던 하늘을 나는 주문을 기억해 내려고 애썼다. 다행히 주문을 기억해 낸다면 트윙클의 손을 잡고 함께 공중으로 떠갈 수도 있을 것이다.

샤메인이 트윙클에게 가까이 가려 하자 트윙클은 뒤쪽으로 점점 물러났다.

"그만해! 지금 얼마나 위험한지 모르겠니?"

샤메인이 말했다.

"당근 알고 있어요. 넘 노파서 무떱다고, 바보야! 하지만 여기가 땅신과 얘기할 수 있는 유일한 장또라고. 아무도 우리 애길 못 뜰으니까. 그니까 또리치지 말고 얼른 지붕 가운데로 와서 앉아. 빨리. 힐다 꽁주가 모건과 나를 감시하려고 유모를 고용해떠. 그 끔찍한 여자가 곧 나타날 거야."

그 말투가 꼭 어른 같아서 샤메인은 눈을 껌뻑이며 노려보았다. 트윙클은 커다란 파란 눈과 매력적인 장밋빛 입술로 활짝 웃어 보였다.

"넌 천재인 거니?"

3. 요정이 된 하울

"글쎄, 띠금은 그래. 여덟 딸이었을 땐 평범해떠. 물돈 마법의 힘은 뗐지. 이리 와 봐."

"노력하고 있어."

샤메인은 지붕을 따라서 천천히 움직였다. 드디어 트윙클과 한 발자국을 사이에 둘 정도로 가까워졌다.

"나한테 말하고 싶은 게 뭐야?"

샤메인은 트윙클의 얼굴로 가까이 다가가서 물었다.

"마법따 놀랜드 얘기 먼저 해 줘. 사람들 말이 땅신이랑 잘 아는 사이라던데."

"친한 사이는 아니야. 우리 대고모님의 삼촌이시거든. 고조부님이 편찮으신 바람에 집을 돌봐 드리고 있는 거고."

샤메인은 왠지 피터의 존재까지 설명할 필요는 느끼지 못했다.

"그 찝이 어떻게 생겨떠? 난 혼짜 움딕이는 성에 살았어. 놀랜드 마법사의 찝도 움직여?"

트윙클이 수다스럽게 물었다.

"아니. 집 가운데 문이 있는데 다른 수백 군데의 방으로 연결되어 있어. 마법사 멜리콧이 만들었다나 봐."

"멜리콧!"

트윙클이 높은 목소리로 대답했다. 샤메인의 대답을 듣자 매우 만족스러워 보였다.

"그럼 캘띠퍼가 뭐라고 하든 간에 그 집을 봐야겠어. 괜따나?"

"나야 괜찮을 것 같은데. 그린데 무슨 이유로?"

"왜냐하면 또피랑 캘띠퍼랑 나는 무엇이 왕의 금고에 있는 금으로 변한 건지 알아내려고 고용돼떠. 최또한 우리가 땡각하기엔 그걸 원하는 거 같아. 그런데 분명하게 말하지는 않았어. 왕과 공주는 몇 번이나 요쩡의 떤물을 잃어버린 것 같다고 얘기했는데, 뭐가 요쩡의 떤물인지 아는 따람이 업떠. 힐따 꽁주는 또피에게 쎄금으로 나온 돈이 어떻게 되었는지 알아내라고 시켜떠. 그리고 보니까 또 다른 것도 찾는 거 가따. 궁에 있던 그림과 재산을 뚜없이 팔아 찌웠는데도 교회에 있는 쥐만끔 가난해. 물론 땅신도 알아챘겠지만."

샤메인이 고개를 끄덕였다.

"응, 알고 있었어. 세금을 더 걷을 수는 없었을까?"

"아님 또서관에 있는 책을 팔면 뙤지."

트윙클은 어깨를 으쓱했다. 그러자 몸이 흔들려 추락하기 일보직전이 되었고, 샤메인은 두 눈을 꼭 감았다.

"캘띠퍼가 어제 도서관에 있는 책을 좀 팔라고 했다가 쫓겨날 뻔해떠. 그리고 쎄금 얘기를 해 보니까 왕이 하이놀랜드 사람들은 잘 살지만, 세금을 더 걷어 봐짜 그냥 써 버릴 것 같다고 하더라. 상황이 좋지 않아. 땅신에게 부탁하고 싶은 건……."

그때 저 멀리서 웅성거리는 소리가 들려왔다. 트윙클의 목소리가 잘 들리지 않았다. 샤메인은 눈을 뜨고 아래를 내려다보았다. 수많은 사람들이 광장에 모여들었고 손으로 햇빛을 가리고 지붕을 쳐다보며 서 있었다.

"서둘러, 곧 소방 사다리를 가져올 거야."

"그런 것도 이떠? 내가 여기 있떠서 걱정하는 거야. 내가 부딱하고 싶은 건……."

트윙클이 활짝 웃으면서 말했다.

"둘이서 재미있는 시간을 보내고 있나 봐?"

샤메인은 갑자기 들리는 목소리에 깜짝 놀라 균형을 잃을 뻔했다. 소피였다.

"쪼심해, 샤메인! 하마떠면 떨어찔 뻔해짜나."

트윙클이 다급하게 말했다.

"무모한 계획이 어떤 결말을 낳는지 알게 될 거야. 물론 너를 포함해서."

소피가 말했다. 나무 문 바깥에 기대어 서 있었지만 샤메인은 목소리가 들리는 쪽을 돌아볼 엄두가 나지 않았다.

"내가 뚠 마법 떠 봤어?"

트윙클이 샤메인 쪽으로 몸을 돌리면서 소피에게 물었다.

"물론 써 봤지."

"궁전 안에 한바탕 소동이 일어나서 다들 뛰어다니고 난리야. 캘시퍼는 멍청한 유모의 히스테리를 멈추게 하려고 땀을 뻘뻘 흘리고 있지. 한편에서는 밖으로 나가서 소방관들을 부른다고 난리고. 나는 혼란을 틈타 당신이 알려 준 마법을 써먹으려고 도서관으로 숨어들었지. 만족해?"

소피가 말했다.

"완벽하구. 이제 땅신도 내 계획이 얼마나 교활힌지 깨딜았지?"

트윙클이 천사와 같은 미소를 지었다. 그리고 샤메인 쪽으로 몸을 기댔다.

"왕과 관련된 내용이 나오면, 모든 서류와 책에 빛이 나도록 마법을 걸어 놨어. 물론 당신 눈에만 보이도록 해 놨지. 뭔가를 발견하게 되면 뭐라고 써 있는지 메모를 해 줘. 물론 이 일은 비밀리에 진행해야 돼. 분명히 뭔가가 잘못 돌아가고 있어. 땅신이 뭘 하는지 아무도 몰랐으면 해. 누군가 알아 버린다면 문제가 땡길 테니까. 우리를 위해 그렇게 해 줄 수 있게떠?"

"알았어. 메모는 언제 주면 돼?"

샤메인이 대답했다. 국왕 폐하에게도 비밀로 해야 한다는 게 꺼림칙하긴 했지만, 그리 어려운 일 같지도 않았다.

"오늘 밤. 그 대단하다는 왕위 계승자가 궁에 도착하기 전까지 부탁할게. 왕위를 이어받을 사람까지 이 문제에 연관시킬 필요는 없어. 우리 일을 도와준다니 정말 고마워. 이건 대단히 중요한 문제거든. 우리가 여기 온 것도 그 때문이고. 소방 사다리가 올라오기 전에 둘 다 안으로 들어와."

그때 소피가 샤메인 뒤에서 말했다.

"알았떠. 여기. 찌붕이 가파라서 몸이 반으로 쪼개지고도 남겠어. 그냥 알아 뚜라고."

트윙클이 높은 목소리로 대답했다.

"그거 쌤통이네."

소피가 대답했다. 샤메인 아래쪽의 지붕이 흔들리기 시작했다. 하마터면 외마디 비명을 지를 뻔했다. 하지만 샤메인은 두 손으로 지붕을 꼭 잡은 채 '난 날 수 있다'를 외웠다. 달리 방법이 없지 않은가? 하지만 지붕은 점점 심하게 흔들려서 샤메인은 앞뒤로 흔들렸다. 물론 앞에 앉아 있던 트윙클도 마찬가지였다. 그 순간 샤메인은 소피가 겨드랑이 아래를 잡아서 재빨리 뒤쪽으로 끌어당기는 걸 느꼈고, 샤메인은 무사히 궁전으로 들어갈 수 있었다. 소피는 트윙클을 붙잡아 샤메인 옆으로 내동댕이쳤다. 트윙클은 샤메인을 애처로운 눈빛으로 쳐다봤다.

"다시 어린애가 됐네. 날 두고 도망가지 않을 거지, 그렇지?"

트윙클은 한숨을 내쉬며 말했다.

"장난 좀 그만해. 샤메인은 걱정하지 마."

소피는 이렇게 말하고는 샤메인을 향해 말했다.

"사실 이 사람 이름은 하울이야. 인생을 너무 즐기는 나머지 이번에 두 번째로 어린아이로 돌아간 거야. 따라와, 작은 신사."

소피는 트윙클을 한 팔로 안아서 계단으로 내려갔다. 트윙클이 발버둥 치는 소리와 비명 소리가 크게 들렸다.

샤메인은 고개를 가로저으며 두 사람을 따라갔다. 계단을 반쯤 내려오니, 궁전 사람들이 모두 모인 것처럼 북적거렸다. 샤메인이 처음 본 사람들도 많았다. 캘시퍼는 사람들 주위를 깐죽거리며 날아다녔다. 얼이 빠져 있는 웨이프를 품에 안은 국왕도 보였다. 힐다 공주는 모건을 안고 있는 뚱뚱한 젊은 유모를 옆으로 밀치고 샤메인의 손을 잡으며 흐느꼈다.

"친애하는 샤밍, 정말 고마워. 우리 모두 무서워서 얼마나 떨었는지 몰라. 심, 소방관들에게 이제 사다리는 필요 없다고 말해 줘. 호스도 필요 없고."

샤메인은 정신이 없어서 공주가 무슨 말을 하는지 알아듣기 힘들었다. 웨이프는 샤메인을 보자 왕의 팔에서 팔짝 뛰어내렸다. 멀쩡하게 살아 온 주인을 기쁜 듯 쳐다보며 시끄럽게 짖어 댔다. 어디선가 자말의 강아지도 애절한 울음으로 답했다. 뚱뚱한 유모는 모건의 코를 풀어 주며 "자…… 흥! 흥!" 하고 말했다. 모건은 우아앙 울부짖었다. 저마다 뭐라고 한마디씩 지껄여 댔다. 저 멀리서 트윙클이 고함을 지르는 소리가 들렸다.

"난 버릇없는 게 아니야! 나 아쭈 놀라떠!!"

샤메인은 웨이프를 짖지 않게 하려고 품에 안았다. 잠자코 있던 힐다 공주가 박수를 치며 말했다.

"자, 모두 하던 일 계속하세요, 여러분. 낸시, 모건이 지붕 위에 올라가지 않도록 잘 지켜. 내 친구 소피, 트윙클 좀 조용히 시켜 줄 수 있겠어?"

계단 아래 모여들었던 사람들이 저마다 뿔뿔이 흩어졌다. 트윙클은 누군가 손으로 입을 계속 틀어막기라도 하는 양, "난 버릇없는 게 아니야……"를 외치다가 멈추기를 반복했다. 샤메인은 잠시도 주저하지 않고 국왕과 계단을 내려갔다. 샤메인의 턱을 핥으려고 애쓰는 웨이프도 함께였다.

"나도 그런 경험이 있단다. 어렸을 때 몇 번이고 궁전 지붕에 올라

　　　　　　　　　　　　3. 요정이 된 하울

갔었지. 그래도 바보처럼 겁에 질려 떨었던 적은 한 번도 없었어. 오히려 소방관이 실수로 나를 향해 호스를 쏠 뻔했지. 남자애들은 말썽꾸러기잖니. 애야, 일할 준비가 됐어? 좀 쉬었다가 할래?"

"괜찮습니다."

샤메인이 자신감 넘치는 목소리로 대답했다.

두 사람은 오래된 책 냄새로 가득한 도서관에 자리를 잡고 앉았다. 오늘은 도서관이 집처럼 편안하게 느껴졌다. 웨이프는 화로 옆에서 배를 뒤집고 누워서 평화롭게 불을 쪼이고 있었고, 국왕은 맞은편에 앉아 예전 일기를 샅샅이 훑어보고 있었다. 평화로움을 만끽하느라 샤메인은 트윙클이 도서관에 걸어 둔 마법은 까맣게 잊고 있었다. 그러다 잠시 후, 정신을 차리고 예전 편지 더미를 풀어 헤치기 시작했다. 과거에 말을 기르던 왕자와 왕으로부터 돈을 빼앗으려고 하는 왕자의 엄마 사이에 주고받았던 것이었다. 왕자는 정성을 다해 보살핀 망아지가 태어나던 순간이 얼마나 아름다운지 편지에 주절주절 적어 놓았다. 바로 그때 불꽃 마귀가 불꽃을 깜빡이며 천천히 도서관으로 들어왔다.

국왕도 고개를 들어 불꽃 마귀를 쳐다보았다.

"좋은 아침이군, 캘시퍼. 뭐 필요한 거라도 있나?"

왕은 정중하게 인사했다.

"그냥 이곳저곳 돌아다니고 있습니다. 왜 책을 안 팔겠다고 하시는지 알 것 같네요."

캘시퍼가 갈라지는 목소리로 대답했다.

"그렇다네. 어디 대답해 보게, 불꽃 마귀도 책을 많이 읽나?"

"평소에는 아닙니다. 소피가 자주 책을 읽어 주지요. 제가 좋아하는 건 살인 사건이 터졌을 때 용의자들이 어떤 행동을 하고 있었는지를 끼워 맞추는 추리소설입니다. 그런 책도 있나요?"

"아마도 없을 거네. 하지만 우리 딸도 추리소설에는 관심이 많지. 힐다 공주에게 물어보게."

"감사합니다, 그러죠."

캘시퍼는 대답과 함께 사라졌다. 왕은 고개를 가로저으며, 계속해서 일기를 읽어 내려갔다. 캘시퍼의 등장으로 트윙클이 걸어 둔 마법이 떠오르기라도 한 것처럼, 샤메인은 왕이 보고 있는 일기장에서 희미하게 반짝이는 연초록 불빛을 보았다. 손에 들고 있던 색 바랜 금속 테이프로 고정된 꾸깃꾸깃한 두루마리 속에서도 파란 불빛이 반짝이고 있었다. 샤메인은 숨을 크게 들이쉬고 질문을 했다.

"일기장에 뭐 재미난 내용이 있나요, 폐하?"

"글쎄다. 사실은 정말 형편없는 내용이란다. 우리 증고조 할머니의 시녀 하나가 쓴 거야. 쓸데없는 수다만 가득하구나. 지금 읽는 부분에서는, 왕의 누이가 아들을 낳았는데, 바로 죽어 버려서 무척이나 충격을 받았다는구나. 알고 보니 산파가 아이를 죽였대. 갓난아이 몸이 온통 보라색이어서 더더욱 놀랐다고 해. 물론 나중에 살인죄로 법의 심판을 받게 되겠지."

샤메인은 피터와 윌리엄 고조부 댁에 있는 마법 백과사전에서 '러벅'에 대해 읽었던 기억을 떠올리며 말했다.

"제 생각에는 산파가 아이를 러벅이라고 생각한 것 같은데요."

"그래, 하지만 그런 건 미신이고 무지한 생각일 뿐이야. 요즘엔 아무도 러벅을 믿지 않잖아."

왕은 계속 일기장을 읽어 내려갔다.

샤메인은 그 당시 산파가 옳은 행동을 한 것인지 궁금했다. 분명히 러벅은 존재한다. 그렇다면 러벅킨도 존재하지 않을까? 하지만 왕이 자신의 말을 믿어 주지 않을 것 같다는 생각이 들었다. 그래서 대신 방금 전 나눴던 이야기를 메모해 두었다. 그리고 구깃구깃한 두루마리를 펼쳐 들었다. 하지만 먼저 읽었던 서류를 넣어 둔 상자를 다시 한번 잘 살펴봐야 했다. 혹여 종이 뭉치에서 빛을 비추고 있을지도 모를 일이었다. 다행히 서류 뭉치 하나만 희미하게 반짝이고 있었다. 샤메인은 서류 뭉치를 꺼냈다. 마법사 멜리콧이 지붕을 황금처럼 장식해 주고 돈을 받아 간 영수증이었다. 영수증 내용이 매우 헷갈리게 정리되어 있었지만, 샤메인은 차분히 정리해서 메모를 해 두었다. 그리고 마침내 빛바랜 금색 테이프를 풀어서 구깃구깃한 두루마리를 펼쳤다. 바로 하이놀랜드 왕족의 가계도를 정리해 둔 것이었다. 다량의 사본을 만들어 내야 했던 것처럼 급하게 휘갈겨 쓴 글씨였다.

샤메인은 도무지 무슨 소리인지 알아볼 수가 없었다. 십자가 표시와 휘갈긴 글씨, 수많은 주석들, 작은 화살표, 한쪽 구석에 표시된 동그란 원과 그 속에 적힌 메모들이 빽빽하게 들어차 있었다.

"폐하, 이게 무슨 내용인지 설명해 주시겠어요?"

"어디 보자."

국왕은 두루마리를 받아서 탁자 위에 넓게 펼쳤다.

"예전에 대외 귀빈용 응접실에 걸어 놓았던 족보의 정본을 가지고 있었단다. 몇 년 동안 제대로 본 적이 없었는데, 이것보다 조금 단순하게 정리된 족보에 대해서는 알고 있단다. 왕의 이름과 누구와 결혼하게 되었는지가 적힌 족보 말이다. 이건 몇몇의 사람들이 가계도를 검토하면서 자세한 주석을 달아 놓는 것이로구나. 여기를 보렴. 이분은 우리 조상님이신 아돌푸스 1세란다. 그 옆에 적힌 메모는 오래 되어 보이는구나. 그리고 이건…… '요정의 선물 덕택에 마을의 벽을 쌓다'라고 적혀 있구나. 요즘은 이런 벽을 찾아보기가 힘들지. 그렇지 않니? 어떤 사람들은 강 옆에 있는 임뱅크먼트(둑—옮긴이) 거리가 옛날에 벽이었다고 하더라만……."

"저기요, 폐하. 요정의 선물이라는 게 뭐죠?"

샤메인이 국왕의 말을 끊었다.

"그건 나도 잘 모르겠다, 얘야. 나도 뭔지 궁금하다만. 여기에는 요정의 선물이 왕국의 번영을 가져오고 왕국을 수호한다고 나와 있구나. 그것이 무엇이든 간에 옛날에 사라져 버린 것 같아. 흠, 정말 흥미로운 내용이구나."

왕은 긴 손가락으로 주석을 하나하나 짚어 보았다.

"자 여기, 우리 선조의 부인이셨던 분 옆에 '요정이었다'라고 적혀 있구나. 언제나 마틸다 여왕은 인간과 요정의 혼혈이라고 말했었지. 아들 한스 니콜라스는 '요정의 아들'이라고 적혀 있구나. 그래서 왕이 될 수 없었던 건지도 모르겠어. 아무도 요정들을 믿지 않으니까, 내 생각에 그건 큰 잘못이었어. 결국 한스 니콜라스의 아들에게 왕위를 계승하게 되었는데, 왕위에 올라서 아무 업적도 세우지 않고 빈둥거린 왕이 바로 아돌푸스 2세다. 이 두루마리에 나와 있는 왕들 중에 유일하게 주석이 달려 있지 않은 사람이군. 무슨 특별한 뜻이 있는 것 같은데 말이지. 하지만 아돌푸스 2세의 아들, 여기 있구나. 한스 피터 아돌푸스는 주석이 달려 있어, '요정들과 유대 관계 범주가 안정적인지 재차 확인'이라고 써 있구나. 무슨 뜻인지는 모르겠지만. 아가, 정말 재미있구나. 나중에 내가 읽기 편하도록 여기 적힌 모든 사람의 이름과 주석을 베껴 두겠니? 주석이 없는 사촌이나 사소한 사람들은 생략해도 좋아. 부탁해도 될까?"

"물론입니다, 폐하."

샤메인은 소피와 트윙클을 위해서 비밀리에 이 내용을 베껴 둘 방법을 궁리하면서 대답했다. 결국 기발한 방법을 강구해 냈다.

오늘 하루의 나머지 시간은 두루마리의 내용을 정확히 베껴 둔 두 개의 복사본을 만드는 데 할애했다. 한 개는 마구 휘갈겨 쓴 초안으로 국왕에게 이것저것 물어 가면서 작성한 것이고, 두 번째는 나중에 국왕 폐하가 쉽게 볼 수 있도록 정성 들여 쓴 것이었다. 한스 피터 3세의 조카는 왜 '언덕 위의 강도'에게 갔을까? 무엇 때문에 거트루드 여왕을 '무시무시한 마녀'라고 했을까? 어쩌다가 거트루드 여왕의 딸 이솔라 공주는 '파란 남자의 연인'이라는 꼬리표를 달게 된 걸까?

물론 국왕 폐하도 모든 질문에 대답해 줄 수는 없을 것이다. 하지만 니콜라스 아돌푸스 왕자가 '주정뱅이'라는 꼬리표를 달게 된 배경에 대해서는 자세히 설명해 주었다. 샤메인은 왕자의 아버지 이름이 피터 한스 4세인 것이 '어둠의 폭군이며 마법사가 옆에 있'기 때문이 아닌가 생각했다.

"우리 선조들 중 몇몇은 별로 좋은 사람들이 아니었단다. 이분이 약자를 괴롭히기로 유명했던 고약한 니콜라스가 아닐까 싶어. 보통은 요정의 피가 흐르는 사람들이 고약해질 가능성이 크다고 하지만, 내 생각에 고약한 성격은 사람들의 특성인 것 같거든."

샤메인이 두루마리 마지막 부분까지 거의 다 베껴 썼을 때는 이미 시간이 매우 늦은 뒤였다. 대부분 왕들의 이름은 아돌푸스, 아돌푸스 니콜라스, 아니면 루도빅 아돌푸스였다. 샤메인은 '스트레인지아의 대군주와 결혼을 했다. 하지만 혐오스러운 러벅킨을 낳다가 사망'이라는 주석이 달려 있는 모니아 공주에 대한 주석을 우연히 보고는 대단히 흥미를 느꼈다. 아까 국왕이 들려준 시녀의 일기에 있던 바로 그 주인공이 모니아 공주라는 확신이 들었다. 누군가가 산파의 이야기를 굳게 믿은 것 같았다. 하지만 국왕에게는 일절 말하지 않기로 했다.

그리고 세 줄을 더 읽어 내려갔을 때, 국왕에 대한 내용이 나왔다. '국왕의 책 중 분실된 것이 많음'이라고 적혀 있었고 힐다 공주는 '왕족과 군주 세 명, 마법사의 청혼은 거절'이라고 기록되어 있었다. 자손이 많기로 유명했던 왕의 삼촌 니콜라스 피터의 후손들을 위해서 족보에 많은 공간을 확보해 둔 것 같았다. 맨 아래쪽으로는 그들의 후손에 대한 내용이 가득했다. 누가 누군지 전부 다 어떻게 기억할 수 있지? 샤메인은 궁금했다. 여자아이의 경우 절반은 마틸다 아니면 이솔라였고 남자아이들의 이름은 한스 아니면 한스 아돌푸스였다. 후손들의 경우, 아주 간결한 주석으로도 구분이 가능했다. 예를 들어 한스라는 이름 중 한 명은 '대단한 난봉꾼, 익사'라고 적혀 있었고 또 다른 한스는 '사고로 사망' 또 다른 한스는 '객사'라고 주석이 달려 있었다. 여자아이들의 경우는 훨씬 더 심각했다. 어떤 마틸다는 '변덕스러운 성격을 자랑스럽게 여김', 다른 마틸다는 '거트루드 여왕처럼 잔인함', 세 번째 마틸다는 '성격이 더러움'이라고 적혀 있었다. 이름이 이솔라인 경우는 대부분 '독살 당함' 혹은 '악마'였다. 샤메인은 왕의 후계자 루도빅 니콜라스는 옛날의 멍청한 아돌푸스 왕처럼 후세에 별다른 주석조차 달리지 않을 게으른 인물일 거라는 생각이 들었다.

샤메인은 가계도에 나온 이름과 주석 그리고 세세한 내용까지 빠짐없이 기록했다. 드디어 어둠이 내릴 무렵, 샤메인의 오른쪽 검지손가락은 거의 감각이 없었고 파란 잉크로 온통 범벅이 되어 있었다.

"고맙구나, 얘야."

샤메인이 국왕에게 정성을 들여 쓴 복사본을 내밀자, 왕이 말했다. 샤메인이 몰래몰래 휘갈겨 쓴 복사본과 다른 공책을 주머니 속에 숨기는 동안에도 국왕은 사본을 열심히 읽고 있었다. 결국 국왕은 샤메인이 가계도와 메모를 따로 챙기는 것을 전혀 눈치채지 못했다. 이윽고 샤메인이 자리에서 일어나자, 국왕이 한마디 건넸다.

"부디 나를 용서하렴, 애야. 힐다 공주가 이틀 정도 도서관 일을 잠시 멈추고 루도빅 왕자를 위해 초대한 손님들을 대접하는 걸 도와달라고 하더구나. 공주는 남자 손님들을 접대하는 데 무척 서툴거든. 너도 알 거다. 하지만 월요일에 다시 볼 수 있으면 좋겠구나. 이건 진심이란다."

"물론 그래야죠."

샤메인이 대답했다. 부엌에서 종종걸음으로 나오는 웨이프와 함께 현관으로 향하며 생각에 잠겼다. 가계도 복사본을 어떻게 처리해야 할지가 고민이었다. 아직 트윙클을 완전히 신뢰할 수는 없다. 당신이라면 겉모습은 어린애인데 속내는 어린애가 아닌 사람을 완전히 신뢰할 수 있을까? 100퍼센트 믿을 수 있는가? 게다가 윌리엄 할아버지가 불꽃 마귀는 위험하다고 말했다는 피터의 말까지 떠올랐다. 위험하기로 소문난 누군가를 믿을 수 있을까? 이런저런 생각을 하다 보니 샤메인은 갑자기 우울해졌다. 그러다 우연히 소피와 마주쳤다.

"어떻게 됐어? 뭐 특별한 게 있어?"

소피가 미소 띤 얼굴로 물었다. 다른 건 몰라도 소피의 미소는 정말이지 다정하기 이를 데 없었다. 그래서 샤메인은 다른 것들이야 어찌되었든 소피는 믿을 수 있다고 생각했다. 아니, 믿을 수 있기를 바랐다.

"뭔가 찾아낸 것 같아요."

샤메인이 주머니에서 종이를 꺼내며 말했다. 소피는 가계도 복사본을 건네받았다. 그리고 국왕 폐하보다 더욱 흥미롭고 주의 깊은 눈으로 찬찬히 살펴보았다.

"굉장해! 왕가의 가계도가 어떤 실마리를 줄 수도 있겠어. 우린 정말 이번 일에 대해 감을 못 잡고 있었거든. 아, 우리는 하울과 나를 말하는 거야. 트윙클이 그러는데 궁전 안에서는 마법이 잘 듣지 않는데. 이상한 일이지, 왕이나 공주가 마법을 쓰는 것 같진 않거든. 그렇지 않니? 예언의 주문을 막을 수 있을 정도로 강력한 마법 말이야."

"그런 것 같아요. 하지만 왕족의 조상들은 대부분 마법을 썼어요. 우연히 마법을 발견한 왕까지 합치면 그 숫자는 훨씬 더 많을 거예요."

"네 말이 맞아. 잠시 궁전에서 함께 가계도를 살펴볼 수 있겠니?"

소피가 물었다.

"월요일은 시간이 날 것 같아요, 오늘은 빵집 문을 닫기 전에 아빠를 만나러 가야 하거든요."

샤메인이 대답했다.

아빠를 만나다

샤메인이 빵집에 도착했을 때 가게 문은 굳게 닫혀 있었다. 하지만 누군가 청소를 하고 있는 모습이 창문에 비쳤다. 샤메인은 문을 두드리다가 안쪽까지 잘 들리지 않는 것 같아서 유리창에 얼굴을 대고 소리쳤다.

"문 좀 열어 주세요!"

빵집 안에 있던 사람이 겨우 얼굴 하나를 내밀 수 있을 정도로 빼꼼히 문을 열었다. 피터와 비슷한 나이로 보이는 견습생으로 한 번도 본 적이 없는 사람이었다.

"영업 끝났는데요."

그가 말했다. 그리고 샤메인의 팔에 안겨 있는 웨이프를 보고 시

3. 요정이 된 하울

선을 멈췄다. 열린 문틈으로 막 구워 낸 도넛 냄새가 솔솔 풍겨 왔다. 웨이프가 코를 벌름거렸다.

"강아지는 빵집에 들어올 수 없어요."

"아버지를 만나러 왔는데."

"지금은 만날 수 없어요. 빵 굽느라 바쁜 시간이거든요."

"우리 아버지가 베이커 씨야. 나를 만나 주실 거야. 들여보내 줘."

샤메인이 말했다.

"그 말이 사실인지 어떻게 알아요? 이건 제 사명이 달린……."

견습생은 의심스럽다는 듯이 샤메인을 훑어보며 말했다. 샤메인은 예의 바르고 재치 있게 행동할 필요가 있다는 걸 알고 있었지만, 코볼도를 만났을 때처럼 이미 인내심이 바닥난 상태였다.

"이런 멍청한 게! 우리 아빠가 나를 문전박대한 걸 알면 넌 당장 해고야. 못 믿겠으면 아빠한테 가서 물어봐!"

"큰소리치긴!"

견습생이 내키지 않는 듯이 문 뒤쪽으로 가더니 말했다.

"그럼 들어와요. 하지만 개는 바깥에 둬야 해요. 알아들었죠?"

"그러다 누가 데려가면 어쩌려고. 이 강아지는 아주 귀한 마법사의 개야. 국왕 폐하도 강아지를 궁전에 들여보내 줬는걸. 하물며 국왕 폐하도 허락한 강아지인데, 여기서도 안 될 게 없잖아."

견습생은 경멸하는 눈초리로 샤메인을 쳐다봤다.

"그런 말은 초원 언덕에 있는 러벅에게나 하시지."

왠지 모르게 상황이 꼬이는 것 같았다. 때마침 가게에서 시중을 드는 아가씨 벨이 문밖으로 나오지 않았다면 해결되지 않았을 것이다.

"나 퇴근해, 티미. 설거지 꼭 하고⋯⋯."

벨은 머리를 묶으면서 뒤돌아보다가 샤메인과 눈이 마주쳤다.

"오, 안녕, 샤메인! 아빠 보러 왔구나?"

"안녕하세요, 벨. 아빠를 만나려고 왔어요. 그런데 얘가 웨이프는 데리고 들어가지 못하게 해요."

샤메인이 말했다. 벨은 웨이프를 보더니 곧 얼굴이 환해졌다.

"정말 예쁜 강아지로구나! 하지만 개를 빵집에 들이는 건 아빠가 싫어하실 거야. 티미가 강아지를 돌보게 잠깐 맡겨 놔. 돌봐 줄 거지, 티미?"

견습생은 내키지 않는다는 듯 끙 소리를 내며 샤메인을 째려보았다.

"이건 알아 둬, 샤메인. 지금 아빠가 매우 바쁘단다. 특별한 케이크 주문이 들어왔거든. 그래서 오래 있을 수도 없을 거야. 알겠지? 강아지는 티미한테 맡겨 놔. 별문제 없을 거야. 티미, 진열대를 깨끗하게 닦아 놓으렴. 아니면 내일 잔소리를 듣게 될 테니까. 그럼 안녕!"

벨은 수다스럽게 말을 끝내고 빵집을 나섰다. 샤메인은 가게 안쪽으로 들어갔다. 사실 웨이프도 빵집에 데려갈 생각이었지만, 식탐이 많아서 데려가지 않는 게 좋을 것 같다는 결론을 내렸다. 그래서 웨이프를 달갑지 않게 생각하는 티미 손에 맡겼다.

'티미는 날 평생 미워하겠지.'

샤메인은 생각했다. 그리고 텅 빈 진열장을 지나서 대리석 찬장과 하이놀랜드 마을 사람들이 앉아서 커피와 달콤한 케이크를 먹는 하얀 탁자와 의자를 지나쳐 홀로 걸어갔다. 샤메인이 빵 굽는 곳의 문을 열고 들어가자, 웨이프는 애처롭게 낑낑거렸다. 하지만 샤메인은 마음을 굳게 먹고 낑낑거리는 소리를 뒤로한 채 문을 닫아 버렸다.

빵집 안쪽은 벌집처럼 분주했고, 뜨거운 열대지방처럼 열기가 후끈거렸다. 게다가 웨이프의 식탐을 자극할 만한 냄새로 가득 차 있었다. 새로 만든 반죽이 익는 구수한 냄새가 났고, 달콤한 번과 타르트의 향도 풍겼다. 거기에 향긋한 페스티(만두처럼 고기와 채소로 소를 넣어 만든 작은 파이—옮긴이)와 키시(달걀, 우유에 고기, 채소, 치즈 등을 섞어 만든 파이의 일종—옮긴이) 냄새가 더해졌다. 또 문 옆에서 몇몇이 장식에 열을 올리고 있는 풍부한 크림과 여러 겹으로 만든 케이크의 시원한 향기가 더해졌다. 장미수! 샤메인은 레몬, 딸기, 잉거리 남쪽에서 생산하는 아몬드, 체리와 복숭아 향기를 맡으면서 생각했다.

베이커 씨는 일꾼들 사이를 누비며 지시 사항을 전달하고 격려하면서 진행 상황을 하나하나 살펴보고 있었다.

"제이크, 반죽을 치댈 때는 최대한 허리를 구부려."

샤메인이 들어왔을 때 베이커 씨는 한창 지시에 열을 올리고 있었다.

"페이스트리는 신속하게 만들어, 낸시. 무작정 내리치지 말고. 그러다 빵처럼 딱딱해신다고."

조금 있다가는 빵을 굽는 오븐에서 다른 쪽으로 옮겨 가면서 근처에 있는 젊은 남자에게 오븐을 어떻게 다뤄야 하는지 일일이 설명해 주었다. 베이커 씨가 가는 곳마다 요리사들의 시선이 집중되었고, 모두 베이커 씨의 명령에 순응했다.

샤메인은 아빠가 마치 빵집의 왕 같다고 느꼈다. 궁전에 있는 진짜 왕보다 더 왕처럼 보였다. 아빠 머리 위에 얹힌 하얀색 모자는 번쩍이는 왕관처럼 보였다. 요리사 모자가 정말 잘 어울리는 것 같았다. 베이커 씨는 날렵한 얼굴에 샤메인과 비슷한 갈색 머리였지만, 주근깨는 샤메인보다 훨씬 더 많았다.

샤메인은 스토브 옆에서 향긋한 고기 조각을 맛보고 있는 아빠를 향해 한달음에 달려갔다. 베이커 씨는 고기파이를 만든 여자 요리사에게 양념이 너무 강하다고 지적하는 중이었다.

"하지만 맛은 좋다고요!"

그 여자가 변명조로 말했다.

"그럴 수도 있겠지. 하지만 단순히 맛있는 것과 완벽한 맛에는 어마어마한 차이가 있어, 로라. 가서 케이크 만드는 사람들을 돕도록 해. 아니면 밤새 만들어야 할 테니까. 난 고기 속을 손보고 있을게."

로라는 안심한 표정으로 급히 스토브 옆을 빠져나갔다. 베이커 씨는 불 위에서 끓고 있는 냄비를 내려놓고 뒤를 돌아보다가 샤메인과 눈이 마주쳤다.

"이게 누구야, 우리 딸! 네가 올 줄은 상상도 못 했다! 엄마가 보냈니?"

베이커 씨는 약간 의심스러운 목소리로 말했다.

"아니요, 제가 오고 싶어서 온 건데. 윌리엄 고조부님 댁을 보고 있잖아요. 기억하세요?"

"맞다, 그랬지. 아빠가 도와줄 일이라도 있니?"

"음……."

샤메인은 순간 뭔가를 베이커 씨에게 물어봐야 하는 난감한 지경에 이르렀다.

"잠깐만."

베이커 씨는 몸을 돌려 스토브 옆 찬장에 있는 허브 가루와 양념이 놓인 곳을 살펴보았다. 그리고 단지 하나를 집어서 뚜껑을 열고는 잘 흔들어 냄비 속에 넣었다. 그리고 냄비 속을 휘휘 저어서 맛을 보고는 고개를 끄덕였다.

"이제야 제맛이 나는군."

그가 냄비를 집어서 내려놓으며 말했다. 그리고 샤메인을 궁금한 눈빛으로 바라보았다.

"아빠, 저는 요리하는 법을 하나도 몰라요."

샤메인이 불쑥 내뱉었다.

"윌리엄 고조부님 집에서는 저녁 식사가 날것으로 나와요. 혹시 요리법을 정리해 둔 거 없어요? 견습생을 위해서 적어 둔 거요."

베이커 씨는 주근깨가 가득한 턱에 깨끗하게 씻은 손을 대고 한참을 생각했다.

"항상 엄마한테 말했었다. 너도 요리하는 법을 배워야 한다고 말이야. 요리하는 게 품격이 넘치는 일이든 아니든 간에 말이지. 어디 보자. 아빠가 하는 요리는 네가 배우기에는 어려울 거야. 케이크나 수제 소스를 만드는 거니까. 요즘은 요리의 기본을 아는 견습생이 들어왔으면 싶을 정도야. 내가 처음 요리를 시작했을 때 적어 놓은 기본적이고 단순한 메모들이 있을지도 몰라. 한번 찾아볼까?"

베이커 씨는 요리를 하느라 바쁜 사람들로 꽉 들어찬 빵 만드는 방을 가로질러 멀리 벽 쪽으로 샤메인을 데리고 갔다. 그곳에는 금방이라도 무너져 내릴 것처럼 천장 높이 쌓여 있는 공책 더미가 보였다. 잼 얼룩이 진 종이들, 밀가루 손자국이 묻은 두꺼운 파일들이 엄청나게 쌓여 있었다.

"잠깐만 기다려."

베이커 씨가 찬장 옆 식탁에 쌓여 있는 음식 앞에 멈춰 서서 말했다.

"네가 요리법을 읽을 동안 음식을 좀 챙겨 주는 게 좋겠어. 그렇지?"

샤메인은 이 식탁이 어떤 곳인지 잘 알고 있었다. 아마 웨이프가 보면 좋아서 기절할지도 모를 일이다. 굽다가 실패한 빵이 엄청 많았다. 가게에서 팔지 못하는 부서진 타르트, 한쪽만 구워진 번, 갈라진 페이스트리 같은 것들이었다. 빵집에서 일하는 사람이라면 누구나 그 빵들을 집에 가지고 갈 수 있었다. 베이커 씨는 직원들이 사용하는 배낭 하나를 집어 들더니 빵을 챙기기 시작했다. 크림 케이크를 제일 아래에 두고, 그다음으로 페스티, 번, 도넛을 차례대로 쌓았다. 마지막에는 큰 치즈 플랜(달걀, 치즈, 과일 등을 넣은 파이―옮긴이)

을 넣었다.

"여기 있다. 아직도 이걸 가지고 있다니! 내가 마켓 플레이스에 있는 레스토랑에서 처음 일했을 때 적어 둔 거란다. 너처럼 '요리'에 '요' 자도 모르는 초짜 시절이었지. 아마도 이 공책이 필요할 거야. 요리법이랑 함께 사용할 수 있는 마법 주문도 알려 줄까?"

베이커 씨는 너덜너덜하고 오래된 기름이 묻은 어두운 갈색 표지의 공책을 꺼냈다.

"마법! 하지만 아빠!"

베이커 씨의 얼굴에 여태껏 보지 못한 죄책감이 드리워졌다. 얼굴에 있는 수많은 주근깨가 전부 빨갛게 변했다.

"알아, 안다 샤메인. 엄마가 알면 수백 번쯤 기절하고도 남을 일이지. 마법은 질이 나쁘고 천박한 거라고 생각하니까. 하지만 아빠는 태어날 때부터 마법을 사용할 수 있었어. 타고난 거라 어쩔 수 없었다. 우리는 빵집에서 항상 마법을 사용한단다. 아빠 말 들으렴. 엄마한테 말하지 말고, 알았지?"

그는 찬장에서 얇은 노란색 공책을 꺼내서 아쉬운 듯이 펼쳐 보았다.

"여기 있어, 전부 단순하고 간단한 마법이란다. 가져갈래?"

"네, 아빠! 물론 엄마한테 말하지 않을 거예요. 저도 엄마가 마법을 싫어한다는 것쯤은 알아요."

"착하구나!"

베이커 씨는 재빨리 공책 두 권을 치즈 플랜 사이에 넣은 배낭을 건넸다. 샤메인과 베이커 씨는 작당 모의를 한 공범처럼 킬킬대며 웃었다.

"맛있게 먹으렴. 행운을 빈다."

베이커 씨가 당부했다.

"아빠도요. 고마워요, 아빠!"

샤메인은 자리에서 일어나 아빠의 모자 바로 아래, 하얀 밀가루가 묻고 주근깨가 가득한 뺨에 가볍게 입을 맞추고 빵집을 나섰다.

"운이 좋구나!"

샤메인이 문을 열고 있을 때 로라가 외쳤다.

"사장님이 크림 케이크 챙겨 주는 거 봤어요."

"두 개나 주셨어요."

샤메인은 어깨 너머로 대답하고 가게를 가로질러 나갔다. 놀랍게도 유리와 대리석으로 만든 카운터에 티미와 웨이프가 함께 앉아 있었다. 샤메인을 보자, 티미가 주저리주저리 변명하듯이 말했다.

"당신이 혼자 가 버리고 나서, 웨이프가 화가 엄청 났어요. 고개를 쭉 빼고 계속 낑낑거리며 울었다고요."

'티미랑 평생 적이 되지는 않겠군!'

샤메인은 생각했다. 웨이프는 샤메인을 보고 기뻐서 낑낑대더니 티미의 품에서 버둥대며 뛰어내렸다. 그러고는 평소처럼 샤메인의 발목 주위를 맴돌며 낑낑거리는 통에 티미에게 고맙다고 인사하는 소리조차 들리지 않을 정도였다. 샤메인은 빵집 밖으로 나갈 때 고마움을 확실히 표현하기 위해서 밝은 미소를 지으며 고개를 끄덕였다. 웨이프는 샤메인의 발 주위에서 계속 낑낑대며 맴돌았다.

아빠의 빵집과 빵 공장은 마을 건너편 강과 둑 근처에 있었다. 샤메인은 빵으로 가득한 무거운 배낭을 짊어지고 있었기 때문에 도로를 따라가는 대신, 도로를 가로질러 지름길로 가기로 했다. 도로는 중심가 쪽으로 이어졌다. 지름길에서 멀리 떨어져 있는 것처럼 보였다. 지름길은 온통 구불구불하고 좁은 데다 따로 보행자를 위한 길도 없었다. 하지만 맞은편에 늘어선 가게들은 전부 멋진 곳이었다.

샤메인은 웨이프가 따라올 수 있도록 가게를 따라 천천히 걸었다. 그리고 저녁 반찬거리를 만들기 위해 시장을 보는 사람들을 구경하면서 생각에 잠겼다. 너무나도 만족스러운 날이었다. 피터가 만든 끔찍한 음식을 먹을 필요도 없어졌다. 게다가 오늘 아빠의 모습에 적잖이 놀란 터였다. 아빠가 마법을 사용하다니! 그것도 여태까지 계속 마법을 사용해 오셨다니! 아까까지만 해도 《팰림프세스트의 코》에서 본 마법을 사용했던 것에 대해 약간의 죄책감을 느끼고 있었지만 더 이상 죄책감 따위를 느끼지 않아도 되었다.

'아마 아빠의 마법 능력을 물려받았나 봐! 오, 대단해! 마법을 부리는 주문도 마음대로 사용할 수 있다니! 그런데 왜 아빠는 마법을 숨기며 사셨을까? 언제나 엄마는 품위를 지키며 살라고 하셨잖아. 하긴 부모님이잖아, 어쩔 수 없었겠지!'

샤메인은 이런저런 생각을 하며 행복해졌다.

바로 그때, 엄청난 말발굽 소리와 함께 "비켜! 길을 비켜라!" 하는 고함 소리가 뒤쪽에서 들려왔다.

샤메인은 주위를 두리번거렸다. 제복을 입고 말을 탄 수많은 사람들이 전속력으로 달리는 통에 하마터면 샤메인을 덮칠 뻔했다. 길을 걷던 사람들이 가게와 벽에 납작하게 몸을 기대어 길을 비켰다. 샤메인은 웨이프를 찾으려고 제자리에서 뱅글 돌았다. 그러다 돌에 발이 걸려 넘어지면서 가방에 든 음식이 데굴데굴 굴러 나왔다. 다행히 웨이프를 찾으며 간신히 떨어지는 가방도 붙잡을 수 있었다. 한 팔에는 웨이프를 안고 한 손으로 가방을 들고 벽에 바짝 붙은 순간, 전속력으로 달리는 말과 등자에 걸터앉은 사람들의 발이 코앞으로 지나갔다. 그 뒤로 반짝이는 가죽 끈을 걸친 검은색 말들이 빠르게 따라갔다. 말 위로 거센 채찍질 소리가 들렸다. 거대한 말의 행렬 뒤로 시끄러운 소리를 내며 달려오는 화려한 색으로 장식된 마차가 보였다. 마차는 금과 유리로 장식되어 반짝반짝 빛났고 화려한 보호막으로 덮여 있었다. 좌우로 흔들리는 마차 안에는 깃털 장식이 달린 모자를 쓴 두 남자가 앉아 있었다. 그리고 뒤이어 제복으로 장식된 수많은 말들이 귀청이 떨어질 것처럼 큰 소리를 내며 달려갔다.

한 무리가 길 저편으로 멀어지면서 모퉁이를 돌아가는 모습이 보였다. 웨이프가 낑낑댔다. 샤메인은 순간 기운이 쪽 빠져서 벽에 그대로 기대 있었다.

"저게 다 뭐예요?"

샤메인이 벽에 납작 붙어 있는 옆 사람에게 물어보았다.

"루도빅 황태자란다. 국왕 폐하를 뵈러 가는 것 같은데."

얼굴이 예쁜 여자는 다소 사나워 보였다. 어찌 보면 소피 펜드래건과 비슷한 것도 같았다. 여자는 어린 남자아이를 꽉 붙들고 있었는데, 그 아이를 보니 모건이 떠올랐다. 물론 모건과 달리 얌전했지만 그것만 제외하고는 아주 비슷했다. 꼬마는 샤메인보다 더 놀랐는지 얼굴이 하얗게 질려 있었다.

"이렇게 좁은 도로를 전속력으로 달리다니! 다른 방법을 찾아봤어야지! 분명히 다친 사람도 있을 거야! 왜 도로 쪽으로 가지 않는 거야? 거기가 훨씬 넓잖아! 머리가 있으면 생각을 해야지?"

샤메인은 잔뜩 화가 나서 말했다. 가방을 들여다보니, 빵이 산산조각이 나 있었다. 그걸 보니 더 화가 났다.

"그러게 말이다."

여자가 말했다.

"저런 사람이 왕이 되면 어떻게 될까 생각하니 몸서리가 쳐지네요. 아마 무시무시한 폭군이 될 것 같아요."

샤메인의 말에 여자는 야릇하고 의미심장한 눈초리로 샤메인을 바라봤다.

"그 말은 못 들은 걸로 하겠어."

"왜죠?"

"루도빅은 비난받는 걸 좋아하지 않아. 자신의 내부에 있는 러벅킨이 감정을 조절한다고 생각하거든. 러벅킨, 이런! 이건 너와 나의 비밀로 하자꾸나."

여자는 아이를 한쪽 팔로 잡아끌며 저 멀리 걸어가 버렸다.

샤메인은 웨이프를 한 팔에 끼고 다른 손으로 가방을 들고 마을을 내려가는 동안 여러 가지 생각을 했다. 무엇보다 현재 국왕인 아돌푸스 10세가 오랫동안 살아 있기를 간절히 바랐다.

'만약 국왕이 돌아가시면 혁명가가 되어야 할지도 몰라.'

세상에, 오늘따라 윌리엄 고조부님 집으로 가는 길은 너무 멀었다!

집에 도착한 샤메인은 웨이프를 정원 샛길에 내려놓았다. 피터는 부엌에 있는 열 개의 빨래 가방 중 하나에 걸터앉아 탁자 위에 놓인 커다랗고 붉은 고깃덩어리를 우울하게 바라보고 있었다. 옆에는 양파 세 개와 당근 두 개가 놓여 있었다.

"어떻게 요리해야 할지 모르겠어요."

피터가 말했다.

"요리할 필요 없어."

샤메인이 식탁 위에 가방을 내려놓으며 말했다.

"저녁에 아빠를 보러 갔었어. 자, 여기. 요리법이랑 같이 사용하는 마법의 주문이야."

샤메인이 공책 두 권을 꺼내며 말했다. 그나마 공책 두 권은 엉망이 된 빵보다 상태가 괜찮았다. 샤메인은 치마로 더러워진 공책을 닦아서 탁자에 올려놓았다. 피터는 밝은 표정으로 세탁 가방 위에서 뛰어내렸다.

"정말 쓸 만한 공책인데요! 음식이 가득 담긴 가방은 더 좋고."

샤메인은 구부러져 버린 플랜, 부서진 패스티, 바짝 눌린 번을 꺼냈다. 가장 아래 넣어 둔 크림 케이크는 완전히 눌려서 납작해져 버렸고, 부드러운 크림이 패스티에 온통 스며들어 있었다. 막상 엉망이 된 빵을 보자, 샤메인은 루도빅이라는 사람에게 다시 화가 치밀었다. 그래서 케이크를 제 모양으로 만들려고 낑낑대면서 오늘 도로에서 있었던 마차 사건을 빠짐없이 이야기했다.

"맞아요. 엄마가 그 사람은 폭군이 되고도 남을 거라고 했어요. 그 사람 때문에 이 나라를 떠났다고 하셨거든요. 이 마법은 요리하는 동안 써야 하나요, 아니면 요리하기 전에? 요리가 끝나고 해야 되는 건가? 혹시 알고 있어요?"

피터가 공책을 넘겨 보며 아무 생각 없이 말했다.

"아빠는 별말씀 안 하시던데. 한번 잘 읽어 봐."

샤메인은 말을 마치고 읽을 만한 책을 찾으러 윌리엄 고조부의 서재로 갔다. 《열두 종류의 지팡이》는 재미있었지만 막상 다 읽고 나니 수없이 많은 생각이 떠올라 고민에 잠기게 만들었다. 지팡이 하나에서 열두 개가 뻗어 나오고 그 열두 개에서 각각 열두 개의 지팡이가 계속해서 뻗어 나온다는 내용이었다.

'이런 식으로 가지가 계속 뻗어나간다면, 나무가 되어 버리고 말겠어.'

샤메인은 책장에 꽂힌 책들을 둘러보며 생각에 잠겼다. 그리고 왠지 신나는 모험담이 담겨 있을 것 같은 《마법사의 여행》이라는 책을 골랐다. 그 책은 모험 이야기였다. 하지만 이 책도 마법사가 단계별 주문을 어떤 식으로 배웠는지에 대한 이야기라는 걸 알게 되었다.

이런저런 책을 읽다가 아빠도 마법을 사용한다는 걸 떠올렸다.

'난 마법의 재능을 물려받았다는 걸 오늘 깨달았어. 순식간에 하늘을 나는 법을 배웠고 욕실의 파이프도 마법으로 고쳤지. 하지만 이제부터 마법을 적시 적소에 조용히 사용하는 법을 터득해야겠어. 큰 소리를 지르고 무작정 명령하는 방법 말고.'

샤메인은 피터가 저녁 먹으라고 소리를 지를 때까지 자리에 앉아서 고민하고 있었다.

"드디어 나도 마법을 썼어요."

피터가 의기양양하게 말했다. 스스로 무척 자랑스러워하는 것 같았다. 샤메인 덕분에 피터는 페스티를 데우고 양파와 당근을 넣어 맛있는 음식을 만들었다.

"하루 종일 집 안을 탐험하느라 피곤해 죽겠어요."

피터가 말했다.

"금을 찾느라고?"

"그야 당연하고요. 이 집 어딘가에 금이 있다는 걸 알게 됐잖아요. 금은 못 찾았지만 코볼도가 살고 있는 장소를 찾은 것 같아요. 커다란 동굴 같았는데 코볼도들이 무언가를 열심히 만들고 있었어요. 대부분의 코볼도는 뻐꾸기시계를 만들고 있었지만, 찻주전자나 현관 근처에 있는 소파도 만들고 있더라고요. 코볼도한테 말을 걸지는 않았어요. 과거 시간에 있는 코볼도인지 현재의 코볼도인지 알 수 없었으니까. 그래서 그냥 웃으면서 지켜보기만 했죠. 다시 코볼도를 화나게 만들기는 싫었거든요. 샤메인은 오늘 뭘 했어요?"

"그게 말이지! 정말 힘든 날이었어. 궁에 가니까 트윙클이 지붕에 앉아 있는 거야. 그걸로 하루가 시작됐어. 정말 무시무시했다고!"

샤메인은 나머지 이야기도 들려주었다. 피터는 깜짝 놀라며 말했다.

"트윙클과 소피, 그 사람들이 정말 나쁜 사람이 아니라고 확신해요? 놀랜드 마법사는 불꽃 마귀가 위험한 존재라고 했잖아요."

"나도 의심스럽기는 해. 그런데 괜찮은 사람들 같다는 느낌이 들어. 힐다 공주가 도움이 필요해서 급히 부른 것 같아. 국왕이 찾고 있는 걸 어떻게 찾을 수 있는지 제발 좀 알게 됐으면 좋겠어. 왕실 가계도를 발견했을 때 국왕 폐하가 무척 기뻐하셨거든. 루도빅 왕자의 여덟 사촌들 이름이 거의 한스랑 이솔라더라. 전부 다 끔찍한 죽음을 맞이했더라고. 알고 있었어?"

"그 사람들은 사악하거든요. 우리 엄마 말이, 한스는 이솔라에게 독살당하고, 이솔라는 술에 취한 한스에게 살해당했대요. 그리고 또 다른 한스는 계단에서 떨어져서 목이 부러지고. 누이 이솔라는 자신과 결혼한 군주를 죽이려고 하다가 스트레인지아에서 목을 맸고. 제가 몇 명이나 말했죠?"

"다섯 명. 세 명 남았어."

샤메인이 흥미진진해하며 말했다. 피터가 말을 계속했다.

"그중 두 명은 마틸다고 다른 한 명은 한스죠. 한스 니콜라스는 어떻게 죽었는지 잘 몰라요. 외국에 있을 때 죽었다는 것밖에. 마틸다 중 한 명은 저택에서 불길에 휩싸여 죽었대요. 마지막 남은 사람이 제일 위험한 마녀라서, 루도빅 왕자가 마틸다라는 여자를 조이성 다락에 가두어 버렸대요. 누구도 감히 그 근처에는 가까이 가지 않죠.

심지어 루도빅 왕자조차도. 한 번 쳐다보기만 해도 사람이 죽어 나가곤 했대요. 웨이프한테 고기 줘도 돼요?"

"괜찮을 거야. 목에 걸리지만 않는다면. 어떻게 루도빅 왕자의 사촌들에 대해서 이렇게 자세히 알아? 나는 이런 얘기는 한 번도 들은 적이 없는데."

"제가 몬탈비노 출신이기 때문이죠. 우리 학교 사람들은 하이놀랜드의 사악한 아홉 사촌들 이야기는 전부 꿰고 있어요. 하지만 하이놀랜드에서는 국왕이나 루도빅 왕자, 주변 친척에 대한 얘기가 떠도는 걸 무척 불쾌하게 생각할 거예요. 사람들이 그러는데 루도빅 왕자도 다른 사촌들만큼 사악하다고 했거든요."

"하지만 하이놀랜드는 좋은 곳이야!"

샤메인이 항변했다. 하지만 하이놀랜드에 사악하기 이를 데 없는 아홉 명의 왕족이 있다는 것만으로도 마음이 찜찜했다. 국왕 폐하도 이 사실 때문에 마음고생이 심하셨을 게 분명하다.

12

빨래 소동

다음 날 아침, 샤메인은 웨이프의 작고 차가운 코가 귀를 간질이는 바람에 일찍 잠에서 깼다. 평상시처럼 궁전으로 갈 시간이라 깨운 것 같았다.

"아니야, 오늘은 안 가도 돼! 오늘 국왕님이 루도빅 왕자를 맞아야 한다고 하셨어. 저리 가, 웨이프. 아니면 이솔라로 변해서 독약을 먹일지도 몰라! 아니면 마틸다로 변해서 악마의 저주를 걸든가. 저리 가!"

샤메인이 짜증을 내며 말했다. 웨이프는 슬픈 표정을 지으며 방에서 나갔고 샤메인은 바로 잠이 깨어 버렸다. 샤메인은 곧 화를 가라앉히고 오늘만큼은 편안하고 느긋하게 《마법사의 여행》이나 종일 읽어야겠다고 생각했다.

피터도 잠에서 깨어 있었다. 하지만 샤메인과는 다른 생각을 하고 있었다.

"오늘은 빨래를 좀 해야겠어요. 여기 빨래 가방이 열 개로 늘었고 마법사님의 침실에 열 개가 더 있다는 거 알아요? 식료품 저장실에도 열 개가 더 있을지 몰라요."

샤메인은 빨래 가방을 차갑게 노려보았다. 그녀 역시 빨래 가방이 부엌을 가득 메우고 있다는 사실까지 부인할 수는 없었다.

"신경 쓰지 말자. 분명 코볼도가 한 짓이야."

"그렇지 않아요. 엄마 말씀이 빨래는 안 하면 계속 늘어난대요."

"세탁 담당 있잖아. 난 빨래하는 방법도 몰라."

"내가 알려 줄게요. 모른다는 말로 빠져나갈 생각은 하지 말아요."

샤메인은 피터가 일을 시키려고 안달이라는 것 때문에 화를 내면서도, 어느새 뒤뜰에서 물을 퍼 올리고 있었다. 샤메인은 양동이 가득 물을 퍼서 피터가 집 안 청소를 할 수 있게 계속해서 날랐고, 나머지는 커다란 구리 보일러에 부었다. 물이 가득한 양동이를 열 개쯤 날랐을 때, 피터가 와서 말했다.

"이제 보일러에 불을 지펴야 해요. 그런데 기름이 어디 있는지 찾을 수가 없네요. 마법사님이 어디에 두셨을까요?"

샤메인은 땀으로 범벅이 된 얼굴에 달라붙은 머리카락을 녹초가 된 손으로 쓸어 올리며 말했다.

"부엌에 불을 지필 때처럼 해야겠어. 내가 가 볼게."

3. 요정이 된 하울

샤메인이 창고로 갔다. 불을 지피지 못하면 지겨운 청소를 하지 않아도 된다는 생각이 문득 스치고 지나갔다. 좋았어.

"불을 피우려면 딱 한 가지 방법밖에 없어."

샤메인이 말했다. 피터는 멍하게 듣고만 있었다. 창고 안에는 나뭇더미와 조각 비누밖에 없었다. 샤메인은 보일러 바닥을 내려다보았다. 예전에 불을 지펴 검게 그을린 장소가 눈에 들어왔다. 그리고 물통 쪽으로 눈을 돌렸는데 너무 컸다. 샤메인은 조각 비누를 보며 지난번처럼 거품 폭풍을 만드는 위험한 행동은 하지 말자고 굳게 다짐했다. 그래서 밖으로 나가 시들시들해 보이는 나무의 잔가지를 잘라 낸 다음, 검게 그을린 벽난로에 잔가지를 밀어 넣고 보일러를 손으로 치면서 주문을 걸었다.

"불!"

보일러 아래쪽에서 환하게 불꽃이 일어났다. 샤메인은 재빨리 뒤로 물러섰다.

"어때?"

"잘하셨어요. 이제 수도 펌프에 가 보세요. 구리 보일러에 물을 가득 채워야 한다고요."

피터가 말했다.

"왜?"

샤메인이 물었다.

"빨래 가방이 30개나 되니까 그렇죠. 여기 물통에는 뜨거운 물을 좀 받아서 실크와 울로 된 옷을 넣어 놔야 해요. 그리고 나중에 빨래를 헹굴 물도 필요해요. 양동이도 많이 필요하고."

"이럴 수는 없어!"

샤메인은 일거수일투족을 살피며 졸졸 따라다니는 웨이프를 향해 불평을 퍼부었다. 그리고 한숨을 쉬며 펌프질을 계속했다. 그동안 피터는 부엌 의자를 꺼내서 창고로 가져갔다. 샤메인은 화가 났다. 피터가 물통을 한 줄로 세워 놓고 샤메인이 힘들게 가져다 놓은 찬물을 붓기 시작했기 때문이다.

"구리 보일러에 부을 물인 줄 알았는데!"

샤메인이 불만 섞인 목소리로 말했다.

피터는 의자 위로 올라가서 조각 비누를 보일러 안으로 쏟아 붓기 시작했다. 그러자 증기를 내면서 보글보글 보일러가 끓어오르는 소리가 들렸다.

"일일이 따지지 말고 펌프질이나 계속해요. 이제 하얀색 빨래를 해도 될 만큼 뜨거워졌으니까. 양동이가 몇 개 더 필요해요. 이제 셔츠나 옷을 넣으면 될 거예요."

피터는 말을 마치고 의자에서 내려오더니 휑하니 집으로 들어가 버렸다. 그리고 빨래 가방 두 개를 들고 와서 창고 벽에 세워 놓더니 다시 집으로 들어갔다. 샤메인은 숨을 헐떡이며 피터를 노려보면서 열심히 펌프질을 했다. 잠시 후 의자에 올라가서 양동이 네 개에 담긴 물을 보글보글 비누 거품과 수증기가 뿜어져 나오는 구리 보일러 안으로 부었다. 샤메인은 물을 퍼 올리는 것 말고도 다른 걸 할 수 있다는 생각에 신이 나서 첫 번째 빨래 가방을 풀었다. 가방 안에는

3. 요정이 된 하울

양말과 붉은색 마법사 제복, 바지 두 벌, 셔츠와 내복이 있었고 하나같이 욕실 파이프에서 물이 넘쳐흘렀을 때처럼 퀴퀴한 곰팡이 냄새가 났다. 그런데 두 번째 가방을 풀자 이상하게도 아까와 똑같은 옷들이 들어 있었다.

"마법사의 빨래는 특별해야 하는 거니까."

샤메인이 말했다. 그리고 한 팔 가득 빨래를 안고 의자로 올라가 보일러 속으로 옷을 집어넣었다.

"안 돼, 안 돼! 멈춰요!"

샤메인이 두 번째 가방에 있던 옷을 비우자마자 피터가 소리쳤다. 피터는 꽁꽁 묶어 놓은 빨래 가방을 여덟 개나 들고 풀밭을 가로질러 급히 달려왔다.

"빨래를 넣으라고 했잖아!"

샤메인이 항의했다.

"빨래를 분류해서 넣어야죠. 멍청하긴! 하얀색 빨래만 삶을 수 있는 거라고요!"

피터가 샤메인을 조롱하듯 말했다.

"몰랐지."

시무룩하게 말한 샤메인은 나머지 아침 시간을 풀밭에서 빨래를 분류하면서 보냈다. 그동안 피터는 셔츠를 보일러 속에 넣었다. 그리고 끓어 넘치는 비눗물을 마법사의 제복, 양말, 바지 20개가 든 통 속에 들이부었다.

"이쯤이면 셔츠가 충분히 삶아진 것 같아요."

마침내 피터가 빨래를 끄집어내어 찬물이 든 통으로 옮겼다.

"뜨거운 물을 붓는 동안 불을 꺼 주세요."

샤메인은 마법으로 불을 끄는 방법을 알 수 없었다. 실험 삼아 보일러 옆면을 두드렸다가 애먼 손만 데었다. 외마디 비명 소리와 함께 샤메인이 외쳤다.

"악! 불, 꺼져!"

샤메인의 목소리에 불꽃이 깜박이다 이내 사라져 버렸다. 샤메인은 데인 손가락을 빨면서 피터가 보일러 뚜껑을 여는 것을 가만히 지켜보았다. 피터는 증기를 뿜는 분홍색 거품 위로 찬물을 부어 한소끔 가라앉혔다. 샤메인이 수도꼭지를 틀자 뜨거운 수증기가 뿜어져 나왔다.

"비누가 분홍색인 줄 몰랐네."

"분홍색 아닌데요. 이럴 수가! 당신이 한 짓 좀 보세요!"

피터가 의자 위로 뛰어 올라가 뜨거운 김 사이를 헤집고 막대기로 빨래 사이를 찔러서 셔츠를 건졌다. 힘들게 건져 올린 빨래들은 찬물에서 철벅대면서 하나같이 체리 핑크색으로 변해 있었다. 셔츠 다음으로 꺼낸 양말 열다섯 켤레는 너무 졸아들어 모건에게 신기기에도 작아 보였다. 다음으로는 아동복 크기가 된 마법사의 바지 한 벌을 끌어올렸고, 마지막으로 너무나 작아져 버린 마법사의 빨간색 예복을 건져 올렸다. 피터는 비난이 가득 담긴 눈으로 샤메인이 똑똑히 볼 수 있도록 물을 뚝뚝 떨어뜨리며 뜨거운 김을 모락모락 내뿜는 빨간색 제복을 그대로 들고 있었다.

3. 요정이 된 하울

"당신이 무슨 짓을 했는지 똑똑히 봐요. 빨간색 울과 하얀색 셔츠는 절대 같이 넣으면 안 돼요. 이렇게 물이 든다고요. 코볼도도 못 입을 정도로 옷이 다 줄어들었잖아요. 정말 바보로군요!"

"내가 그럴 줄 알았나? 난 온실에 화초처럼 자랐다고! 엄마가 세탁소 근처도 못 가게 했단 말이야."

샤메인이 격하게 말했다.

"그렇겠죠, 그건 품위 있는 일이 아니니까요. 내가 미안하다고 말하기를 기대하나 본데요, 절대 사과 안 할 거예요! 이따가 탈수기 근처에 가도 당신 멋대로 하게 두지 않을 거예요. 하늘은 당신이 무슨 짓을 하는지 아실걸요! 이따가 빨래를 탈수하는 동안 하얗게 표백하는 주문을 걸 거예요. 얼른 가서 빨랫줄 가져오고 식료품 저장실에서 빨래집게 통을 가져와서 빨래를 몽땅 넣어 놔요. 빨래 널라고 시켰는데 바보처럼 자기 몸을 빨랫줄에 걸거나 하지는 않겠죠?"

피터가 넌더리를 내며 말했다.

"내가 바보인 줄 알아!"

샤메인이 오만한 태도로 말했다.

한 시간쯤 흘렀을까, 피터와 샤메인은 뜨거운 수증기 덕분에 온통 축축해진 옷을 입고 부엌에 앉아 어제 먹다 남은 빵 조각을 기운 없이 씹고 있었다. 샤메인은 피터가 빨래를 탈수하고 표백 주문을 거는 것보다 빨래를 너는 게 더 힘들었다고 생각했다. 빨랫줄은 지그재그 모양으로 뜰을 열 번 정도 가로지르며 길게 이어져 있었고, 게다가 하늘 높이 걸려 있었다! 빨래집게에 고정되어 바람에 팔락이고 있는 셔츠들은 이제 더 이상 흰색이 아니었다. 어떤 옷에는 붉은 바탕이 생겼고 어떤 것에는 어디서 물들었는지 모를 동그란 분홍색 점들이 가득했다. 옅은 파란색으로 물든 옷도 보였다. 제복은 어딘가 하얀 줄이 생겼고 양말과 바지는 크림처럼 흰색으로 변했다. 샤메인은 정신없이 지그재그로 널린 빨래들을 공포에 질린 표정으로 바라보는 요정이 있었다는 걸 고백하지 않은 게 천만다행이라고 생각했다.

"저기 요정이다!"

피터가 빵을 입안 가득 물고 소리쳤다. 샤메인은 나머지 빵을 목구멍으로 넘기고 뒷문을 열어 요정이 무슨 일로 찾아왔는지 알아볼 참이었다.

요정은 아름다운 머리를 숙이고 현관으로 들어와서 부엌 가운데에 멈춰서더니 들고 온 유리 상자를 탁자에 내려놓았다.

그 상자 안에는 세 개의 둥글고 하얀색의 무언가가 있었다. 테니스공만 한 크기였다. 피터와 샤메인은 멍하니 쳐다보다가 아무 말없이 서 있는 요정을 바라보았다.

"이게 뭐예요?"

피터가 마침내 물었다. 요정은 살짝 머리를 숙여 인사했다.

"이것은 윌리엄 놀랜드 마법사 몸에서 제거한 러벅의 알입니다. 아주 힘든 수술이었지만 성공적으로 끝났어요."

"러벅 알!"

피터와 샤메인이 동시에 소리쳤다. 샤메인의 얼굴이 하얗게 질렸다. 차라리 빵을 먹지 말 걸 그랬다고 생각했다. 피터의 주근깨는 갈색으로 변해 하얀 얼굴을 온통 뒤덮었다. 탁자 아래에서 점심을 달라고 조르던 웨이프도 놀란 듯 낑낑댔다.

"그런데…… 왜 그 알을 가져왔어요?"

샤메인이 가까스로 물었다. 요정은 침착하게 답했다.

"이 알들을 없애는 게 불가능했기 때문이에요. 무슨 짓을 해도, 마법으로도, 물리적으로도 깨지지 않아요. 결국 불꽃 마귀만이 알을 없앨 수 있다는 결론에 이르렀죠. 놀랜드 마법사 말씀이 지금쯤이면 샤밍 양이 불꽃 마귀와 연락을 할 수 있을 거라고 하더군요."

"마법사님은 살아 계세요? 당신에게 그렇게 말했다고요?"

피터가 흥분하면서 말했다.

"물론이죠. 이제 빠르게 회복되고 계셔서 길어야 3, 4일이면 집으로 돌아오실 수 있을 거예요."

"오, 정말 기뻐요! 러벅 알이 할아버지를 아프게 한 거예요?"

샤메인이 물었다.

"그렇습니다. 몇 달 전, 초원에서 러벅을 만난 것 같습니다. 그런데 러벅 알들이 마법의 힘을 흡수해 버리는 바람에, 우리 힘으로는 없애는 게 불가능해진 거죠. 절대로 알을 만지거나 상자를 열지 마세요. 아주 위험해요. 가능한 한 빨리 불꽃 마귀를 데려오라고 말씀하셨어요."

피터와 샤메인은 침을 꿀꺽 삼키면서 상자에 담긴 하얀 알 세 개를 바라보았다. 그사이 요정은 보일 듯 말 듯 인사를 하고 안쪽 문을 통해 사라졌다. 피터는 요정의 뒤를 쫓아가면서 궁금한 게 있다고 소리쳤지만 요정은 이미 거실을 지나쳐 앞문을 닫는 뒷모습만 보였다. 샤메인이 피터 뒤를 따라갔고 웨이프는 샤메인 뒤를 쫓았다. 급히 앞뜰로 가 보았지만 요정은 보이지 않았다. 샤메인은 롤로가 음흉하게 수국 주변을 살피고 있는 것을 발견했지만, 요정은 이미 완전히 자취를 감춘 후였다.

샤메인은 웨이프를 피터의 팔에 넘겨주었다.

"피터, 웨이프를 부탁해. 얼른 캘시퍼를 데리고 올게."

그녀는 정원의 샛길로 뛰어가기 시작했다.

"빨리 와요! 정말 빨리 와야 해요!"

피터가 뒤통수에 대고 소리쳤다. 샤메인은 피터의 말에 대답할 여유조차 없었다. 웨이프의 낑낑거리는 소리를 뒤로하고 달리고 또 달려서 절벽 근처에 다다랐다. 눈앞으로 마을이 보였다. 샤메인은 여기서부터 빠른 걸음으로 걸었다. 너무 긴장해서 옷을 꽉 움켜쥐었고, 가능하면 최고 속도로 계속 뛰었다. 부엌 탁자에 놓여 있을 러벅의 알이 떠오를 때마다, 숨을 고르고는 다시 빨리 뛸 수밖에 없었다. 캘시퍼를 만나기도 전에 알이 부화할 수도 있었다. 어쩌면 피터가 알에다가 주문을 거는 멍청한 짓을 할지도 몰랐다. 샤메인은 뛰면서 이런 끔찍한 생각을 머릿속에서 지워 버리려고 노력했다.

'나 정말 바보인가 봐! 요정한테 '요정의 선물'이 뭔지 물어보면 알려 줬을 텐데! 완전히 잊어버렸네. 잘 기억하고 있다가 물어볼걸. 정말 멍청해!'

3. 요정이 된 하울

하지만 그건 별문제가 되지 않았다. 지금 머릿속을 가득 메우고 있는 건, 피터가 유리 상자를 향해 주문을 걸고 있는 모습이었다. 피터라면 그러고도 남을 인간이다.

마을로 들어섰을 때 미친 듯이 비가 퍼붓기 시작했다. 샤메인은 기뻤다. 비가 오면 피터가 러벅 알에 신경을 덜 쓰게 될 테니까. 비가 오면 빨래가 젖기 전에 다 걷어야 하니까 한참 동안 정신이 하나도 없겠지. 러벅 알에 주문을 걸지 못하게 오랫동안 비가 왔으면 좋겠다!

궁전에 도착했을 때, 샤메인은 비에 흠뻑 젖고 숨이 차서 제대로 숨을 쉴 수가 없었다. 샤메인은 트윙클이 지붕 위에 앉아 있을 때보다 더 세게 문을 두드렸다. 요리사 심이 문을 열어 주기까지 천년의 시간이 흐른 것 같았다.

"오, 심! 지금 당장 캘시퍼를 만나야 해요. 어디 있는지 알려 주실 수 있어요?"

샤메인이 숨을 헐떡이며 말했다.

"물론이죠, 아가씨."

심은 샤메인의 젖은 머리와 물이 떨어지는 모습을 보고 들여보낼까 말까 망설이다 대답했다.

"캘시퍼 님은 큰 응접실에 계십니다. 제가 안내하겠습니다."

심은 문을 열고 발을 질질 끌면서 뒤로 물러섰다. 샤메인은 물이 뚝뚝 떨어지는 채로 심을 뒤따라 축축한 복도를 걸어갔다. 돌계단을 지나서 궁전의 뒤쪽으로 가니 커다란 출입구가 있었다. 한 번도 가

본 적이 없는 곳이었다.

"여깁니다, 아가씨."

엄청 큰 낡은 문을 열며 심이 말했다. 샤메인이 응접실로 들어가자, 멋지게 옷을 차려입은 사람들이 큰 소리로 떠들고 있었다. 우아하고 작은 접시에서 케이크를 떠먹으며 서로를 향해 소리를 지르고 있는 것처럼 보일 정도였다. 들어가자마자 샤메인의 눈에 띈 것은 케이크였다. 케이크는 방 한가운데에 있는 특별한 탁자 위에 웅장한 자태를 뽐내며 놓여 있었다. 절반밖에 남아 있지 않지만, 어젯밤에 아빠의 빵집에서 본 것과 똑같은 케이크임이 분명했다. 아빠가 만든 케이크를 보자 낯선 사람들 틈에서 오래된 친구를 만난 것처럼 반가웠다. 샤메인 옆에 있는 신사는 벨벳으로 된 짙은 파란색 정장을 입고 있었는데 샤메인의 몰골을 이상한 눈초리로 노려보더니, 더럽다는 듯이 옆에 있는 여자와 경멸의 눈빛을 주고받았다. 그러나 그 여자가 입은 옷은 무도회용 정장도 아니었고 그렇다고 티타임용 정장도 아닌 어중간한 복장이었다!

'숙모가 여기 계셨다면 저 여자가 입은 화려한 실크와 새틴 드레스 때문에 비단 드레스가 초라해 보였겠어.'

셈프로니아 숙모는 없었지만 메이어 경은 부인과 함께 응접실에 있었다. 마을의 주요 인사들이 모두 한자리에 모인 셈이었다.

"심, 저기 흠뻑 젖은 지극히 평범한 아이는 누군가?"

짙푸른 옷을 입은 남자가 물었다.

"샤밍 아가씨입니다. 폐하와 공주님의 새로운 조수입니다. 루도빅

3. 요정이 된 하울

황태자님. 샤밍 아가씨를 소개합니다."

심은 뒤로 물러나면서 문을 닫고 나갔다. 샤메인은 젖은 발밑으로 뚜껑이 활짝 열려서 포도주 창고로 떨어져 버렸으면 좋겠다고 생각했다. 루도빅 황태자가 궁전을 방문한다는 사실을 까맣게 잊고 있었던 것이다. 힐다 공주는 루도빅 왕자를 알현해야 할 하이놀랜드의 중요 인사들을 전부 다 초대한 게 분명했다. 그런데 지극히 평범한 샤메인 베이커가 우아한 티 파티 중간에 문을 열고 들어온 것이다.

"만나서 영광입니다, 루도빅 왕자님."

샤메인은 크게 말할 생각이었는데, 모기만 한 소리가 나왔다. 루도빅 왕자는 듣지 못한 게 분명했다. 대신 환하게 웃으며 말했다.

"샤밍 아가씨라는 별명은 왕이 너를 부를 때 쓰는 거니, 꼬마야? 난 우리 꼬마 숙녀를 돈 가방 아가씨라고 불러야겠어. 나한테 행운을 선사해 주었으니까."

왕자는 이브닝드레스도 아닌 옷을 입은 여자에게 케이크를 건네주며 말했다.

샤메인은 진짜 이름이 뭔지 설명해 주려고 입을 벌렸지만 이상한 옷을 입은 여자가 먼저 말을 꺼냈다.

"그렇게 부르지 마세요! 정말 못됐군요, 당신!"

잔뜩 화가 난 목소리였다. 루도빅 왕자는 조소하며 회색 실크 옷을 입은 창백한 신사에게 말을 걸려고 발걸음을 돌렸다. 샤메인은 캘시퍼를 발견하는 즉시 잽싸게 도망칠 생각이었다. 그런데 왕자가 발걸음을 돌리자, 머리 위로 빛나는 큰 샹들리에 불빛이 그를 비추면서 눈동자가 보라색으로 빛났다.

샤메인은 공포에 질려서 돌이 돼 버린 것 같았다. 루도빅 왕자는 러벅킨이었다. 다른 사람들은 공포에 떨고 있는 샤메인을 쳐다보며 왜 저렇게 무서워하는지 궁금해했다. 그러나 샤메인은 사람들의 시선을 느끼면서도 움직일 수가 없었다. 창백한 신사가 왜 그렇게 겁에 질려있는지 궁금하다는 듯 연보라색 눈동자로 그녀를 빤히 바라보았다. 이럴 수가! 이 사람도 러벅킨이었어. 처음 부엌 근처에서 그를 보았을 때, 가장 우려했던 일이었다.

다행히도 메이어 경이 왕에게 인사를 건네기 위해 케이크 탁자 옆으로 물러나면서 샤메인과 돌로 만든 말을 흘끗 쳐다봤다. 돌로 만든 말이 엄청 많았다. 덕분에 공포가 확 달아났다. 웬일인지 석마들이 연회실 벽을 빙 둘러싸고 있었다. 트윙클은 대리석 벽난로 옆에 있는 석마에 올라타 샤메인을 계속 내려다보고 있었다. 샤메인은 트윙클이 자신이 공포에 질린 이유가 뭔지 궁금해하고 있다는 걸 알수 있었다.

샤메인은 벽난로 쪽으로 천천히 걸어갔다. 모건은 벽돌 상자를 가지고 벽난로 앞에서 놀고 있었고, 소피는 바로 옆에 서 있었다. 소피는 공작 깃털로 장식한 파란 드레스를 입고 있었지만, 샤메인이 보기에 이빨 빠진 어미 사자가 새끼 사자를 지키고 서 있는 폼이었다.

"오, 안녕, 샤밍. 여기까지 왔는데 케이크라도 한 조각 들지 그래?"

힐다 공주의 목소리가 들렸다. 샤메인은 맛있는 냄새를 맡는 것만으로도 충분히 만족했다.

3. 요정이 된 하울

"괜찮습니다, 공주님. 사실은…… 여기 펜드래건 부인에게 볼일이 있어서요. 캘시퍼는 어디 있죠?"

"글쎄, 저쪽에 있구나. 이제야 아이들이 얌전해졌어. 제발 계속 조용히 있으면 좋으련만!"

힐다 공주가 손가락으로 가리키며 말했다. 그러고는 말쑥하게 차려입은 다른 손님에게 케이크를 권하러 자리를 떴다. 찬바람이 휙휙 부는 것으로 보아 공주님의 드레스는 여기 모인 사람들의 옷과 다를 바 없이 좋아 보였다. 응접실에 모인 사람들이 입은 하얀 정장은 눈부실 정도였다. 피터가 표백 주문을 걸었던 빨래보다 더욱 하얗고 선명한 색이었다.

'오, 제발 피터가 러벅 알에게 어떤 주문도 걸지 않게 해 주세요!'

샤메인은 소피 쪽으로 걸어가면서 계속 기도했다.

"안녕."

소피는 다소 긴장한 듯했다. 바로 위에서 트윙클이 석마를 타고 있었다. 삐걱삐걱 소리가 무척 신경에 거슬렸다. 옆에는 뚱뚱한 유모가 서 있었다.

"트윙클, 제발 여기로 내려와. 너무 시끄럽다. 트윙클, 같은 말 여러 번 하게 만들지 마!"

유모는 계속해서 말했다. 사실 유모가 하는 말이 훨씬 더 짜증났다.

소피는 무릎을 굽히고 모건의 손에 빨간 벽돌을 건네주었고, 모건은 벽돌을 샤메인에게 건네주었다.

"파라."

모건이 말했다. 샤메인도 무릎을 굽히고 앉았다.

"아니, 이건 파란색이 아니야. 다시 해 봐."

샤메인이 말했다.

"이런 자리에서 널 보다니 기쁘구나. 난 왕자 따위는 관심 없어. 왕자 옆에 서 있는 화려하고 난잡해 보이는 여자도 마음에 안 들고."

소피가 한쪽 입을 웅얼거리며 말했다.

"버라?"

모건이 다시 벽돌을 집으며 말했다.

"그렇게 생각하는 것도 당연하죠."

샤메인이 소피에게 속삭였다.

"이건 보라색이 아니라 빨간색이야. 그런데 왕자는 보라색이에요. 아니, 그의 눈동자가요. 러벅킨이 분명해요."

"뭐라고?"

소피가 혼란스러워하며 대답했다.

"빠가?"

모건이 확신에 찬 눈빛으로 벽돌을 보며 말했다. 끼익끼익, 석마가 움직이는 소리가 연이어 들렸다.

"그래, 빨강. 여기서 설명하기는 좀 그래요. 캘시퍼가 어디 있는지 알려 주세요. 지금 당장 캘시퍼가 필요해요."

샤메인이 말했다.

"여기 있어. 내가 왜 필요하지?"

캘시퍼는 보이지 않고 목소리만 들렸다. 샤메인이 주위를 둘러봤다. 캘시퍼는 벽난로 안의 통나무를 태우며 유유히 휴식을 취하는 중이었다. 통나무에서 주황색 불빛과 파란색 불빛이 평화롭게 타오르고 있었지만 샤메인은 캘시퍼가 말을 할 때까지 알아보지 못했다.

"오, 하느님 감사합니다! 지금 당장 나와 함께 놀랜드 마법사님 집으로 갈 수 있어? 불꽃 마귀만 할 수 있는 급한 일이 생겼어. 제발!"

샤메인이 사정했다.

캘시퍼의 멋진 승리

캘시퍼의 오렌지색 눈동자가 소피를 바라봤다.

"내가 여기를 계속 지키기를 바라는 거야? 아니면 내가 없어도 괜찮겠어?"

캘시퍼가 소피에게 물었다. 소피는 멋지게 차려입고 떠드는 사람들을 걱정스럽게 쳐다봤다.

"지금 당장 무슨 짓을 할 것 같지는 않아. 하지만 빨리 돌아와야 해. 느낌이 안 좋아. 특히 연보라색 눈동자의 남자를 믿을 수가 없어. 건방진 왕자도 마찬가지고."

"알았어. 빨리 올게. 샤밍, 일어나. 네 손 위에 앉아야겠어."

캘시퍼가 갈라지는 목소리로 말했다. 샤메인은 손이 데일 것을 각오하고 내밀었다. 어쩌면 화상 자국만 생길지도 모르지. 모건은 노란색 벽돌을 들어 그녀에게 흔들면서 "초옥, 초옥,초옥!"이라고 외쳤다.

"쉿!"

소피와 트윙클이 손을 입에 가져다 대고 모건에게 조용히 할 것을 요구했다.

"모건, 여기서 소리 지르면 안 돼. 폐하 앞에서 소리를 지르면 안 돼요."

뚱뚱한 유모가 말했다.

"노란색이야."

샤메인이 자신을 바라보는 사람들이 시선을 돌리기를 기다리면서 대답했다. 캘시퍼가 불꽃이라는 사실을 아무도 알아채지 못하도록 아무도 모르게 이곳을 빠져나가고 싶었다. 곧 사람들 관심이 다른 데로 쏠렸고 시끌벅적 떠들기 시작했다. 캘시퍼는 불에서 나와 케이크의 접시 같은 모습으로 변하더니 긴장하고 있는 샤메인의 손가락 위로 가볍게 내려앉았다. 사실 샤메인은 캘시퍼가 조금 두려웠다.

"대단하네요."

샤메인이 말했다.

"날 잡고 있는 것처럼 해, 밖으로 나가자."

샤메인은 손가락을 구부려 가짜 접시를 잡은 것처럼 하고는 문을 향해 걸어갔다. 다행히 루도빅 왕자는 반대쪽으로 걸어갔지만 대신 국왕이 다가오고 있었다. 국왕은 고개를 끄덕이며 샤메인을 향해 웃었다.

"케이크 먹으러 왔구나. 맛있지? 왜 돌로 만든 말이 있는지 모르겠구나. 너는 이유를 알고 있니?"

샤메인은 고개를 가로저었다. 왕은 웃으면서 다른 쪽으로 갔다.

"왜 여기에 석마가 있죠?"

샤메인이 캘시퍼에게 물었다.

"위험에서 보호하려고. 문 열어, 어서 나가자."

접시로 변한 캘시퍼가 말했다. 샤메인은 다른 손으로 접시를 옮겨 들고 문을 열었다. 발소리가 길게 울리는 축축한 복도가 보였다.

"무엇으로부터 누가 보호받아야 하는데요?"

샤메인은 가능한 소리가 나지 않게 조심스레 문을 닫으며 물었다.

"모건. 소피가 오늘 아침에 이름을 밝히지 않은 사람으로부터 쪽지를 받았어. '조사를 그만두고 하이놀랜드를 떠나라. 그렇지 않으면 너의 아들 모건이 위험에 처할 것이다'라고 쓰여 있었어. 하지만 소피는 왕실의 돈이 어디로 빠져나갔는지 알아낼 때까지 머물기로 약속해서 떠날 수가 없어. 내일은 떠나는 척만 하려고……."

시끄럽게 짖어 대는 소리에 캘시퍼가 말을 멈췄다. 웨이프가 달려와 샤메인 발치에서 맴돌았다. 캘시퍼는 접시 모양으로 자유롭게 둥둥 떠다니다가 곧이어 파란 눈물이 흐르는 무서운 모습으로 돌아왔다. 샤메인이 웨이프를 들어 올렸다.

"어떻게 왔어?"

샤메인이 반가워서 심하게 할짝거리는 웨이프를 떼어 놓으며 말했다. 놀랍게도 웨이프는 물에 젖어 있지 않았다.

"캘시퍼, 웨이프가 집으로 가는 지름길을 알 거예요! 회의실을 찾을 수 있나요? 그곳에 집으로 가는 길이 있어요."

"그거야 쉽지."

캘시퍼가 혜성처럼 날아가는 통에 샤메인은 따라잡기가 힘들었다. 몇 개의 모서리를 돌아 부엌 냄새가 나는 복도 쪽으로 갔다. 한쪽 팔로 웨이프를 안고 등을 대회의실에 기댄 채, 어떻게 해야 하는지 기억해 내려고 애썼다.

"나를 따라 하면 돼."

캘시퍼가 앞으로 왔다 갔다 했다. 샤메인은 있는 힘을 다해 뒤를 따라갔고 마침내 침실이 있는 복도에 도착할 수 있었다. 윌리엄 고조부의 서재 밖 창문에서 햇살이 강하게 내리쬐고 있었다. 피터는 다급한 모습으로 두 사람을 향해 달려왔다.

"오, 웨이프, 정말 착한 개야! 당신을 데려오라고 웨이프를 보냈어요. 빨리 와서 이것 좀 봐요!"

피터는 돌아서서 반대쪽 복도 끝으로 급히 달려갔다. 피터가 바들바들 떨면서 가리키는 곳은 창문 밖이었다.

산 위의 초원으로 막 비가 지나갔다. 크고 부드러운 먹구름이 마을 아래쪽으로 비를 흩뿌리는 게 보였다. 무지개가 산을 가로질러 먹구름에도, 안개 낀 촉촉한 초원 위에도 걸쳐 있었다. 비에 젖은 풀밭이 햇살에 비추어 반짝였다. 샤메인은 멍해져서 피터가 무엇을 가리키는지 보지 못했다.

"러벅이야. 맞죠?"

피터가 좀 쉰 목소리로 말했다. 그곳에 러벅이 있었다. 초원에 보라색의 커다란 물체가 서 있었다. 러벅은 코볼도가 말하는 것을 들으려는 듯 약간 몸을 구부렸다. 코볼도가 멀리 떠 있는 무지개를 가리키며 위아래로 방방 뛰었다. 러벅을 향해 뭐라 소리를 지르고 있었다.

"러벅 맞아. 그리고 저건 롤로네."

샤메인이 떨면서 말했다. 러벅은 웃으면서 무지개를 향해 곤충 같은 눈동자를 굴렸고, 안개가 낀 무지개의 끝자락이 러벅의 발 옆에 닿을 때까지 조심스레 뒷걸음쳤다. 롤로는 깡충거리며 뛰고 있었다.

"무지개 끝에 금이 담긴 항아리가 있을 거야!"

피터가 감탄스럽게 말했다. 두 사람은 러벅이 롤로에게 항아리를 건네는 것을 지켜보았다. 롤로는 항아리를 조심스레 두 팔로 감쌌다. 항아리가 꽤 무거워 보였다. 롤로는 깡충거리는 걸 멈추고 휘청거리면서 머리를 항아리에 처박고 탐욕의 기쁨을 만끽하고 있었다. 그리고 비틀거리며 걸어갔다. 러벅이 뒤에서 긴 보라색 입을 음흉하게 뻗치고 있다는 건 전혀 알아채지 못했다. 롤로는 항아리를 껴안고 웃으면서 풀밭 사이로 사라졌다. 러벅도 풀밭 한가운데 서서 곤충같이 생긴 팔을 흔들며 웃고 있었다.

"롤로의 몸에 막 알을 낳았어. 롤로는 전혀 알아채지 못했고!"

샤메인이 속삭였다. 기분이 몹시 이상했다. 샤메인도 그와 비슷한

3. 요정이 된 하울

일을 당할 뻔하지 않았던가. 피터는 완전히 파랗게 질렸다. 웨이프도 덜덜 떨고 있었다.

"내 생각엔 러벅이 롤로에게 금 항아리를 주면서 코볼도와 윌리엄 고조부 사이에 문제를 일으키라고 하지 않았을까 싶어."

"그런 것 같아요. 여기 오기 전에 롤로가 돈을 받아야 한다고 소리치는 걸 들었어요."

피터가 말했다.

'그것 때문에 문을 열었었군.'

샤메인은 정말 바보 같다고 생각했다.

"선전 포고를 해야겠어. 난 러벅과 싸워야 해. 아니면 소피가 준 생명의 가치를 못 하게 될 테니까."

창백한 몇 가닥 줄로 변신한 캘시퍼는 쉭쉭 소리를 내며 살짝살짝 떨었다. 그리고는 오렌지색 눈을 감고 공중에 오랫동안 둥둥 떠 있었다. 캘시퍼는 훌쩍이고 있었다.

"네가 불꽃 마귀야? 난 지금까지……."

피터가 물었다.

"조용히 해. 정신을 집중하고 있잖아! 이렇게 해야 돼."

캘시퍼가 말했다.

어디선가 작게 우르릉 소리가 들려왔다. 뒤쪽에서부터 머리 위쪽 창문을 가로질러 소리가 지나갔다. 처음에는 번개가 지나간 거라고 생각했다. 우르릉 소리는 풀밭을 따라 크고 검은 탑 그림자를 던졌다. 그림자는 재빨리 러벅의 몸과 합체했다. 러벅은 그림자가 자신을 덮쳤을 때 주위를 두리번거리며 잠시 서 있었다. 그리고 재빨리 달리기 시작했다. 성의 뒤로 드리운 어두운 그림자가 러벅을 쫓기 시작했다. 검은 성의 네 귀퉁이에 있는 탑은 높았고, 짙은 색의 거대한 벽돌로 지어진 것이었다. 성이 움직일 때마다 커다란 벽돌이 흔들리고 부딪치는 것이 눈에 보였다. 그리고 러벅이 달리는 속도보다 훨씬 더 빨리 러벅을 쫓아갔다.

러벅은 미친 듯이 도망갔다. 성은 러벅이 도망가는 곳으로 계속 방향을 바꿨다. 러벅은 속력을 내려고 솜털이 난 작은 날개를 펼쳤고 풀밭 끝에 있는 높은 벼랑을 향해 전속력으로 돌진했다. 벼랑에 도착하자, 러벅은 다른 쪽으로 도망갈 곳을 찾아 두리번거리다가 창문을 향해 달려들었다, 러벅은 성이 돌에 부딪쳐서 산산조각이 나기를 바랐을 것이다, 그러나 성은 별문제 없이 러벅의 뒤를 아까보다 더 빠르게 쫓아갔다, 높은 성 위로 뻗은 탑에서 검은 연기가 솟았고, 연기는 희미하게 사라지는 무지개 너머로 둥둥 떠갔다. 러벅은 힘껏 달리면서 여러 개의 눈들을 희번덕거렸다. 그리고 곤충 모양의 머리를 땅에 내려놓고는 더듬이를 퍼덕이고 날개를 파닥거리면서 공격에 나섰다. 그리고 벼랑 끝을 따라 크게 돌았다. 러벅의 날개가 보라색으로 흐릿해졌다. 그 날개로 오래 날 수 있을 것 같지는 않았다. 샤메인은 벼랑에서 그녀가 떨어질 때 왜 러벅이 따라오지 않았는지 이제야 알 수 있었다, 러벅은 하늘을 날 수 없었다. 뒤쫓는 성을 피하기 위해 절벽에서 뛰어내리는 대신, 러벅은 계속해서 벼랑 끝으로 달렸다. 움직이는 성을 유인해 벼랑 끝으로 떨어지게 하려는 게 분명했다.

움직이는 성은 러벅을 뒤쫓았다. 성은 벼랑을 따라 속력을 내며 뛰어갔고, 시커먼 연기가 뻐끔뻐끔 피어올랐다. 그리고 거의 떨어지기 직전에 완벽하게 균형을 잡아서 벼랑 끝에 섰다. 러벅은 절망스럽게 한숨을 내쉬고는 다시 방향을 바꿔 풀밭으로 달렸다. 러벅은 마지막 전략으로 몸을 작게 줄였다. 그러고는 작은 보라색 곤충으로 작아져 풀과 꽃 사이로 숨어 버렸다.

성은 그 자리에 즉시 멈춰 섰다. 그리고 러벅을 찾아 주변을 둘러보았다. 곧이어 판판한 바닥에서 불꽃이 솟아오르더니, 처음엔 노란색, 그다음에는 오렌지, 다음으로는 성난 빨간색, 마지막으로 너무 밝아서 쳐다볼 수 없을 정도의 환한 하얀색으로 변했다. 활활 타오르는 불꽃이 짙은 연기와 함께 합쳐졌다. 초원은 뜨겁게 어두운 안개로 뒤덮였다. 잠시 시간이 흐른 것뿐인데 몇 시간이 지난 것처럼 느껴졌다. 밝은 햇빛이 구름을 뚫고 보이는 것처럼 높디높은 성이 연기가 자욱한 불빛 사이로 흐릿하게 맴도는 모습이 아련하게 보였다. 샤메인과 피터는 마법의 창 뒤에 있었지만 지직거리며 타들어가는 소리를 들을 수 있었다.

"러벅이 죽었어."

샤메인에게 말했을 때, 캘시퍼의 눈동자는 야릇한 은색으로 빛나고 있었다.

"창문을 열어 줄래? 나가서 확실히 확인해야겠어."

샤메인이 창문을 열려고 돌아섰을 때, 성이 일어나서 옆쪽으로 비켜섰다. 온갖 연기와 안개가 합쳐져 커다란 검은 연기로 뭉쳐졌다. 마침내 시커먼 연기는 벼랑 끝을 통해 계곡 쪽으로 사라졌다. 곧 아무것도 남지 않았다. 캘시퍼가 풀밭으로 둥둥 떠가자, 검게 탄 대지에 움직이는 성이 내려앉았다. 뾰족 탑에서 얇은 연기가 피어올랐다. 끔찍한 탄내가 창문으로 새어 들어왔다.

"악! 이게 뭐야?"

샤메인이 말했다.

"러벅이 탄 냄새였음 좋겠네."

피터가 말했다. 두 사람은 캘시퍼가 검게 그을린 네모난 주변을 떠다니는 것을 지켜보았다. 캘시퍼는 파란 광선으로 변했고 불에 타 버린 풀밭 위에서 러벅의 흔적을 찾기 위해 계속 맴돌았다.

드디어 비행을 멈춘 캘시퍼의 눈은 평소처럼 오렌지색으로 돌아와 있었다.

"이제 끝났어, 죽었나 봐."

피터가 밝게 말했다.

'덕분에 아름다운 꽃들도 많이 없어졌지.'

샤메인이 생각했지만 예의에 어긋나는 말 같아서 입 밖으로 꺼내지 않았다. 중요한 건, 정말로 러벅이 죽었다는 것이다.

"꽃은 내년이면 다시 필 거야."

캘시퍼가 샤메인에게 말했다.

"그런데 왜 나를 찾아왔지? 러벅 때문에?"

"아니, 러벅 알 때문에."

3. 요정이 된 하울

피터와 샤메인이 동시에 말했다. 그들은 요정이 찾아와서 했던 말을 그대로 설명했다.

"나한테 보여 줘."

캘시퍼가 말했다.

낑낑거리며 숨어 버린 웨이프만 빼고 셋은 부엌으로 들어갔다. 샤메인은 밝은 햇살이 비춰 오는 창문 밖 뜰을 바라보았다. 여전히 분홍색 물이 뚝뚝 떨어지는 흰 빨래와 빨간 빨래가 사방에 걸려 있었다. 피터는 러벅 알에게 가는 길을 방해하지 않았다. 샤메인은 피터가 또 무슨 일을 저질렀는지 궁금했다.

유리 상자는 여전히 탁자 위에 놓여 있었고, 알도 그대로 들어 있었다. 하지만 어찌된 일인지 탁자 아래로 반쯤 가라앉아 절반만 보였다.

"어떻게 된 거야? 러벅 알에 마법이 걸려 있나?"

샤메인이 물어봤다. 피터는 신경이 곤두선 눈치였다.

"정확히 그렇지는 않아요. 내가 잠금 주문을 걸자 순식간에 벌어진 일이에요. 다시 마법을 돌려놓으려고 서재로 돌아갔을 때, 롤로가 러벅이랑 얘기하고 있는 걸 봤거든요."

'너무 뻔한 거짓말이잖아! 이 멍청이는 자기가 최고 마법사인 줄 안다니까!'

샤메인은 생각했다.

"요정의 마법만으로도 충분했을 텐데."

캘시퍼가 탁자 위에 박혀 있는 유리 상자 위를 떠다니며 말했다.

"요정이 위험하다고 했단 말이야!"

피터가 항변했다.

"넌 그걸 더 위험하게 만들었어. 너희 누구도 여기 가까이 오면 안 돼. 지금부터 아무도 이 상자를 만질 수 없어. 이 알들을 파괴할 수 있을 정도로 튼튼한 바위가 어디 있는지 아는 사람?"

캘시퍼가 물었다.

피터는 자신의 잘못이 아닌 것처럼 보이려고 애썼다. 샤메인은 벼랑에서 떨어졌던 때를 생각했다. 하늘을 날기 전에 큰 바위에 가까스로 내려앉았다는 걸 기억해 냈다. 그리고 캘시퍼에게 험한 바위가 있는 곳을 최선을 다해 설명해 주었다.

"절벽 아래 있다고? 알았어. 한 명은 문을 열어 주고 모두 물러서."

캘시퍼가 말했다. 피터는 재빨리 문을 열려고 달려갔다. 샤메인은 피터가 유리 상자에 마법을 건 일을 부끄러워하고 있다는 걸 느꼈다. 하지만 이번 일로 피터가 무작정 마법을 거는 습관을 고칠 수 있을 것 같지는 않았다, 제발 뼈저리게 깨달으면 좋으련만!

캘시퍼는 잠시 유리 상자 위를 돌다가 열린 문으로 나갔다. 출입구를 절반쯤 빠져나갔을 때, 캘시퍼는 딱 붙어서, 확 움직이고, 부르르 진동하더니 커다란 파란색 올챙이 모양으로 변해 빨래가 널려 있는 곳을 쏜살같이 지나갔다. 나무판자를 긁을 때 나는 소리처럼 벅벅 긁히는 소리와 함께 유리 상자가 캘시퍼를 뒤따라 날아갔다. 유리 상자는 들판 너머로 날아갔는데, 러벅 알들과 나머지가 캘시퍼의 조그맣고 파란 눈물 모양을 바짝 따라갔다. 피터와 샤메인은 문으로

3. 요정이 된 하울

나가서 유리 상자가 반짝이면서 날아올라 초록 산비탈을 지나 러벅이 있던 풀밭으로 날아가는 모습이 점처럼 보일 때까지 지켜보았다.

"오! 캘시퍼한테 루도빅 왕자가 러벅킨이라고 말했어야 했는데 깜빡했네!"

"그래요? 엄마가 왜 이 나라를 떠났는지 이제야 이해가 되는데요."

피터는 문을 닫으며 말했다. 샤메인은 피터의 엄마에 대해 별 관심을 가진 적이 없었다. 그리고 불쑥 몸을 돌렸을 때 탁자가 평평하게 돌아와 있는 것을 확인했다.

'정말 다행이야. 도대체 무슨 짓을 해서 탁자 가운데가 움푹 파이게 만든 거야?'

샤메인은 궁금해서 미칠 지경이었다.

"어떤 잠금 주문을 사용한 거야?"

"이따가 보여 줄게요. 그런데 아까 그 성을 다시 한번 보고 싶어요. 우리 창문으로 나가 볼까요?"

"안 돼."

"하지만 러벅도 죽었잖아요. 별로 위험하지 않을 거예요."

샤메인은 피터가 또 문제를 일으킬 것 같은 강한 예감이 들었다.

"러벅이 한 마리만 있는지 어떻게 알아?"

"백과사전에 쓰여 있었어요. 러벅은 혼자 산다고."

피터가 주장했다.

러벅이 혼자 사는 것에 대해 논쟁이 이어졌다. 두 사람은 집 안에 있는 안쪽 문으로 들어가서 왼쪽으로 돌아 복도로 가는 방법에 대해서 다시 말싸움을 벌였다. 피터는 도전적으로 창문으로 향했다. 샤메인은 뒤를 따라가서 피터의 주머니를 잡아끌었다. 웨이프가 달려와 낑낑대면서 피터의 발을 물고 끄는 통에 피터는 창문에 두 손을 짚고 앞으로 자빠졌다. 샤메인은 긴장한 눈빛으로 창밖을 쳐다보았다. 오렌지빛 일몰이 평화롭게 지고 있었다. 성은 여전히 검게 탄 네모난 공간 옆에 쭈그리고 있었다. 여태까지 샤메인이 본 것 중 가장 이상한 건물이었다.

바로 그때 너무 밝은 빛이 번쩍였다. 피터와 샤메인은 똑바로 앞을 볼 수가 없었다. 잠시 후 폭발 소리가 밝은 빛을 내며 큰 소리로 퍼졌다. 땅이 흔들리고 창문이 좌우로 흔들렸다. 온 세상이 진동했다. 밝은 빛에 눈물이 났고, 눈물은 빛과 뒤섞였다. 샤메인은 저 멀리서 성이 흔들리는 것을 본 것 같았다. 귀가 멍멍했지만 바위들이 부딪치고 구르는 소리도 들은 것 같았다.

'똑똑한 웨이프! 피터가 밖으로 나갔다면 지금쯤 죽은 목숨이었겠지.'

"무슨 소리 같아요?"

귀가 멍멍하던 게 조금 사그라지자 피터가 물었다.

"물론 캘시퍼가 러벅 알을 파괴하는 소리겠지. 캘시퍼가 간 절벽은 풀밭 바로 아래 있거든."

샤메인이 말했다.

두 사람은 계속 눈을 깜빡이면서 파랑, 노랑, 회색으로 시야가 흐려진 것을 회복해 보려고 애썼다. 하지만 눈앞에는 여전히 갖가지

색의 검은 점이 보였다. 두 사람은 눈을 떴다 감았다를 계속했다. 도저히 믿기지 않는 일이었지만, 풀밭의 절반이 사라졌다. 완만하게 구부러진 초록색 언덕이 한입 크게 베어 물린 것처럼 보였다. 아마 그 아래로 가파른 경사가 생겼을 것이다.

"흠, 러벅 알과 함께 자폭한 건 아니겠죠?"

피터가 말했다.

"그렇지 않기를 바라!"

두 사람은 창밖에 시선을 둔 채 기다렸다. 작고 희미하게 쉬익 하는 소리 외에는 아무 소리도 들리지 않았다. 검은 점들은 점점 시야에서 사라졌다. 잠시 후, 두 사람은 구슬픈 모습의 성이 풀밭을 지나서 건너편 바위를 향해 천천히 움직이는 걸 보았다. 그리고 돌이 있는 곳까지 내려가서 산기슭을 따라 시야에서 멀어지는 모습을 지켜보았다. 캘시퍼의 흔적은 어디에서도 찾을 수 없었다.

"부엌으로 돌아왔을지도 몰라."

피터의 말에 두 사람은 급히 부엌으로 가서 뒷문을 열고 빨래가 널린 틈새를 자세히 살펴봤지만 흐르는 파란색 눈물방울 모양의 캘시퍼는 어디에도 보이지 않았다. 결국 이들은 거실로 들어갔고 현관문을 열었다. 하지만 파란색이라고는 수국뿐이었다.

"불꽃 마귀가 죽은 걸까?"

피터가 말했다.

"모르겠어. 책이나 읽으러 갈래."

샤메인이 대답했다. 문제가 생기면 항상 그랬듯 뭔가에 집중하고 싶었다. 샤메인은 제일 가까운 소파에 앉아서 안경을 쓰고, 바닥에 떨어져 있던 《마법사의 여행》을 읽기 시작했다. 피터는 화가 난 듯 한숨을 쉬고 나가 버렸다. 하지만 책을 읽는다고 상황이 나아지는 건 아니었다. 샤메인은 도저히 집중할 수가 없었다. 머릿속에는 계속 소피와 모건의 모습이 떠올랐다. 샤메인의 입장에서 캘시퍼는 단순히 불꽃 마귀일 뿐이었지만 소피에게는 가족과도 같았다.

"캘시퍼가 죽었다면 너를 잃은 것보다 더 나쁜 결과를 가져올지도 몰라."

샤메인은 신발 위에 앉아 있는 웨이프를 향해 말했다. 궁전으로 가서 소피에게 무슨 일이 일어났는지 알려야 하는 건 아닌지 망설여졌다.

'소피는 촛불 장식이 가득한 식탁에서 맛있는 정찬을 먹고 러벅킨 왕자의 맞은편에 앉아 있겠지.'

샤메인은 궁전 안의 어떤 상황과도 엮이고 싶지 않았다. 게다가 소피는 모건을 위협하는 쪽지를 받은 터라 걱정이 많을 것이다. 불꽃 마귀가 아닌가. 그러나 폭발은 굉장한 위력을 가져서 무엇이든 날려 버릴 수 있다고 생각하니 더욱 마음이 뒤숭숭했다. 샤메인은 산사태가 나서 모든 게 무너지는 가운데서도 파란색 불빛이 새어 나오는 모습을 상상했다.

피터가 거실로 돌아왔다.

"우리가 뭘 해야 할지 알겠어요."

"뭔데?"

샤메인이 궁금하다는 듯이 물었다.

"가서 코볼도들에게 롤로 이야기를 전해야 돼요."

샤메인이 피터를 날카롭게 노려보았다. 그러곤 안경을 벗고 더 무서운 눈으로 째려보기 시작했다.

"캘시퍼가 코볼도랑 뭘 했는데?"

피터가 어찌할 바를 모르며 말했다.

"아무것도요. 하지만 러벅이 문제를 일으키려고 롤로에게 무언가를 건네줬다는 건 증명할 수 있잖아요."

샤메인은 당장 자리에서 일어나 《마법사의 여행》으로 피터의 머리통을 때려 줄까 망설였다.

'귀찮은 코볼도 녀석들!'

"지금 가야 돼요. 그 전에……."

피터가 설득하기 시작했다.

"아침에. 캘시퍼에게 무슨 일이 벌어진 건지 바위부터 확인한 뒤에."

샤메인이 단호하고 분명하게 말했다.

"하지만……."

"왜냐하면."

샤메인이 재빨리 이유를 생각하며 말했다.

"롤로는 금 항아리를 어딘가에 숨겼을 거야. 네가 그 사실을 코볼도들에게 일러바치려고 할 때는 아무 일도 없었다는 듯 그 자리에 있을 거야."

놀랍게도 이 부분에서민큼은 피터도 생각이 같았다.

"그럼 놀랜드 마법사님의 침실을 정리해야만 하겠네요. 요정들이 내일 마법사님을 모시고 올지도 모르잖아요."

"네가 정리해."

샤메인이 말했다. '책을 집어 던지기 전에'라고 생각하면서.

'아니면 꽃병이 날아갈지도 모르지!'

14

코볼도 마을에서

다음 날 아침이 밝았지만, 샤메인은 여전히 캘시퍼가 걱정되었다. 침실에서 나왔을 때, 피터는 윌리엄 고조부님 방에 있는 더러운 시트를 갈아 빨래 가방에 넣고 청소를 하느라 바쁘게 움직이고 있었다. 샤메인은 한숨을 쉬었다.

'또 시작이군.'

샤메인은 밥을 먹기 위해서 밥그릇을 내려놓고 있는 웨이프에게 말했다.

"내가 캘시퍼를 찾는 동안 피터가 바쁘고 행복한 게 더 낫겠지. 나랑 저기 벼랑에 같이 갈래?"

늘 그렇듯 샤메이이 가는 곳이 어디든 따라가는 것이 웨이프의 유일한 기쁨이었다. 아침 식사 후, 웨이프는 샤메인을 따라서 열심히 거실을 지나 현관으로 향했다. 하지만 벼랑 쪽으로는 갈 수가 없었다. 샤메인이 손으로 문고리를 잡았을 때, 웨이프는 뒤에서 문이 열리면 잽싸게 뛰어나갈 준비를 하고 있었다. 때마침 롤로가 현관 계단으로 파란 손을 뻗어 우유 통을 막 집으려고 했다. 작게 으르렁대던 웨이프가 롤로를 덮쳤다. 그리고 입으로 롤로의 목을 물어 땅바닥에 팽개쳐 버렸다.

"피터!"

샤메인은 엎질러진 우유로 홍수가 된 가운데 서서 소리쳤다.

"빨리 와! 가방이 필요해!"

샤메인은 한 발로 롤로를 밟고 도망가지 못하게 붙들었다.

"가방! 가방!"

샤메인이 소리쳤다. 웨이프는 컹컹 짖으려고 물고 있던 롤로를 놓아 버렸다. 롤로는 거칠게 샤메인의 발을 마구 차 댔다.

"도와줘! 살인이야! 폭행이야!"

롤로는 큰 소리로 외쳐 댔다.

피터는 정의감에 불타서 뛰어왔고, 샤메인이 설명도 하기 전에 상황을 알아챘다. 피터는 발길질을 해 대며 반항하는 롤로를 잽싸게 베이커 부인이 수를 놓은 음식 가방으로 덮쳐 버렸다. 그런 다음, 피터는 롤로를 가방에 집어넣었다. 피터가 주머니에 손을 뻗으려고 하는 동안 롤로는 가방 속에서 이리저리 움직이고, 몸을 흔들고, 우유를 쏟고 난리를 피웠다.

3. 요정이 된 하울

"아주 잘한다! 주머니에서 끈 좀 꺼내 줄래요? 롤로가 도망가면 안 되니까."

샤메인이 주머니를 더듬어 긴 보라색 줄을 꺼냈다.

"아침 먹었죠? 좋아요. 가방 위를 단단히 묶어요. 내가 준비할 동안에 가방을 지키고 있어요. 곧바로 출발할 수 있을 거예요."

"도와줘, 도와줘!"

피터가 가방을 건네가 롤로가 가방 안에서 소리쳤다.

"조용히 해!"

샤메인이 가방을 꽉 잡으며 말했다. 가방은 이리저리 꼬였다. 샤메인은 피터가 주머니에서 꺼낸 실로 작은 고리를 만드는 것을 지켜보았다. 왼쪽 엄지에 빨간색 실을 감고 오른쪽에는 초록색 실, 그리고 보라색, 노란색, 분홍색을 오른손 세 손가락에 감은 다음에 나머지 왼손의 세 손가락에는 검은색, 흰색, 파란색을 따라 감았다. 웨이프는 현관에서 귀를 쫑긋 세우고 모든 과정을 흥미 있게 지켜보고 있었다.

"무지개 끝까지 갈 생각이야?"

샤메인이 물었다.

"아니요, 이렇게 해야지 코볼도가 있는 곳으로 가는 길을 기억할 수 있어요. 됐어요. 이제 현관문을 닫고 출발해요."

피터가 말했다.

"아아아아아악!"

가방에서 울부짖는 소리가 났다.

"조용히 해!"

피터가 문 안쪽으로 걸어가며 말했다. 웨이프가 뒤따랐고 샤메인은 발버둥 치는 가방을 들고 걸었다.

그들은 오른쪽으로 돌아서 문을 통과했다. 그쪽으로 가면 회의실로 가는 길이라고 말하기에는 머리가 너무도 복잡했다. 코볼도들이 한꺼번에 사라졌던 것을 떠올리며, 어떻게 산에 있는 초원으로 롤로가 빠져나갈 수 있었을까 생각해 보았다. 그러고 보니 롤로가 가방 밑바닥으로 탈출하는 건 시간문제인 것 같았다. 샤메인은 한 손으로 가방 밑을 받쳐 들었지만 그것도 충분치 않은 것 같았다. 손가락 사이로 우유가 뚝뚝 떨어지고 있었다. 결국 샤메인은 주문을 걸어서 롤로를 가두려고 애썼다. 문제는 어떤 주문을 걸어야 하는지 전혀 모르겠다는 것이었다. 샤메인이 할 수 있는 주문은 전에 물이 새는 파이프에 걸었던 것이었다.

'안에 가만히 있어! 안에 가만히 있어!'

샤메인은 롤로를 생각하며 가방 밑을 슬슬 문질렀다. 가방을 문지르자 속에서 시끄러운 소리가 들렸다. 롤로가 탈출하려고 한다는 확신이 들었다. 샤메인은 피터를 따라갔다. 이리저리 방향을 틀며 돌아봤지만, 좀처럼 코볼도가 있는 곳을 찾지 못하는 눈치였다. 샤메인은 코볼도가 있는 곳에 도착했을 때에야 어디인지 알 수 있었다.

코볼도 무리는 크고 밝은 동굴 바깥에 서 있었다. 파란색 코볼도가 바글거리며 분주하게 움직이고 있었다. 이상한 물건이 입구를 막고 있는 바람에 안에서 무엇을 하는지 전혀 알 수가 없었다. 입구를

3. 요정이 된 하울

막고 있는 물건은 말이 끄는 수레처럼 보였는데, 하이놀랜드 사람들이 겨울에 눈이 왔을 때 타고 다니는, 못 쓰는 카트나 마차로 만든 썰매 같은 모양이었다. 다른 점이 있다면 말에 묶을 수 있도록 만들어진 건 아니라는 점이었다. 대신 뒤쪽으로 커다랗게 구부러진 핸들이 있었다. 핸들 전체에 약간씩 굴곡이 있었다. 그곳에는 수많은 코볼도가 일을 하고 있었고, 이곳저곳을 오르락내리락 움직였다. 어떤 코볼도는 안쪽에 줄을 서서 양가죽을 탕탕 두드렸고, 망치질 조각을 하거나 금색 배경에 파란색 꽃들을 그려 넣고 있었다. 무엇이 되었든 간에 작업이 끝나면 아주 화려한 물건이 될 게 분명했다.

"이번에는 얌전하게 있을 수 있죠? 그냥 눈치 있게라도 행동할 수 있겠죠?"

피터가 샤메인에게 말했다.

"노력해 볼게. 상황에 따라 다르겠지만."

"그럼 제가 얘기할게요."

피터는 가까이에서 바쁘게 일하고 있는 코볼도의 등을 톡톡 쳤다.

"미안한데, 티민즈가 어디 있는지 말해 줄 수 있어?"

"저기 동굴 중간쯤에 있어요."

코볼도가 붓으로 방향을 가리키면서 대답했다.

"뻐꾸기시계를 만들고 있어요. 티민즈한테 부탁할 거라도 있나요?"

"긴히 할 말이 있어."

피터의 대답은 일하고 있던 나머지 코볼도의 관심을 일제히 집중시키기에 충분했다. 걱정스러운 눈빛으로 웨이프를 쳐다보는 코볼도도 있었다. 웨이프는 활기 넘치지만 얌전하고 사랑스러운 눈빛으로 주변을 둘러봤다. 나머지 코볼도들은 샤메인과 울룩불룩 움직이는 가방을 쳐다보았다.

"누구 넣어 놨어요?"

코볼도 중 한 명이 샤메인에게 물었다.

"롤로."

샤메인이 대답했다.

코볼도는 전혀 놀라지 않고 고개를 끄덕였다.

"이제 티민즈에게 말하러 가도 괜찮겠어?"

피터가 묻자 모두 고개를 끄덕이며 말했다.

"가 봐요."

샤메인은 롤로를 좋아하는 친구는 없는 것 같다고 느꼈다. 롤로도 이 사실을 알았는지, 버둥거리는 걸 멈추고는 숨죽인 채 가만히 있었다. 피터는 이상한 물건을 지나쳐 계속 걸었다. 샤메인이 뒤따르며 페인트가 묻지 않도록 가방을 한쪽으로 당겨서 잡았다.

"뭘 만들고 있는 거야?"

샤메인이 지나갈 때 가까이에 있는 코볼도에게 물었다.

"요정들에게 부탁받은 거야."

코볼도 중에 한 명이 대답했다.

"가격이 꽤 비쌀 거야."

다른 코볼도가 말했다.

"요정들은 값을 잘 쳐 주거든."

또 다른 코볼도가 말했다.

샤메인은 현명한 코볼도가 한 명도 없는 것 같다고 생각하며 동굴을 향해 계속 걸어갔다. 동굴 내부는 매우 컸고, 어린 코볼도들이 바쁘게 일하는 어른 코볼도들 옆에서 징징대고 있었다. 웨이프를 보자 아이들이 소리를 지르며 도망갔다. 아이들의 부모로 보이는 코볼도들은 일손을 놓고 조심조심 뒤쪽으로 물러섰다가 겁낼 것 없다는 것을 알았는지 이내 페인트칠, 광내기, 조각 자르기를 계속했다. 피터는 돌로 만든 말, 인형의 집, 아기 의자, 할아버지 시계, 나무 의자를 지나 드디어 뻐꾸기시계 앞에 도착했다. 그냥 지나쳐 버리기에는 너무 큰 시계였다. 시계는 큰 나무로 포장되어서 마법처럼 밝은 천장을 향해 사방으로 뻗어 있었다. 시계의 앞면은 안쪽의 벽과 코볼도들이 부지런히 깃털로 장식을 하고 있는 바깥쪽 면으로 나눠져 있었다. 코볼도들이 바깥쪽에 바쁘게 깃털 장식을 하고 있었다. 크기는 샤메인과 피터의 키를 합친 것보다 훨씬 더 컸다.

'이렇게 큰 뻐꾸기시계가 필요한 사람은 누구일까.'

샤메인은 궁금했다.

티민즈는 작은 스패너를 가지고 거대한 태엽 장치를 향해 올라가고 있던 참이었다.

"저기 있네."

피터가 티민즈의 독특한 코를 알아보고 말했다. 피터는 거대한 장비 쪽으로 가서 목청껏 불렀다.

"실례합니다. 흠흠, 좀 봐 주세요."

티민즈는 철로 된 줄에 대롱대롱 매달려서 피터를 내려다봤다.

"아, 너로군. 이제 납치도 하는구나?"

티민즈가 가방을 바라보며 말했다.

롤로는 티민즈의 목소리를 듣고 친구가 가까이 있다고 생각한 것이 분명했다.

"도…… 와……줘! 도…… 와…… 줘!"

롤로가 미친 듯 소리쳤다.

"롤로군."

티민즈가 비난조로 말했다.

"맞아, 어제 롤로가 러벅에게 모종의 대가를 요구하고 있었어. 무지개 끝에서 러벅이 금 항아리를 주는 걸 봤어."

피터가 말했다.

"아냐, 아냐! 아니라고!"

가방 속에서 큰 목소리로 부인했다.

"우리가 직접 봤어."

피터가 말했다.

"롤로를 꺼내 줘. 얘기를 들어 봐야지."

티민즈가 말했다.

피터는 샤메인을 향해 고개를 끄덕였다. 샤메인은 가방 바닥에서 손을 떼고 주문을 멈추었다. 롤로는 순식간에 바닥으로 톡 떨어졌고, 우유, 털, 오래된 조각 같은 것을 뱉으며 피터를 노려보았다.

'웬일로 마법이 먹혔잖아! 내 마법으로 롤로를 가두어 놨어!'

샤메인이 생각했다.

"애들이 어떻게 하는지 봤지? 날 가방에 처넣고 상한 음식과 털을 입안에 채워서, 거짓말을 지껄이는 동안 한마디도 할 수 없게 만들 었잖아!"

롤로가 머리끝까지 화가 나서 소리쳤다.

"이제 말할 수 있게 됐잖아. 러벅한테 금 항아리를 받아서 우리와 마법사 관계를 이상하게 만들었어?"

티민즈가 말했다.

"내가 어떻게 그런 일을 할 수 있겠어? 러벅이랑 말하는 코볼도는 다 죽잖아. 잘 알면서!"

롤로가 말했다.

어느새 주변으로 코볼도들이 모여들었다. 물론 웨이프와 어느 정도 안전거리를 유지하면서. 그러자 롤로가 격하게 손을 흔들어 댔다.

"증인이 되어 줘! 난 거짓말의 희생양이라고!"

"누가 가서 롤로의 동굴을 뒤져 봐."

티민즈가 명령했다. 코볼도 몇이 즉시 움직였다. 롤로는 펄쩍 뛰며 외쳤다.

"나도 갈게! 거기 아무것도 없다는 걸 증명하겠어!"

롤로는 웨이프가 달려들어 파란 웃옷을 물어 바닥에 눕히려고 하자 세 발자국 뒤로 물러섰다. 웨이프는 롤로의 웃옷을 입에 문 채 꼬리를 흔들며 한쪽 귀를 쫑긋 샤메인을 향해서 치켜세웠다. '나 잘했지'라고 말하는 것처럼.

"정말 잘했어. 착한 강아지야."

샤메인이 웨이프에게 말했다.

"그만해! 등이 아파!"

롤로가 소리쳤다.

"안 돼. 네 동굴을 뒤지고 돌아올 때까지 거기 가만히 있어."

샤메인이 말했다. 롤로는 팔짱을 끼고 부루퉁한 표정을 지었다. 샤메인이 티민즈를 돌아보며 말했다.

"이렇게 큰 시계를 주문한 사람이 누군지 물어봐도 돼?"

피터가 고개를 가로저었지만, 샤메인은 굴하지 않고 물었다. 티민즈는 거대한 시계를 올려다봤다.

"루도빅 왕자. 조이성에 어울리는 커다란 시계를 원했어."

티민즈는 우울하지만 약간의 자부심이 담긴 목소리로 말했다. 하지만 우울함이 자부심을 집어삼켰다.

"그런데 아직 한 푼도 받지 못했어. 영영 돈을 주지 않을 게 분명해. 루도빅 왕자가 얼마나 돈이 많은지 생각해 보면……."

코볼도들이 뛰어오는 바람에 티민즈가 말을 멈췄다.

"여기 있어!"

그들이 소리쳤다.

"이거 맞지? 롤로의 침대 밑에 있었어!"

맨 앞에 있던 코볼도는 양팔로 그릇 하나를 들고 왔다. 평범한 도자기 그릇으로 오븐에 스튜를 넣을 때 사용하는 것처럼 보였다. 그릇 주변이 희미한 무지개 색깔로 반짝이고 있는 것만 빼면.

"저거야."

피터가 말했다.

"롤로가 금으로 뭘 했다고 생각해?"

티민즈가 물었다.

"무슨 뜻이야. 내가 금을 가지고 뭘 하다니?"

롤로가 따졌다.

"저 항아리는 금으로 가득 차……."

롤로는 자기 입으로 비밀을 폭로하려고 했다는 것을 깨닫고 금세 말을 멈췄다.

"이제 아니야. 날 못 믿겠으면 안을 봐."

다른 코볼도가 말했다. 그리고 항아리를 롤로의 쭉 뻗은 다리 사이에 놓았다.

"우리가 찾은 항아리야."

롤로는 무릎을 굽히고 항아리 안을 들여다보았다. 그리고 비통한 표정으로 울먹거렸다. 머리를 항아리 안에 넣고 말라 버린 노란색 잎들을 한 주먹 끄집어냈다. 항아리 속이 텅 빌 때까지 잎을 한 줌씩 꺼내서 두 손을 빈 항아리에 넣고 낙엽을 꺼내더니 온통 노란 낙엽에 둘러싸여 앉았다.

"전부 사라졌어! 낙엽으로 변해 버렸다고! 러벅이 나한테 사기를 쳤어!"

"그럼 러벅이 이간질하라고 대가를 지불했다는 걸 인정하는 거야?"

티민즈가 물었다. 롤로는 곁눈질로 티민즈를 흘낏 쳐다봤다.

"난 아무것도 인정하지 않을 거야. 도둑을 맞았다는 건 인정하지."

피터가 헛기침을 했다.

"음. 미안하지만 러벅이 롤로에게 사기보다 더 나쁜 짓을 한 것 같은데. 롤로가 알아채기 전에 등에다 알을 낳았어."

여기저기서 기가 차다는 듯 탄식이 흘러나왔다. 큰 코의 코볼도들이 전부 롤로를 쳐다봤고, 공포에 질려 창백한 푸른 얼굴로 변해 여기저기 소란스러워졌다.

"사실이야. 우리 둘이서 봤어."

피터가 말했다. 코볼도들이 샤메인을 돌아봤을 때 그녀 역시 고개를 끄덕였다.

"사실이야."

샤메인이 말했다.

"거짓말! 괜히 나까지 끌어들이지 마!"

롤로가 절규했다.

"아니, 그런 게 아니야! 네가 아래로 내려오기 전에 러벅이 알 낳는 줄기를 네 등에 뻗쳤어. 방금 등이 아프다고 하지 않았어?"

샤메인을 바라보던 롤로의 눈이 거의 튀어나올 뻔했다. 샤메인이 한 말을 이제는 정말 믿었던 것이다. 롤로는 입을 쩍 벌리더니 외마디 비명을 질러 댔다. 웨이프는 놀라 급히 도망갔다. 롤로는 항아리를 한쪽으로 던져 버리고 낙엽 위에서 발을 구르며 얼굴이 짙푸른색으로 변할 때까지 고래고래 소리를 질러 댔다.

"난 이제 끝장이야! 산송장이라고! 내 안에서 러벅이 자라고 있어! 도와줘! 누군가 날 좀 도와 달라고!"

롤로가 울면서 애원했다. 아무도 도와주지 않았다. 모든 코볼드들이 등을 돌렸고, 공포 어린 눈으로 그를 노려보았다. 피터는 더러운 것이라도 보는 양 롤로를 바라봤다. 여자 코볼드 하나가 "정말 수치스러운 일이야!"라고 말했다. 샤메인은 분위기가 이상하게 돌아가는 걸 느끼자, 롤로에게 조금 미안한 감정이 들었다.

"요정들이 도움을 줄 수도 있을 거야."

샤메인이 티민즈에게 말했다.

"뭐라고?"

티민즈가 경멸하는 투로 말했다. 순간 정적이 흘렀다. 롤로가 발을 구르며 소리를 질러 대도 누구도 들을 수 없었다.

"요정들은 몸에서 러벅 알을 꺼내는 방법을 알고 있어."

샤메인이 말했다.

"맞아, 러벅이 놀랜드 마법사님 몸에도 알을 낳았어. 그래서 요정들이 치료하려고 데리고 간 거야. 어제 요정이 와서 마법사님 몸에서 꺼낸 알을 두고 갔어."

피터가 동조했다.

"요정들은 너무 비싸게 돈을 받아."

샤메인의 오른쪽 무릎 근처에 있던 코볼드가 놀란 투로 말했다.

"비용은 왕이 지불하는 것 같던데."

샤메인이 말했다.

"이런!"

티민즈의 이마 주름이 코까지 쑥 내려왔다. 그리고 깊은 한숨을 쉬었다.

"롤로를 치료해 주는 대가로 요정들에게 썰매 의자를 공짜로 주면 될 것 같아. 골칫거리군! 제 가격을 못 받을 물건이 두 개나 되었잖아! 롤로를 침대에 뉘어! 요정들이랑 협상을 하고 올 테니까. 그리고 모두 경고하는데, 초원 근처에는 얼씬도 하지 마!"

"아, 그건 이제 걱정 마! 러벅은 죽었어. 불꽃 마귀가 죽였거든."

피터가 기분 좋게 말했다.

"뭐라고?"

코볼도들이 소리쳤다.

"죽었어?"

코볼도들이 웅성거렸다.

"정말? 왕을 보러 간 그 불꽃 마귀를 말하는 거야? 정말 러벅을 죽였어?"

"응. 정말이야. 러벅을 죽이고 요정들이 가져온 알도 파괴했어."

주변의 소음이 커지자 피터가 큰 소리로 말했다.

"그리고 스스로 자폭한 것 같아."

샤메인이 덧붙였다. 하지만 그 말을 들은 코볼도는 없어 보였다. 하나같이 춤을 추고, 함성을 지르고, 파란 모자를 공중에 던지느라 정신이 없었다. 점차 소리가 잦아들자 네 명의 튼튼해 보이는 코볼도들이 롤로를 옮겼다. 소리는 들리지 않았지만 롤로는 계속해서 허공에 발을 차고 입을 벙긋거리며 소리를 지르는 것 같았다. 티민즈는 피터에게 심각하게 말했다.

"러벅은 우리를 계속 위협해 왔어. 러벅은 황태자의 부모거든. 우리가 불꽃 마귀에게 어떻게 감사를 표하면 될까?"

"놀랜드 마법사님 부엌의 수도꼭지를 돌려줘."

피터가 명확하게 요구했다.

"그건 당연하지. 그것도 롤로 짓이야. 내 말은, 우리 코볼도들이 할 수 없는 일을 대신해 준 불꽃 마귀에게 어떻게 감사해야겠냐고?"

티민즈가 다시 물었다.

"무슨 뜻인지 알겠어."

샤메인이 대답했다. 코볼도들은 예의를 갖추고 샤메인의 대답을 기다렸다.

"캘시퍼와 그의 가족들은…… 왕의 돈이 어디로 사라졌는지 찾으려고 애쓰고 있어. 그걸 찾을 수 있게 도와주겠어?"

샤메인의 무릎 주위로 웅성웅성하는 소리가 들려왔다.

"그런 거라면 정말 쉽지! 문제없어!"

웃음소리가 크게 터져 나왔다. 샤메인은 멍청한 걸 요구한 것 같은 기분이었다. 티민즈가 안심이 되어 이마와 코, 얼굴 전체의 주름이 쭉 펴져서 얼굴이 아까보다는 두 배는 길어 보였다.

"그건 정말 쉬운 일이야. 게다가 돈이 드는 것도 아니지."

티민즈가 말했다.

그는 최소한 60개 정도의 뻐꾸기시계가 걸려 있는 동굴의 건너편 쪽 벽을 쳐다보았다. 시계들은 제각각 60개의 다른 리듬으로 재깍거렸다.

"지금 나를 따라오면, 돈이 나가는 시간에 맞출 수 있을 거야. 정말 이 정도로 불꽃 마귀가 만족할 것 같아?"

"물론이지."

샤메인이 대답했다.

"그럼 따라와."

티민즈가 말했다. 그리고 동굴 뒤쪽으로 걸어갔다.

어디로 가는지는 몰라도 분명히 걸어서 꽤 먼 거리를 가야 할 것이다. 샤메인은 코볼도의 동굴에 오기 시작했을 때부터, 길이 헷갈리기 시작했다. 걷는 동안 반쯤은 어두웠고 길이 구부러져 있거나 정확히 돌아야 하거나 급격하게 꺾이는 길이 이어졌다. 티민즈는 이리저리 방향을 바꿀 때마다, "짧은 걸음으로 세 번 가서 오른쪽으로 돌아"라거나 "인간 발걸음으로 여덟 걸음 가서 왼쪽, 그다음에 정확히 오른쪽 그리고 왼쪽으로 돌아"라고 말했다. 너무 오래 걷다 보니, 웨이프는 급격히 피곤해져서 안아 달라고 낑낑대기 시작했다. 샤메인은 웨이프를 안아 올렸지만 앞으로 갈 길이 절반은 더 남은 것 같았다.

"코볼도들은 각기 다른 집에 속해 있다는 걸 알아 둬."

티민즈가 약간의 햇빛이 비춰 오기 시작했을 때 말했다.

"우리 집이 훨씬 더 운영이 잘되는 것 같아."

샤메인이 무슨 뜻인지 물어보기도 전에, 티민즈는 지그재그로 꼬인 길을 오른쪽으로 정확히 돌더니 천천히 왼쪽으로 돌기 시작했다

그제야 샤메인은 시원하고 초록색 햇빛이 드는 지하 복도의 끝에 도착했다는 걸 깨달았다.

대리석 계단은 모두 초록색이었고 흰곰팡이가 군데군데 군락을 이루고 있었다. 처음 곰팡이는 다른 쪽 계단에서 생겨난 것 같았고, 이제 계단 전체를 가득 덮고 있었다.

웨이프는 두 배 정도 큰 강아지처럼 짖기 시작했다.

"쉿! 이제 아무 소리도 내면 안 돼!"

티민즈가 속삭였다. 웨이프는 즉시 짖는 걸 멈췄다. 샤메인은 웨이프의 작고 따스한 몸이 숨죽여 떠는 것을 느낄 수 있었다. 샤메인은 피터를 조용히 시키려고 고개를 돌렸다. 그런데 피터가 보이지 않았다. 여기엔 그녀와 웨이프, 티민즈뿐이었다.

샤메인은 피터가 없어졌다는 걸 깨닫자 몹시 짜증이 났다. 어지러운 길을 따라오던 어디쯤에서 티민즈가 "왼쪽으로 돌아"라고 했을 때 피터는 오른쪽으로 돌았을 것이다. 아니면 다른 길에서 그렇게 했거나. 샤메인은 피터가 어디쯤에서 없어졌는지 알 수 없었지만, 지금 옆에 없다는 건 분명했다.

'신경 쓰지 말자. 잉거리로 돌아갈 수 있을 정도로 손가락에 색실을 감고 있잖아. 내가 도착하기 전에 윌리엄 고조부님 댁에 도착해 있을 거야.'

샤메인은 피터에 대해 잊어버리고 미끄러운 흰곰팡이가 덮인 계단을 발끝으로 오르는 데 집중하기로 했다. 그리고 나뭇잎이 바스락거리는 소리조차 들리지 않는 조용한 수풀을 쳐다봤다.

저 멀리서 눈부신 햇살이 비추는 정원이 펼쳐져 있었다. 정원에는 눈부신 초록색으로 아름답게 가꾸어진 잔디가 눈부시게 흰 정원 길 전체에 펼쳐져 있었다. 정원에 난 길은 나무들 사이로 뻗어 있었다. 나무는 손잡이, 점, 원뿔, 디스크 모양으로 구부러져 기하학 수업에 필요한 작은 이야기책처럼 생긴 궁전까지 길게 이어졌다. 궁전의 파란 지붕은 점처럼 수많은 탑들로 뒤덮여 있었다. 샤메인은 이것이 황태자 루도빅 왕자가 살고 있는 조이성이라는 걸 알아챘다. 샤메인은 뒤늦게야 조이성을 알아차렸다는 게 조금 부끄러웠다. 읽은 책마다 조이성이 등장했기 때문이다.

'난 정말 상상력이 부족한가 봐.'

아버지가 노동절 기념으로 쇼트브레드를 만들어 팔 때면 상자 윗면에 항상 조이성의 그림이 인쇄되어 있었다. 조이성은 결국 하이놀랜드의 자존심이었다.

'이렇게 오래 걸어야 하는 것도 당연하지! 놀랜드 계곡에서 절반 쯤은 떨어진 곳일 거야! 언제나 완벽하다고 생각했던 멋진 성이, 바로 눈앞에 있다니!'

샤메인은 생각했다.

뜨겁고 하얀 길 위로 부스럭거리는 발소리가 나더니 흰색과 하늘색 실크를 아름답게 차려입은 루도빅 왕자가 모습을 드러냈다. 왕자도 마침 성을 향해 천천히 걸어가고 있는 중이었다. 샤메인이 숨어 있는 수풀까지 걸어오기 직전에 왕자가 멈춰 서서 뒤를 돌아봤다.

"빨리 따라와! 움직이라고!"

3. 요정이 된 하울

루도빅이 화를 내며 말했다.

"열심히 가고 있습니다, 왕자님!"

숨이 턱까지 찬 작은 목소리가 들려왔다. 불룩한 가죽 가방을 메느라 고개를 푹 숙이고, 힘없이 걷고 있는 코볼도의 행렬이 보였다. 모두 파란색이라기보다는 회색이 감도는 초록빛 얼굴이었고 무척 암울해 보였다. 햇빛이 밝아서 그렇게 보이는지도 모를 일이었다. 사실 코볼도들은 어두운 곳을 좋아했다.

'하지만 지금 코볼도의 얼굴빛이 어두운 건 건강이 좋지 않아서 그런 걸 거야.'

샤메인은 생각했다. 코볼도들은 다리를 후들거리며 떨었고, 한두 명은 심하게 기침을 하고 있었다. 행렬의 마지막에 선 코볼도는 몸이 안 좋아 가방을 떨어뜨렸다. 눈부신 흰색 길에 황금 동전이 쏟아져 사방으로 흩어졌다.

창백한 신사가 한달음에 달려왔다. 그리고 쓰러진 코볼도를 일으켜 발로 차기 시작했다. 세게 차지도, 잔인해 보이지도 않았다. 그저 기계적으로 발길질을 반복했을 뿐이다. 코볼도는 창백한 신사의 발길에 차이면서 끔찍한 비명을 질렀고, 금화를 모두 주워 가방에 넣을 때까지 슬픈 표정을 하고 있었다. 금화를 가방에 다 넣은 코볼도는 다시 비틀거리면서 걸음을 옮겼다. 창백한 신사는 발길질을 멈추고 루도빅 왕자 곁으로 갔다.

"전혀 무섭지 않은데요."

"마지막이라 그럴 거야. 왕이 책을 팔아 치우기 전까지, 땡전 한

푼도 남아 있지 않을 거야. 책을 파느니 차라리 죽겠다고 할 테니까. 그럼 나야 좋지. 그렇게 되면 돈을 얻을 다른 방법을 생각해 봐야겠지. 조이성은 겉보기에는 좋은데 유지비가 너무 많이 든단 말이야."

루도빅 왕자는 킬킬거리며 웃고는 터덜터덜, 흔들흔들 걸어오는 코볼도들을 돌아보았다.

"빨리빨리 움직여! 궁전으로 차를 마시러 가야 한단 말이야!"

창백한 신사는 고개를 끄덕이며 코볼도 행렬로 다가가서, 발길질을 하려고 폼을 잡았다. 왕자가 기다리며 말했다.

"잘 들어, 내 인생에서 또 한 번 크럼핏을 먹는 일은 없을 거야. 곧 그런 날이 올 거라고!"

코볼도들은 창백한 신사가 다가오는 모습에 서둘러 걸음을 옮겼다. 그러나 코볼도들은 샤메인의 시야에서 멀어질 때까지 몇 년이 걸리는 것처럼 천천히 걸었다. 코볼도의 발소리가 멀어졌다. 샤메인은 당장이라도 뛰어내려 행렬을 멈추게 할 것 같은 웨이프를 꼭 안고 있었다. 그리고 나뭇잎 사이로 티민즈를 내려다보았다.

"왜 이 이야기를 아무에게도 하지 않았지? 놀랜드 마법사님에게라도 말하지 그랬어?"

"아무도 물어보지 않았어."

상처받은 목소리로 티민즈가 대답했다.

'물론 물어보지 않았겠지!'

샤메인이 생각했다. 그래서 롤로가 돈을 받으면서 코볼도와 윌리엄 고조부를 이간질시킨 거로군! 할아버지가 병에 걸리지만 않았어

도 결국 물어봤을 수도 있었겠지. 샤메인은 러벅이 죽은 게 천만다
행이라고 생각했다. 티민즈가 말한 것처럼, 러벅이 루도빅 왕자의
부모라면, 황태자를 죽이고 대신 나라를 다스릴 수도 있는 일이니
까. 결국, 이러나저러나 똑같은 일이었다. 하지만 이제, 루도빅 왕자
를 상대할 일이 남아 있었다.

'국왕 폐하에게 루도빅 왕자에 대해서 낱낱이 고해야겠어.'

"코볼도들이 많이 힘들어 보이는데."

샤메인이 티민즈에게 말했다.

"힘들지. 하지만 누구도 도움을 요청하지 않았어."

티민즈가 동조하면서 말했다.

'누가 부탁하지 않는 이상 그들을 도와줄 일도 없군. 솔직히 이제
코볼도라면 지긋지긋해!'

"이제 집으로 가는 길을 알려 줄래?"

샤메인이 묻자 티민즈가 머뭇거렸다.

"불꽃 마귀가 조이성으로 돈이 빠져나간 걸 알면 기뻐할까?"

"그럼. 캘시퍼는 아니라도 가족들은 기뻐해 줄 거야."

몬탈비노의 마녀

 티민즈는 마지못해 샤메인을 데리
고 길고 복잡한 길을 움직여 코볼도의 동굴로 돌아왔다. 그리고 매
우 활기 찬 목소리로 "여기서부터는 길을 알겠지"라고 말하며 샤메
인과 웨이프를 남겨 두고 동굴 안으로 사라져 버렸다.

샤메인은 집까지 가는 길을 알지 못했다. 그래서 티민즈가 썰매
의자라고 불렀던 물건 옆에 서서, 몇 분 동안 어떻게 할지 고민했다.
코볼도들이 색칠을 하고 조각을 하고, 다시 확인하는 모습을 바라
봤다. 누구도 샤메인에게 눈길조차 주지 않았다. 샤메인은 오랫동안
안고 있던 웨이프를 땅에 내려놓았다.

"윌리엄 고조부네 집으로 안내해 줘, 웨이프. 똑똑하게 행동해야

3. 요정이 된 하울

돼."

웨이프가 자신 있는 몸짓으로 움직였지만 금세 웨이프가 잘하고 있는지 심각하게 의심스러워졌다. 웨이프는 종종거리며 앞으로 갔고 샤메인이 그 뒤를 따랐다. 왼쪽, 오른쪽, 다시 왼쪽으로 돌았는데, 벌써 몇 시간이 지난 것 같았다. 샤메인은 오늘 있었던 일을 생각하느라 웨이프가 왼쪽, 오른쪽으로 돌 때 몇 번이나 놓쳐 버리는 바람에 어둠 속에서 웨이프가 다시 찾으러 올 때까지 "웨이프! 웨이프!" 하고 외쳐야 했다. 웨이프는 힘이 드는지 숨소리가 거칠어졌고, 혀를 길게 내밀고 헉헉거리기 시작했다. 하지만 샤메인은 집에 도착하지 못할까 봐 웨이프를 안을 수도 없었다. 대신 웨이프에게 말을 걸며 용기를 주었다.

"웨이프, 소피한테 무슨 일이 일어났는지 말해야겠어. 지금쯤 캘시퍼를 걱정하고 있을 거야. 국왕께 돈이 어디에 있는지도 말씀드려야겠어. 집에 가자마자 궁전으로 가야 할 거야. 루도빅 왕자는 크럼핏을 좋아하는 척하면서 그 자리에 있겠지. 왜 왕자는 크럼핏을 좋아하지 않을까? 크럼핏이 얼마나 맛있는데. 아마 러벅킨이라 그런가 봐. 그의 앞에서 국왕님께 이야기할 수는 없어. 그럼 내일까지 기다려야 해. 루도빅 왕자가 언제 떠날 것 같아? 오늘 밤? 국왕님이 이틀 안으로 돌아오라고 말씀하셨는데, 그렇다면 루도빅 왕자는 그때쯤이면 돌아가겠지. 빨리 도착한다면 소피한테 먼저 얘기할 수 있을 텐데. 오, 세상에! 이제야 기억이 난다. 캘시퍼가 그냥 떠나는 척할 거라고 그랬는데, 어쩌면 궁전에 가도 소피를 만날 수 없을지도 몰

라. 오, 웨이프, 어떻게 하면 좋겠어!"

샤메인은 생각하면 할수록, 더욱 어찌할지 모르겠다는 생각이 들었다. 결국 말하기조차 힘들고 숨이 차서 창백하게 질린 채 앞서 걸어가는 웨이프를 비틀거리며 따라갔다. 웨이프가 벌컥 문을 밀쳤고, 샤메인은 마침내 윌리엄 고조부님의 거실로 돌아왔다. 웨이프는 신음 소리를 내며 바닥에 누워 버렸다. 그러고는 심하게 헐떡거리면서 평소보다 숨을 100배 정도 몰아쉬었다. 샤메인은 노을이 비치는 창밖을 내다보았다. 정원에 피어 있는 분홍색과 보라색 수국이 예뻤다.

'하루 종일 밖에 있었군. 웨이프가 피곤한 것도 당연하지! 내 발이 이렇게 아픈 것도 당연한 일이고! 그래도 피터는 지금쯤이며 집에 있어야 하잖아. 저녁이라도 차려 놨으면 좋을 텐데.'

"피터!"

대답이 없자 샤메인은 웨이프를 안고 부엌으로 들어갔다. 웨이프는 자신을 더 이상 걷게 하지 않는 데 감사하는 표시로 샤메인의 손을 힘없이 할짝거렸다. 노을빛이 지그재그로 걸려 있는 분홍색과 하얀색의 빨래를 비췄다. 빨래는 마당에서 조용히 펄럭였다. 그러나 피터의 모습은 보이지 않았다.

"피터?"

대답이 없었다. 샤메인은 한숨을 쉬었다. 분명 피터는 도중에 길을 잃은 것이다. 샤메인보다 길을 못 찾는 피터이기에 언제 나타날지 알 수 없었다.

"색실이 너무 많다 했어. 바보 같으니라고."

웨이프가 벽난로에 개밥을 먹으러 왔을 때, 샤메인이 중얼거렸다. 요리를 하기에는 몸이 너무 피곤했다. 웨이프가 밥 두 그릇을 비우고 물을 마실 때쯤, 샤메인은 욕실에서 나왔다. 그리고 거실로 가서 애프터눈 티를 마셨다. 잠시 생각에 잠겨 있다가, 샤메인은 애프터눈 티를 한 잔 더 마셨다. 그리고 커피를 한 잔 마셨다. 그런 뒤, 부엌으로 가서 저녁을 먹을까 생각하다가 너무 피곤해서 대신 책을 펼쳤다.

오랜 시간이 흐르고, 웨이프는 소파에 올라와 잠든 샤메인을 깨웠다.

"아, 귀찮아!"

샤메인은 씻을 생각도 않고 침대로 가서 안경을 코에 걸친 채로 깊은 잠에 빠져들었다.

다음 날 아침 샤메인이 일어났을 때, 피터가 돌아온 것 같은 기척이 들렸다. 욕실에서 소리가 났고, 문을 여닫는 소리와 발소리가 났다.

'발소리가 너무 크군. 나도 그럴 힘이 있었으면 좋겠다.'

샤메인은 곧 오늘 궁전으로 가야 한다는 사실을 떠올리고는, 끙 신음 소리를 내며 침대에서 일어났다. 마지막 남은 깨끗한 옷을 꺼내 입고 정성스럽게 씻고 머리를 매만졌다. 웨이프는 어딘가에서 나타나 샤메인이 자신을 데리고 가기만 기다리고 있었다.

"알아, 아침 식사 말이지. 안다고. 문제는 내가 창백한 신사를 두려워한다는 거야. 루도빅 왕자보다 더 나쁘다는 생각이 들어."

샤메인이 웨이프를 들어 올리며 말했다. 그리고 한 발로 문을 열고 돌아서서 다시 왼쪽으로 돌아 부엌으로 갔다. 샤메인은 부엌 앞에 멈춰 서서 한참을 바라보았다.

부엌 식탁에서 처음 보는 여자가 아침을 먹으며 앉아 있었다. 누구라도 한눈에 알아볼 만큼 엄청난 실력가처럼 보였다. 햇볕에 그을린 얼굴에는 유능함이 엿보였고, 작고 강해 보이는 손에서는 자신감이 느껴졌다. 두 손은 시럽이 끼얹어진 팬케이크에 곁들인 바삭바삭한 베이컨을 능숙한 놀림으로 잘라 내고 있었다.

샤메인은 팬케이크와 집시처럼 차려입은 여자의 옷차림을 번갈아 살폈다. 눈에 띄는 화려한 스카프를 머리에 두른 여자가 고개를 돌려 샤메인을 쳐다봤다.

"누구세요?"

두 사람이 동시에 말했다. 여자는 입안 가득 먹을 것을 넣고 씹고 있었다.

"저는 샤메인 베이커예요. 요정들이 할아버지를 데려가서 윌리엄 고조부님이 안 계신 동안 집을 보고 있어요."

여자는 입에 가득 든 음식을 꿀꺽 삼켰다.

"그렇구나, 마법사님이 누군가에게 집을 맡기고 갔다니 다행이네. 강아지랑 피터가 집을 본다고 생각하니 걱정되었거든. 어쨌든, 강아지는 내가 밥을 먹였어. 피터는 강아지를 잘 돌보지 못했을 거야. 피터는 아직 자고 있니?"

"잘 모르겠어요. 어젯밤에 돌아오지 않았어요."

3. 요정이 된 하울

여자는 한숨을 쉬었다.

"항상 어디론가 사라진다니까. 어쨌든 피터가 무사히 돌아올 거라 믿어."

그리고 팬케이크와 베이컨을 집으려다가 창문을 바라보며 포크를 흔들었다.

"저 빨래는 피터가 한 것이겠군."

그 말을 듣는 순간 샤메인은 얼굴이 화끈거리고 새빨개지는 것을 느꼈다.

"제 잘못도 있어요. 제복을 뜨거운 물에 삶았거든요. 왜 피터가 했다고 생각하세요?"

샤메인이 인정했다.

"피터는 여태까지 한 번도 마법을 바르게 사용한 적이 없거든. 나도 안단다. 엄마니까."

샤메인은 상대가 몬탈비노의 마녀라는 걸 알자 떨리기 시작했다. 정말 인상적이었다.

'물론 피터의 엄마는 유능하겠지. 그런데 여기서 뭘 하고 있는 거지?'

"잉거리에 안 계신 줄 알았는데요?"

"그랬지. 멀리 스트레인지아에 있었어. 베아트리체 여왕이 마법사 하울이 하이놀랜드에 갔다고 하더라고. 그래서 돌아오는 길에 산을 건너서 요정들을 만났는데, 놀랜드 마법사님이 함께 있다는 거야. 피터가 여기 혼자 있을 것 같아서 무척 놀랐어. 안전하게 지내라고 보낸 거거든. 너도 알겠지만. 그래서 즉시 이곳으로 오게 된 거지.”

“피터는 안전하게 있었어요. 적어도 어제 길을 잃기 전까지는요.”

“내가 여기 있으니까 이젠 안전할 거야. 피터가 가까이에 있는 게 느껴져. 내가 찾아봐야겠다. 너도 알겠지만 피터가 오른쪽 왼쪽을 잘 모르잖니.”

마녀가 한숨을 쉬었다.

“네, 저도 알아요. 피터는 색실을 사용해요. 굉장히 똑똑해요. 정말로.”

샤메인이 말했다. 그러나 몬탈비노의 마녀인 굉장한 능력자와 말을 하다 보니, 피터도 샤메인처럼 보잘것없는 것처럼 느껴졌다.

‘역시 부모들은 대단해!’

샤메인은 생각했다. 그리고 웨이프를 바닥에 내려놓고 예의 바르게 물어봤다.

“이런 거 여쭤 봐서 죄송한데요, 지금 드시는 팬케이크 주문은 어떻게 하셨나요?”

“정확히 주문하면 되지. 좀 줄까?”

샤메인이 고개를 끄덕였다. 마녀는 손가락을 벽난로에 딱딱 부딪쳤다.

“아침.”

그리고 덧붙였다.

“팬케이크, 베이컨, 주스, 커피도 함께.”

주문한 음식이 즉시 나타났다. 그리고 중간에 시럽이 흐르는 맛있

3. 요정이 된 하울

어 보이는 팬케이크 더미가 나타났다.

"봤지?"

"감사합니다."

샤메인은 인사를 하고 기쁜 마음으로 쟁반을 받았다. 웨이프는 코를 벌름거리더니 주위를 뱅뱅 돌며 낑낑대기 시작했다. 웨이프에게 충분한 양을 먹이지 않은 게 확실했다. 샤메인은 접시에서 바삭거리는 베이컨 한 조각을 들어 웨이프에게 줬다.

"네 강아지는 정말 매력적이야."

마녀가 아침을 먹으며 말했다.

"정말 귀엽죠."

샤메인은 대꾸하면서 자리에 앉아 팬케이크를 먹으려 했다.

"아니, 그런 뜻이 아닌데. 난 절대 칭찬하는 사람이 아니야. 내 말은, 마법의 능력이 있는 강아지라는 뜻이야. 마법의 능력이 있는 강아지는 드물지만 강력한 힘을 가지고 있어. 이 강아지가 인간인 너를 선택한 걸 영광으로 알아야 해. 내 생각에 이 강아지는 너와 어울리기 위해서 성별도 바꿀 수 있을 거야. 그러니까 무척 감사하게 생각해야지."

마녀는 팬케이크를 입안 가득 밀어 넣었다.

"그럼요. 감사하고 있어요."

'차라리 힐다 공주와 아침을 같이 먹는 게 낫겠다. 왜 이렇게 찬바람이 느껴질까?'

샤메인은 생각했다.

샤메인은 마녀와 아침을 먹으면서 윌리엄 할아버지가 웨이프를 수캐라고 한 말이 떠올랐다. 처음엔 수캐였을지도 모른다. 그런데 피터가 웨이프를 들어 올렸을 때는 암캐라고 했었다.

"마녀님 말이 맞는 것 같아요. 그런데 왜 피터가 안전하지 않을 거라고 생각하세요? 피터는 제 또래인걸요."

샤메인이 정중하게 말을 계속했다.

"내 생각에, 넌 피터보다 마법의 능력이 강한 것 같아."

마녀는 무미건조하게 말했다. 그리고 팬케이크를 다 먹고 다시 토스트를 먹기 시작했다.

"만약 피터가 주문을 걸다가 실수를 한다면 너보다 뒤떨어지는 게 되겠지."

마녀가 토스트에 버터를 바르며 말했다.

"아무 말 하지 마, 왜냐면 무슨 말을 해도 안 믿을 거니까. 네 마법은 바라는 대로 되지 않을 거야. 네가 무엇을 하든지 말이다."

바삭한 토스트를 한 입 베어 물며 마녀는 말했다. 샤메인은 하늘을 나는 주문과 수도 파이프를 고친 주문, 그리고 가방에 롤로를 가두었던 주문을 떠올리고는 입안 가득히 팬케이크를 우물거리는 채로 대답했다.

"그래요. 제 생각엔……."

마녀가 말을 잘랐다.

"어쨌든 피터는 딱 반대야. 방법은 항상 완벽하지만 주문은 의도하지 않게 나오지. 그래서 피터를 놀랜드 마법사님에게 보낸 거야.

마법사님이 피터의 마법을 발전시켜 주기를 바랐거든. 윌리엄 놀랜드님이 《팰림프세스트의 코》를 가지고 계시잖니, 너도 봤겠지만."

샤메인은 얼굴이 다시 화끈거렸다. 그녀는 웨이프에게 팬케이크 반 조각을 주면서 물었다.

"음⋯⋯《팰림프세스트의 코》가 뭐 하는 건데요?"

"그렇게 계속 먹이면 강아지가 뚱뚱해질 거야. 《팰림프세스트의 코》는 흙, 공기, 불, 물의 마법을 모든 사람들이 자유롭게 사용할 수 있도록 해 주는 책이야. 정말 믿을 수 있는 사람에게만 불의 마법을 주지. 물론 처음 마법의 힘을 쓰는 사람에게도."

마녀의 차가운 얼굴은 흥분으로 가득 차 있었다.

"난 피터가 마법의 능력을 가졌다고 생각해."

'불이라고? 피터가 낸 불은 내가 껐는데. 그럼 나도 믿을 수 있는 사람인가?'

"피터에게는 틀림없이 마법의 능력이 있어요. 처음부터 마법을 사용할 수 없다면 주문이 잘못되지도 않았겠죠. 피터를 여기 보내신 다른 이유는 뭔가요?"

"적을 피하려고. 내게는 적이 있어. 피터의 아버지를 죽인 놈들."

마녀가 음울하게 커피를 마시며 말했다.

"러벅들을 말씀하시는 거예요?"

샤메인이 물었다. 마녀는 쟁반에 있는 모든 것을 내려놓고 마지막 커피 한 모금을 마시며 나갈 준비를 했다.

"내가 아는 한 러벅은 한 마리밖에 없어. 라이벌은 모두 죽이는 것 같아. 그래, 산사태를 일으킨 것도 러벅이야. 내가 똑똑히 봤어."

"그럼 걱정 안 하셔도 돼요. 러벅은 죽었어요. 캘시퍼가 그저께 죽었어요."

샤메인이 일어나면서 말했다.

"어떻게? 얼른 말해 봐!"

마녀는 깜짝 놀랐다. 매우 흥분한 눈치였다. 샤메인은 서둘러 궁전으로 가야 했지만, 설명을 해 줘야 할 것 같았다. 그녀는 커피 한 잔을 더 따르고, 모든 이야기를 마녀에게 들려주었다. 러벅 이야기부터 러벅의 알, 롤로와 러벅의 이야기까지. 캘시퍼가 어떻게 사라졌는지 마녀에게 설명하다 보니, 마법을 사용하는 게 왠지 부당한 일처럼 느껴졌다.

"그럼 뭣 땜에 미적거리고 있는 거야? 빨리 궁전으로 달려가서 소피한테 말해야지! 불쌍한 소피, 지금쯤이면 엄청 걱정하고 있을 텐데! 애, 서둘러!"

'얘기해 줘서 고맙다는 말 한마디 없군. 엄마나 피터한테 얘기해 주는 게 낫겠다. 정말 힐다 공주와 아침을 먹는 편이 더 낫겠어!'

샤메인은 씁쓸했다.

샤메인이 자리에서 일어나 정중하게 작별 인사를 했다. 그리고 발을 동동 구르고 있는 웨이프와 함께 거실을 서둘러 빠져나갔다. 그러고는 뜰로 내려가 길로 접어들었다.

'다행히 회의실로 가는 길은 이야기해 주지 않았어. 그게 아니면 나보고 그쪽으로 가라고 했겠지. 그럼 캘시퍼를 찾아볼 기회가 없어

지잖아.'

안경줄을 목에 걸고 뛰느라 안경이 샤메인의 가슴 주위에서 흔들렸다.

도로가 구부러지기 전, 캘시퍼가 러벅 알을 폭파시켰던 곳에 도착했다. 성이 떨어졌던 절벽 주위에 크게 파인 자국이 났다. 바위 언덕은 저 멀리 밀려나 있었다. 양치기로 보이는 사람들 몇이 바위를 힘들게 올라오고 있었다. 그들은 양을 묻어 둘 곳을 찾고 있었다. 그들 중 한 명은 머리를 긁적이며 어떻게 절벽이 파였는지 궁금해하는 것 같았다. 샤메인은 머뭇거렸다.

'만약 캘시퍼가 살아 있다면, 저 사람들이 올라오면서 봤어야 하는데.'

샤메인은 혹시 캘시퍼가 깔려 있지 않을까 싶어 깨진 돌덩이를 지날 때마다 자세히 살폈다. 그러나 돌 사이에서도 파란색 줄기나 불꽃의 흔적은 찾을 수 없었다.

결국 나중에 다시 찾기로 하고 전속력으로 달렸다. 너무 열심히 달리느라 밝고 파란 하늘과 산 너머로 푸른 안개가 서린 것도 보지 못했다. 오늘은 하이놀랜드 역사상 기록에 남을 만한 중요한 하루가 될 것이다. 오래지 않아 샤메인은 웨이프가 더워서 숨을 헐떡이고 뛸 때마다 바닥을 나뒹굴고 있다는 걸 알아차렸다. 분홍색 혀는 너무 길게 뺀 나머지 땅을 거의 쓸고 다닐 정도였다.

"오, 웨이프! 분명 팬케이크 때문이야!"

샤메인은 강아지를 안고 계속 뛰어가면서 진심을 얘기했다.

"마녀가 너에 대해 이야기하지 않는 편이 더 좋았을 텐데. 내가 널 너무 좋아하게 될까 봐 걱정이야."

마을에 도착하자 샤메인은 너무 더웠다. 웨이프처럼 내밀 수 있는 혀가 있었으면 좋겠다는 생각이 들 정도였다. 샤메인은 결국 벽돌 길에서 멈춰 섰다. 조금만 더 가면 됐지만, 로열 맨션 광장으로 가는 길이 끝도 없이 멀어 보였다. 마침내 코너를 돌자, 수많은 군중이 광장을 가득 채우고 있었다. 하이놀랜드 사람들 절반은 모인 것 같았다. 그들은 궁전 옆에 우뚝 서 있는 새 건물을 보고 있었다. 샤메인이 마지막으로 봤을 때 슬픈 모습으로 산을 넘어 둥둥 떠가던 그 성이었다. 샤메인은 광장에 있는 사람들처럼 반가운 얼굴로 성을 쳐다봤다.

"어떻게 저런 성이 여기에 있지?"

사람들이 서로 물었다. 샤메인은 사람들을 밀치며 앞으로 나갔다.

"어떻게 왔건, 여기 크기에 맞기나 하겠어?"

샤메인은 로열 맨션으로 향하는 네 개의 길을 보았다. 모두 비슷해 보였다. 네 개의 길 모두 성 크기의 절반도 안 되어 보였다. 그렇지만 광장에 꼭 맞게 지어진 것처럼 튼튼하고 높은 성이 어제 나타난 것이다. 샤메인은 무슨 일인지 궁금해하며 천천히 나아갔다.

샤메인이 벽 아래로 갔을 때 탑에서 파란색 불이 빠져나와 불쑥 앞으로 다가왔다. 샤메인은 재빨리 몸을 피했고, 웨이프도 꿈틀거렸다. 누군가 비명을 질렀다. 군중은 샤메인만 남겨 놓고 뒤로 물러섰다. 그 파란색 불꽃은 샤메인의 얼굴 높이에서 샤메인을 마주 보고 있었다. 웨이프는 샤메인의 품에 안겨 가느다란 꼬리를 흔들며 반갑다고 인사했다.

"궁전에 가는 길이면 서둘러. 아침 내내 성을 여기에 둘 수는 없어."

캘시퍼가 쫙 갈라지는 목소리로 말했다.

"캘시퍼, 죽은 줄 알았어요! 대체 어떻게 된 거죠?"

샤메인이 너무 기쁜 목소리로 말했다.

캘시퍼는 공중을 떠다니면서 부끄러운 듯이 대답했다.

"한 대 맞고 기절한 것 같아. 바위 속에 깔려 있었어. 거기서 빠져나오느라 어제 하루 종일 고생했어. 나와 보니까 성도 없어졌더라고. 찾느라 엄청 고생했지. 그동안 몇 킬로나 멀리 가 버린 거 있지? 겨우 이곳까지 끌고 왔어. 소피한테 전해 줘. 어제 떠나는 척하기로 했거든. 불을 피울 땔감이 거의 바닥났다고 말해. 그렇게 말하면 알아들을 거야."

"그럴게요. 정말 괜찮은 거죠?"

"배가 고플 뿐이지. 땔감 얘기 잊지 마."

캘시퍼가 말했다.

"알았어요. 땔감."

샤메인은 말을 마치고 바로 로열 맨션 궁전 계단으로 향했다. 새삼스럽게 생명이라는 게 훨씬 더 행복하고 자유롭고 고마운 것이라는 생각이 들었다.

놀랍게도 심이 신속하게 궁전 문을 열어 주었다. 그리고 고개를 내밀어 광장 가운데 있는 성과 몰려든 군중을 보며 고개를 갸웃거렸다.

"아, 샤밍 양. 오늘은 조금 곤란한 하루가 되겠군요. 오늘은 국왕 폐하께서 도서관 일을 시작할 준비가 덜 되신 것 같습니다. 어쨌든 들어오십시오."

"고마워요, 얼마든지 기다릴 수 있어요. 먼저 소피한테 할 얘기가 있는데……."

샤메인은 말하며 웨이프를 궁전 바닥에 내려놓았다.

"소피 씨라면, 아…… 펜드래건 부인 말씀이시군요."

심은 육중한 궁전 문을 닫았다.

"아무래도 오늘 아침에는 여러 가지 문제가 겹치는군요. 힐다 공주님께서 발표할 게 있다고 하십니다. 일단 이쪽으로 오시죠. 공주님께 모셔다 드리죠. 가 보시면 알 겁니다."

심은 축축한 궁전 복도를 천천히 걸어갔고 샤메인은 뒤를 따랐다. 아래쪽으로 계단이 이어진 코너에 도착하기도 전에, 요리사 자말의 중얼거리는 소리가 들려왔다.

"대체 손님이 매일 왔다 갔다 하는데 음식을 어떻게 알아서 준비하라는 거야!"

자말의 강아지가 으르렁거리는 소리와 함께 불만스러운 목소리가 들려왔다.

소피는 계단 아래 서서 모건을 팔에 안고 있었고, 트윙클은 근심이 가득한 천사 같은 얼굴로 소피의 스커트를 꽉 잡고 있었다. 뚱뚱한 유모는 평소처럼 별 도움이 되지 않는 듯 옆에 우두커니 서 있었다. 힐다 공주도 계단에 서 있었는데 평소보다 훨씬 기품 있고 공손한 태도였다. 국왕은 얼굴이 새빨간 채로 있었지만, 기품을 지키려고 애쓰고 있었다. 그 광경을 본 샤메인은 아직 사실을 말할 때가 아니라는 걸 눈치챘다. 루도빅 왕자는 난간 끝에 기대어서 만족스럽고 우월감을 드러내는 표정을 짓고 있었다. 왕자의 동행으로 보이는 여자는 바로 옆에 있었는데 왠지 업신여기는 듯한 태도로 연회복을 입고 있었다. 그녀는 샤메인이 나타나자 놀라운 눈빛으로 쳐다봤다. 창백한 신사도 왕자 옆에 공손한 태도로 서 있었다.

'저 짐승 같은 사람이 국왕님의 돈을 훔쳐 간 사람일 거라고는 상상도 못 하실 테죠.'

샤메인은 생각했다.

"그건 우리 딸의 대접을 남용하는 것이라고 말하고 싶네! 지키지도 못할 약속을 할 권리는 없어. 자네가 우리 문제에 관여되어 있다면 떠나지 못하게 막을 수 있다고 보네."

국왕이 말했다.

소피는 품위 있는 목소리를 내려고 노력하며 말했다.

"반드시 약속은 지킬 겁니다, 폐하. 하지만 제 아이가 위협받고 있는데도 머물러 달라고 하시면 안 되십니다. 제 아들을 안전한 곳으로 옮기면 힐다 공주님이 원하시는 대로 무엇이든 할 수 있습니다."

샤메인은 소피가 어려움에 처했다는 걸 알 수 있었다. 루도빅 왕자와 창백한 신사는 그 자리에 서 있었다. 소피는 차마 떠나는 척하는 거라는 말을 꺼내지 못했다. 어떻게든 모건을 안전하게 지키고 싶었으니까.

왕이 잔뜩 화난 목소리로 말했다.

"여인이여, 우리에게 지키지 못할 약속은 하지 말게!"

샤메인의 발치에서 웨이프가 갑자기 컹컹 짖어 댔다. 왕 뒤에 서 있던 루도빅 왕자가 웃으면서 손가락을 딱딱거렸다. 그리고 잠시 후 벌어진 광경에 모두 깜짝 놀랐다. 왕자가 데려온 여자와 유모가 입고 있던 옷이 터졌던 것이다. 여자는 까만 레오타드(몸에 딱 붙는 타이즈—옮긴이)를 입고 있는 근육질의 건장한 연보라색 남자로 변했는데, 등에 난 구멍으로는 한 쌍의 쓸모없어 보이는 작은 보라색 날개가 나와 있었다. 유모는 근육이 있는 건장한 보라색의 남자가 되었다. 러벅킨 두 마리가 소피에게 다가가 커다란 보라색 손을 뻗쳤다.

소피는 외마디 비명을 지르며 등 뒤로 모건을 숨겼다. 모건도 공포로 소리를 꽥꽥 질러 댔다. 웨이프와 자말의 강아지가 짖어 대는 소리를 제외하고는 순식간에 모든 게 잠잠해졌다. 자말의 강아지가 러벅킨에게 돌진하기 전에, 왕자의 여자 러벅킨은 작은 날개를 펴고 트윙클을 와락 붙잡았다. 트윙클은 소리를 지르며 발버둥 쳤고, 유모 러벅킨은 트윙클을 구하려고 달려드는 소피를 막았다.

"말했잖아. 네가 떠나지 않으면 아이가 위험해질 거라고."

루도빅 왕자가 말했다.

16

밝혀진 진실들

"이건, 정말 충격적인⋯⋯."

힐다 공주는 트윙클이 러벅킨에게 붙잡혀 가는 걸 보고 엄청난 충격에 빠졌다. 트윙클은 러벅킨의 팔에서 몸을 뒤틀면서 빠져나왔다. 그리고 계단 위로 올라가 떨리는 목소리로 외쳤다.

"도와줘! 날 만지지 못하게 해!"

러벅킨은 힐다 공주를 한쪽으로 밀치고 트윙클을 쫓아 올라갔다. 힐다 공주는 비틀거리며 난간을 붙들었다. 평소 위엄을 차리는 것과 거리가 멀 정도로 얼굴이 빨개졌다. 힐다 공주도 평범한 사람과 다를 바 없었다. 샤메인은 러벅킨을 뒤따라가며 소리쳤다.

"아이를 놓아 줘! 감히 어떻게 이럴 수가 있어!"

소피는 모건을 국왕의 손에 넘기고 러벅킨을 뒤따랐다.

"아이를 부탁합니다!"

그러고는 치렁치렁 늘어진 치마를 틀어잡고 샤메인을 따라 계단을 올라가며 소리쳤다.

"멈춰! 내 말 들어!"

자말이 소리치며 따라왔다.

"멈춰, 멈추라고. 이 도둑놈아!"

그의 뒤로 자말의 개가 컹컹 짖으며 따라왔다. 웨이프는 계단 밑에서 시끄럽게 짖어 대며 뛰어다녔다. 루도빅 왕자는 힐다 공주의 반대편 난간에 서서 그 모습을 비웃고 있었다.

울퉁불퉁한 연보라색 근육을 가진 러벅킨은 별 쓸모도 없는 작은 날개를 파닥이며 계단 위쪽에서 트윙클을 붙잡았다. 트윙클은 격렬하게 발길질을 해 댔다. 잠깐 동안, 트윙클의 파란 벨벳 바지 아래로 보이는 작은 다리가 튼튼한 성인의 다리로 바뀌었다. 트윙클은 커다란 다리 하나를 유모 러벅킨 배 위에 쿵 하고 올렸다. 또 다른 다리로는 계단 위에서 버티고 있다가 여자 러벅킨이 다가오자 길게 늘어진 코를 뺑 찼다. 두 러벅킨이 쓰러지자, 트윙클은 서둘러 위층으로 피했다. 샤메인이 걱정스럽게 지켜보았다. 트윙클은 계단으로 계속 올라가면서 샤메인과 소피와 자말이 잘 따라오는지 뒤돌아보며 확인했다.

두 러벅킨이 일어났다. 이번에는 엄청난 속도로 트윙클을 뒤쫓았다. 샤메인과 소피도 계단을 재빨리 뛰어올랐다. 자말과 그의 개도

3. 요정이 된 하울

힘들게 뒤따르고 있었다. 다음 계단을 절반 정도 왔을 때, 러벅킨이 다시 트윙클을 붙잡았다. 엄청나게 큰 소리로 치고받는 소리가 들리더니, 트윙클은 다시 빠져나가 세 번째 계단으로 올라갔다. 그리고 러벅킨에게 붙잡히기 직전에 황금 지붕 꼭대기에 거의 도착했다. 셋은 뒤엉켜서 서로 치고받고 싸웠다. 다리와 팔이 뒤엉키고 보라색 날개를 퍼덕이며 뒹굴었다.

샤메인과 소피는 숨이 턱까지 차서 도저히 버틸 수가 없었다. 샤메인은 세 개의 몸들이 뒤엉켜 있는 사이로 트윙클의 천사 같은 얼굴이 그들을 자세히 지켜보는 걸 똑똑히 볼 수 있었다. 샤메인이 힘겹게 층계를 지나 다른 계단으로 올라갈 때, 소피가 치맛자락을 움켜쥐고 뒤를 따라왔다. 그때 엉켜 있던 몸들이 사방으로 나가떨어졌다. 보라색 몸들은 이쪽저쪽으로 굴러갔고 트윙클은 다시 빠져나와 마지막 계단으로 올라갔다. 두 러벅킨은 다시 일어나 그를 뒤따랐다. 샤메인과 소피도 멀지 않은 곳에서 뒤따랐다. 자말과 그의 개는 좀 먼 뒤쪽에서 계단을 올라오고 있었다.

나무 계단이 덜커덕 소리를 냈다. 다섯 명은 걸음을 재촉했다. 트윙클은 이제 천천히 올라가고 있었다. 샤메인은 트윙클이 아름답다고 생각했다. 하지만 두 러벅킨이 트윙클을 무너뜨릴 것 같아 걱정되고 무서웠다.

"안 돼! 또 그 짓을 하려고!"

소피가 트윙클이 황금 지붕으로 향하는 문을 열고 들어가자 소리쳤다. 두 러벅킨이 재빨리 트윙클을 따라 문으로 들어갔다. 샤메인

과 소피는 힘겹게 올라와 숨을 몰아쉬며 열린 문틈으로 지붕을 내다
봤다. 지붕에 앉아 있는 두 러벅킨은 황금 지붕까지 괜히 쫓아왔다
는 표정으로 쩔쩔맸다. 그런데 트윙클의 모습이 보이지 않았다.

"트윙클이 어디로 간 거지?"

소피가 물었다. 그 말이 끝나기가 무섭게, 문 뒤에서 트윙클이 나
타났다. 트윙클은 금빛 곱슬머리를 바람에 휘날리며 천사 같은 미소
를 지었다.

"이리 와서 내가 뭘 찾았는지 좀 보라고!"

트윙클은 신이 나서 말했다. 소피가 벽을 붙잡고 손가락으로 지붕
을 가리키며 물었다.

"러벅킨 둘은 어쩌고? 그냥 떨어지게 둘까?"

소피가 숨을 헐떡이며 말했다. 트윙클은 매력적인 미소를 지어 보
였다.

"기다려!"

트윙클은 금발 머리칼을 들고 가만히 귀를 기울였다. 아래쪽에서
부터 요리사의 개가 짖는 소리가 점점 크게 들려왔다. 개는 주인을
따라잡고 이제 나무 계단을 질주하면서 숨을 거칠게 헐떡이며 달려
오고 있었다. 트윙클은 고개를 끄덕이며 지붕 쪽을 쳐다보더니 몸을
살짝 움직여서 신호를 보냈다. 그러고는 작게 중얼거렸다. 지붕에
있던 두 러벅킨은 무시무시한 소리에 놀라 갑자기 몸을 부르르 떨기
시작했다. 그리고 보라색의 작은 물건으로 변하더니 황금 지붕 꼭대
기로 기어 올라갔다.

"뭐야?"

샤메인이 말했다. 트윙클은 밝게 웃었다. 천사 같았다.

"오띵어. 요리사의 개가 오띵어를 마딘게 먹을 거야."

그가 행복하게 말했다. 소피가 해석해 주었다.

"어? 오, 오징어. 알겠어."

바로 그때, 요리사의 강아지가 도착했고 턱까지 침을 질질 흘리며 쏜살같이 지붕 위로 달려갔다. 강아지는 지붕 위 갈색 판자를 뛰어 잰걸음으로 돌진했다. 중간쯤 도착해서, 강아지는 오독오독 보라색 물건을 씹고 또 씹었다. 마침내 오징어가 사라져 버렸다. 오직 자말의 강아지만 무엇이 있었는지 알고 있는 것 같았다. 자말의 강아지는 두 다리를 지붕에 붙인 채 구슬프게 울어 댔다.

"오, 불쌍해라!"

샤메인이 말했다.

"요리사가 구해 주러 올 거야. 두 사람 다 나를 바짝 따라와. 이 문을 지나면서 발이 바닥에 닿기 전에 왼쪽으로 돌아야 해."

트윙클은 문을 지나 왼쪽으로 도는 순간 사라져 버렸다.

'아, 뭔지 알겠어! 궁전 꼭대기에 있다는 사실만 빼고 이 문은 윌리엄 고조부의 집에 있는 문 같은 거야.'

샤메인이 생각했다. 샤메인은 소피를 먼저 보냈다. 소피가 혹시 길을 잘못 들기라도 하면 소피의 치마를 끌어당겨야 하니까. 그러나 소피는 샤메인보다 마법을 쓰는 데 능숙했다. 소피는 왼쪽으로 돌아 아무 문제 없이 사라졌다. 샤메인은 순간 긴장해서 뒤따라갈 엄두가 나지 않았다. 그래서 두 눈을 감고 걸음을 내딛었다. 그러나 지시대로 하기 전에 눈을 떴고, 아찔하게 반짝이는 금빛 지붕의 경사면을 쳐다보게 되었다. 하늘을 나는 주문인 "YLF"라고 소리치기 전까지 샤메인은 서까래가 있는 삼각형의 따뜻한 공간에 있었다.

소피가 꽥 비명을 질렀다. 먼지 쌓인 어둠 속에서 벽돌 더미에 발을 찧은 것이다.

"나빠, 나빠."

트윙클이 말했다.

"오, 조용히 해!"

소피가 한쪽 발을 잡으며 다른 발을 디디고 일어났다.

"왜 어른으로 변하지 않아?"

"지금은 아니야. 말했잖아. 우린 아…… 루도빅 왕따를 상때해야 해. 아, 봐! 예전에 여기 있을 때도 일어나떤 일이야."

트윙클이 말했다.

커다란 벽돌 무더기에서 황금빛이 퍼져 나왔다. 뿌연 먼지가 쌓인 벽돌 아래쪽이 금빛으로 빛났다. 샤메인은 그것이 벽돌이 아니라 모두 금괴라는 것을 알아차렸다. 이 사실을 분명하게 보여 주듯, 금빛의 문장이 눈앞에 나타났다. 긴 문장의 편지는 옛날 방식으로 쓰여 있었다.

왕의 금을 숨긴 마법따 멜리콧을 땅양하라

3. 요정이 된 하울

"허! 멜리콧도 당신처럼 혀 짧은 소리를 냈었군그래. 함께 있었다면 정말 환상적인 짝꿍이었겠어! 잘난 척하는 것도 똑같고. 자기 이름을 몹시 걸어 놓고 싶었나 봐?"

소피가 발을 내려놓으며 코웃음을 쳤다.

"난 내 이름을 보이고 싶띠 않은데."

트윙클이 위엄 있는 표정으로 말했다.

"아이고!"

소피가 말했다.

"우리는 지금 어디 있는 거죠? 궁전의 금고인가요?"

샤메인은 소피가 트윙클의 머리에 황금 벽돌을 던질 것 같아 재빨리 선수를 쳤다.

"아니, 우린 황금색 띠붕 아래에 있어. 교묘하지, 그러티 않아? 사람들이 모뚜 지붕은 정말 금이 아니란 걸 알잖아. 그러니까 아무또 여기서 금을 찾을 땡각을 하지 않았겠지."

트윙클은 금 벽돌 하나를 뒤집어서 먼지가 떨어지도록 바닥에 놓고 그것을 두드렸다. 그리고 샤메인의 손에 그것을 넘겨주었다. 샤메인은 황금 벽돌이 무거워 하마터면 바닥에 떨어뜨릴 뻔했다.

"증거니까 가쩌가야 돼. 왕이 이껄 뽀면 매우 기뻐할 거야."

그가 말했다. 이제야 흥분을 가라앉힌 소피가 말했다.

"그 혀 짧은 소리! 아주 미치겠다니까! 금발 머리보다 그 혀 짧은 소리가 더 싫어!"

"하디만 얼마나 뜰모 있는데! 나쁜 루도빅이 나를 납치하려고 할 때, 덕분에 모건이 있다는 건 잊어버렸잖아. 난 끔찍한 유년 띠절을 겪었어. 아무도 나를 따랑하지 않았고. 그래서 어린 띠절로 돌아가 다시 딸 권리가 있다고 땡각해. 더 머찐 모뜹으로. 안 그래?"

트윙클이 말했다.

"저 말 믿지 마. 다 으스대는 거라고. 하울, 어떻게 여기서 빠져나 갈 수 있어? 모건을 국왕님께 맡겼단 말이야. 루도빅도 아직 아래층 에 있고, 지금 당장 내려가지 않으면 루도빅이 모건을 납치할지도 몰라."

소피가 말했다.

"참, 캘시퍼가 전해 달라고 했는데요. 빨리 말했어야 했는데, 궁전 광장에서 기다리는 성에서 만났는데……."

그녀가 말을 채 끝내기도 전에, 트윙클이 뭔가 주문을 걸었다. 사 방으로 뿌연 먼지가 일었다. 순식간에 다시 지붕으로 가는 문 앞에 도착해 있었다. 자말이 몸은 문밖에 둔 채 얼굴을 지붕에 붙이고 바 짝 엎드려 있었다. 떨리는 몸으로 한 손을 뻗어 개의 왼쪽 다리를 잡 으려고 애쓰고 있었다. 개는 곧 미끄러질 것 같은 지붕도 겁나고 다 리가 잡히는 것도 싫은 것 같았다. 하지만 땅으로 떨어지는 게 더 무 서운지 오들오들 떨었다.

소피가 말했다.

"하울, 자말은 애꾸눈이라서 균형을 잡을 수가 없어."

"알아, 알고 있다고!"

트윙클은 아래쪽으로 미끄러지고 있는 자말에게 손을 내밀었고 으르렁거리는 강아지를 잡아당겼다.

"하마터면 죽을 뻔했어요! 왜 안 죽었지?"

개와 자말이 트윙클의 발밑에 내려오자 자말이 숨을 헐떡이며 말했다.

"미안하지만, 우린 금을 찾았다고 왕에게 말해야 해."

트윙클은 계단 아래로 내려갔다. 소피가 뒤를 쫓았고 샤메인도 뒤따랐다. 금덩이가 무거워 걷는 데 힘들었지만 서둘러서 계단을 내려갔다. 마침내 마지막 계단 끝에 이르렀다. 루도빅 왕자가 힐다 공주의 한쪽 어깨를 잡고, 심을 넘어뜨리고는 모건을 왕의 품에서 빼앗으려고 할 때 겨우 도착했다.

"나쁜 아찌!"

모건이 소리치며 루도빅의 아름다운 곱슬머리를 잡아당겼다. 가발이 벗겨지자 머리카락이 하나도 없는 보라색 민머리가 나왔다.

"내가 뭐랬어!"

소피가 금방이라도 날아갈 기세로 비명을 질렀다. 소피와 트윙클은 계단으로 뛰어 내려갔다.

왕자는 두 사람을 올려다보다 발목을 물려고 하는 웨이프를 내려다보았다. 그리고 모건의 손에서 가발을 뺏으려고 애썼다. 모건은 루도빅의 얼굴을 가발과 함께 깨물고 계속 "나쁜 아찌!"라고 외쳤다.

"이쪽입니다, 왕자님!"

그리고 두 러벅킨은 가까운 문을 향해 달려갔다.

"도서관은 안 돼!"

왕과 공주가 한목소리로 외쳤다. 두 사람의 소리를 듣고 창백한 신사가 자리에 섰다. 그리고 돌아서서 왕자를 다른 방향으로 안내했다. 순간 트윙클이 루도빅 왕자의 실크 소매를 붙들었다. 그때 모건이 좋아서 소리를 지르며 트윙클의 얼굴에 가발을 던지는 바람에, 트윙클은 앞을 보지 못할 지경이었다. 결국 트윙클은 가까운 문으로 주춤주춤 걸어갈 수밖에 없었다. 창백한 신사는 전속력으로 질주했다. 웨이프는 날카롭게 짖으면서 그를 추적했고, 소피가 그들을 쫓아가며 소리쳤다.

"모건을 내려놔! 죽여 버리겠어!"

왕과 공주도 함께 쫓아갔다.

"이건 너무하잖아!"

왕이 외쳤다.

"멈춰!"

공주는 짧게 명령했다.

왕자와 창백한 신사는 도망치려고 애를 쓰며 이리 뛰고 저리 뛰었다. 왕자와 창백한 신사는 문을 통과하자마자 소피와 왕의 얼굴 앞에서 문을 쾅 닫아 버렸다. 그러나 문이 닫히는 순간 어떻게 들어갔는지 웨이프가 문을 열고 들어가 나머지 사람들이 계속 쫓아갈 수 있도록 했다. 마지막으로 샤메인이 심과 함께 따라왔다. 팔이 욱신거렸다.

"이것 좀 들어 주실래요? 증거물이에요."

"물론이죠, 아가씨."

샤메인은 심에게 황금 벽돌을 넘겼고, 황금 벽돌의 무게 때문에 심의 팔이 아래로 축 처졌다. 샤메인은 심을 남겨 두고 석마로 둘러싸여 있는 커다란 방으로 서둘러 들어갔다. 루도빅 왕자는 그 방 가운데에 서 있었다. 보라색 대머리가 기묘해 보였다. 왕자는 모건의 목을 한 팔로 둘러 잡았고, 웨이프는 발 주위를 뛰어다니며 모건에게 닿으려고 팔짝거렸다. 왕자의 가발은 죽은 동물처럼 양탄자 바닥에 떨어져 있었다.

"내가 시키는 대로 해! 아니면 아이의 목숨이 위험해."

왕자가 말했다. 샤메인은 벽난로에서 파란 불빛이 나오는 것을 보았다. 굴뚝에서 나무를 찾으며 내려온 캘시퍼였다. 불꽃 마귀 캘시퍼는 불붙지 않은 나무에 앉아서 안도의 한숨을 내쉬다가 샤메인과 눈이 마주치자 오렌지색 눈으로 윙크를 보냈다.

"아이를 다치게 할 텐가!"

루도빅 왕자가 격정적으로 말했다. 소피는 모건이 왕자의 팔에서 버둥대는 것을 보고 트윙클을 내려다봤다. 트윙클은 자신의 손가락을 예전에 본 적이 없는 것처럼 신기하게 바라보고 있었다. 샤메인은 캘시퍼를 곁눈질로 쳐다보며 웃지 않으려고 애썼다. 그리고 떨리는 목소리로 말했다.

"왕자님, 경고하는데 큰 실수를 하고 계신 거예요."

"그래, 큰 실수를 하고 있다. 우리 하이놀랜드는 반역죄를 내린 적이 없지만, 너한테는 적용될 것이다."

국왕이 쫓아오느라 빨개진 얼굴로 숨을 헐떡이며 말했다.

"어떻게? 난 당신 족속이 아니야. 난 러벅킨이라고."

왕자가 말했다.

"그럼 왕위를 물려받는 건 법적으로 금지될 것이다."

힐다 공주가 말했다. 왕과는 달리 매우 침착하고 근엄해 보였다.

"오, 그런가? 우리 부모 러벅은 내가 왕이 될 것이라고 했어. 나를 통해 하이놀랜드를 다스리고 싶어 하셨지. 러벅이 마법사를 제거해서 이제 우리를 막을 사람은 없어. 당장 왕관을 내놔. 아니면 아이가 위험해. 난 아이를 인질로 잡고 있겠다. 이 일 말고, 내가 잘못한 게 뭐가 있어?"

"왕실의 돈을 다 가져갔잖아! 난 당신이, 아니 코볼도들이 왕실의 세금을 조이성으로 옮기는 걸 똑똑히 봤어요! 아이 손에 목이 졸리기 전에 당장 놓아 주세요!"

샤메인이 외쳤다. 모건의 얼굴이 밝아지면서 열심히 발버둥을 쳤다.

'러벅킨은 아무 감정도 없는 것 같아. 왜 소피는 이걸 재미있어 하는지 모르겠어!'

샤메인은 생각했다.

"이럴 수가! 조이성이 바로 모든 세금이 사라진 근원지였구나, 힐다! 어쨌든 수수께끼 하나는 풀었구나. 고맙다, 애야!"

왕이 말했다.

"뭐가 그렇게 기쁘죠? 내 얘기 안 듣고 있어요? 이러다 또 크럼핏을 먹으라고 할 거야! 빨리 마법으로 나를 여기서 벗어나게 해 줘."

루도빅 왕자는 못마땅한 듯 창백한 신사에게 말했다. 창백한 신사는 고개를 끄덕이며 희미한 보라색 손을 앞으로 뻗었다. 그 순간 심이 금덩이를 안은 채 발을 질질 끌며 들어왔다. 심은 황금 벽돌을 재빨리 창백한 신사의 발에 던졌다.

　그 후에, 많은 일들이 빠르게 일어났다.

　신사는 몸부림치고 소리를 지르며 팔짝팔짝 뛰었다. 모건은 거의 숨이 넘어갈 지경이었다. 팔을 휘두르며 이상하고 격렬한 발작을 반복했다. 순간 루도빅 왕자는 우아한 파란색 슈트를 입고 있는 어른을 안고 있다는 것을 깨달았다. 그는 남자를 품에서 떨어뜨렸고, 남자는 돌아서서 왕자의 얼굴에 주먹을 날렸다.

　"감히 나를 때리다니! 누구도 이런 짓은 할 수 없어!"

　왕자가 소리 질렀다.

　"안됐네."

　마법사 하울이 이렇게 말하고 주먹을 날렸다. 이번엔 루도빅 왕자가 가발을 밟고 있는 하울의 발을 잡고 쿵 쓰러졌다.

　"러벅킨들은 주먹으로 맞아야 알아듣는다니까. 이제 충분하죠?"

　마법사는 어깨 너머로 왕을 쳐다보며 말했다.

　동시에 트윙클의 파란 벨벳 슈트를 입고 있던 모건이 몸을 비틀었다. 모건의 몸에 비해 옷이 너무 큰 탓이었다. 모건은 마법사 하울을 보더니 소리 지르며 달려갔다.

　"아빠, 아빠, 아빠!"

　'아, 알았다! 서로의 몸을 바꾸었구나. 정말 괜찮은 마법인데. 꼭

배우고 싶어.'

샤메인은 생각했다. 샤메인은 왜 하울이 전보다 예뻐 보이고 싶어 하는지, 왕자에게서 모건을 멀리 떼어 놓으려는 하울을 지켜보며 궁금해했다. 하울은 누가 봐도 잘생긴 사람이었고, 머리카락은 현실에는 존재하지 않을 것처럼 아름답게만 보였다. 비단결 같은 금발은 파란 새틴 옷의 어깨까지 내려왔고 세상 누구에게서도 볼 수 없는 아름다운 담황색 곱슬머리를 가지고 있었다.

그와 동시에 심이 뒤로 한 걸음 물러섰다. 창백한 신사는 발밑에서 팔짝팔짝 뛰고 있었다. 심은 뭔가 말하려고 했지만 모건이 비명을 지르자 웨이프가 심하게 짖기 시작해서 "국왕 폐하", "공주님"이라고 외치는 심의 목소리는 하나도 들리지 않았다.

심이 소리를 지르는 동안, 마법사 하울은 벽난로 쪽을 보고 고개를 끄덕였다. 마법사와 캘시퍼가 뭔가 일을 꾸미기 위해 약속을 하는 것 같았다. 그러나 불빛이 반짝이는 것도, 눈에 보이지 않는 빛이 반짝인 것도 아니었다. 무슨 일이 일어났는지 알아내려고 하는 동안, 루도빅 왕자는 점점 줄어들어 아래로 사라져 버렸고, 창백한 신사도 그렇게 되었다. 그 자리에는 두 마리 토끼만 깡충거렸다.

마법사 하울은 그들을 보고 캘시퍼를 쳐다봤다.

"왜 하필 토끼야?"

그가 모건을 팔에 안고 물었다. 모건은 소리 지르기를 멈췄다.

"팔짝팔짝 뛰는 모습이 꼭 토끼처럼 보였어."

캘시퍼가 말했다.

창백한 신사는 툭 튀어나온 보라색 눈의 거대한 흰토끼가 되어서 깡충깡충 뛰었다. 루도빅 왕자는 옅은 황갈색의 더 큰 보라색 눈의 토끼가 되었다. 너무 놀랐는지 움직이지도 못하고 연신 귀를 쫑긋대며 코를 벌름거렸다.

그때 웨이프가 토끼를 공격했다. 방에 있던 사람들은 심의 이야기를 듣고 있었다. 웨이프는 황갈색의 토끼가 코볼도가 채색한 썰매의자 아래로 들어가려 할 때 이빨로 물어서 죽였다.

몬탈비노의 마녀가 의자를 밀고 있었다. 윌리엄 고조부는 파란색 쿠션을 받치고 의자에 앉아 있었는데, 창백하고 여위었지만 건강해 보였다. 마법사 놀랜드, 마녀, 티민즈는 웨이프가 으르렁거리며 담황색 토끼를 물어 죽이는 것을 지켜보았고, 또다시 으르렁거리며 죽은 토끼를 양탄자에 내려놓는 모습을 바라보았다.

"대단하구나!"

마법사 놀랜드, 국왕, 소피, 샤메인이 동시에 말했다.

"토끼를 물어 죽이기엔 몸집이 작다고 생각했는데!"

힐다 공주는 토끼가 바닥에 떨어지기를 기다렸다가 썰매 의자 쪽으로 걸어갔다. 방을 빙빙 돌며 흰토끼를 쫓는 웨이프를 무시한, 우아한 걸음걸이였다.

"마틸다 공주님, 궁에서 뵙는 건 정말 오랜만이군요. 너무 오래 기다리게 하셨어요."

공주가 피터 엄마의 두 손을 잡으며 말했다.

"그야 상황에 따라 다르지."

마녀가 차갑게 말했다.

"우리 딸의 두 번째 사촌이란다."

왕이 샤메인과 소피에게 설명했다.

"마녀라고 불리는 걸 좋아하지. 누군가가 마틸다 공주라고 부르면 화를 내. 우리 딸은 물론 일부러 그렇게 불렀지. 뭐, 우월하게 보이고 싶어서 그런 건 아니고."

그때, 마법사 하울이 모건을 어깨로 올려 웨이프가 다섯 번째 석마를 따라 흰토끼를 쫓아가는 걸 잘 볼 수 있게 해 주었다. 곧 흰토끼의 시체가 석마 위로 날아왔다. 뻣뻣하게 죽은 채로 말이다.

"우와!"

모건은 주먹으로 아빠의 담황색 머리를 만지면서 재미있어 했다. 하울은 모건을 소피에게 건넸다.

"황금 얘기는 아직 안 했어?"

하울이 물었다.

"아직. 증거물이 누구 발 위에 떨어졌어."

소피가 모건을 받으며 말했다.

"이제 얘기해. 뭔가 이상한 게 있어."

하울이 이렇게 말하며 몸을 굽혀 샤메인에게 돌아가려는 웨이프를 붙잡았다. 웨이프는 꿈틀거리며 자기는 샤메인에게 가려고 한다는 걸 증명하듯이 계속 낑낑댔다.

"잠깐, 잠깐만."

하울이 웨이프를 힘들게 안으면서 말했다. 그리고 웨이프를 썰매

3. 요정이 된 하울

의자 쪽으로 가져갔다. 왕은 유쾌하게 마법사 놀랜드와 악수했고, 소피는 금괴를 그들에게 보여 주었다. 마녀와 티민즈, 힐다 공주가 소피 쪽으로 모여들어 황금 벽돌이 어디서 났는지 알려 달라고 했다.

샤메인은 혼자 남겨진 것처럼 방 한가운데 서 있었다.

'내가 이곳에 어울리지 않는 사람이란 걸 알아. 난 그냥 나일 뿐이야. 웨이프와 함께 있고 싶어. 집으로 가야 한다면 웨이프를 데려가고 싶어.'

그녀는 생각했다.

샤메인은 피터의 엄마가 윌리엄 고조부를 돌보게 될 거라고 짐작했다. 이제 샤메인은 어디로 가야 할까?

그때 엄청나게 큰 소리가 들렸다. 벽이 좌우로 흔들리는 바람에 캘시퍼가 벽난로에서 튕겨져 샤메인의 머리 쪽으로 날아갔다. 아주 천천히 벽에 구멍이 뚫렸다. 처음엔 벽지가 찢어졌고 그 뒤로 틈이 생겼다. 틈 뒤로 까만 돌이 산산조각이 나서 사라졌다. 마침내 더는 아무것도 움직이지 않자 구멍을 통해 피터가 얼굴을 불쑥 내밀었다.

"구멍!"

모건이 그곳을 가리키며 외쳤다.

"그래, 구멍 맞아."

캘시퍼가 맞장구를 쳤다.

피터는 힘들어 보이지 않았다. 캘시퍼를 바라보고 말했다.

"당신 안 죽은 거 맞지? 샤메인이 멍청하게 안달복달했다니까. 아무튼 눈치가 없어."

"오, 고마워, 피터! 그러는 너는 언제 그렇게 눈치가 있었는데? 어디 있었던 거야?"

샤메인이 말했다.

"그러게 말이다. 나도 궁금하구나."

몬탈비노의 마녀가 한마디 했다. 그녀는 썰매 의자를 피터 앞에 밀어다 놓으며 윌리엄 고조부와 티민즈가 다른 사람들과 함께 피터를 볼 수 있게 했다. 힐다 공주는 침울하게 벽에 난 구멍을 바라보고 있었다. 피터는 전혀 걱정하지 않는 눈치였다. 그는 의자에서 일어나 밝은 목소리로 "엄마, 안녕"이라고 말했다.

"잉거리에 있는 거 아니었어요?"

"마법사 하울이 여기 있으니까. 넌 어디 있었는데?"

"놀랜드 마법사님의 연구실에 있었어요. 샤메인을 놓치고 나서 그곳에 가게 되었어요."

그는 손가락에 묶인 무지개실을 흔들며 어떻게 그곳에 갔는지를 보여 주었다. 그러나 마법사 놀랜드는 걱정스러운 듯이 바라보았다.

"마법사님, 거기선 정말 조심스럽게 행동했어요."

"정말이니?"

윌리엄이 벽에 난 구멍을 보며 말했다. 그 벽은 천천히 복구되는 중이었다. 어두운 돌들도 천천히 가운데를 향해 닫혔고 틈새도 점점 메워지고 있었다.

"그럼 하루 종일 뭘 하고 있었는지 물어도 될까?"

"마법에 빠져 있었어요. 그걸 읽는데 몇 년은 걸리더라고요. 음식 마법을 걸어 둔 건 다행이었어요, 마법사님. 아니었음 전 지금쯤 굶어 죽었을 거예요. 그리고 마법사님의 간이침대를 사용했어요. 신경쓰지 않으셨으면 하는데…….”

윌리엄 고조부의 표정으로 보아 분명히 신경을 쓰고 있었다. 피터는 급히 말을 계속했다.

“하지만 마법이 먹혔어요, 마법사님. 궁전 금고는 이곳에 있을 거예요. 왜냐면 주문을 외우면서 궁전 금고가 있는 곳으로 데려다 달라고 했거든요.”

“그래, 여기 있지. 마법사 하울이 찾아냈단다.”

그의 엄마가 대답했다.

“아, 그렇다면 제 주문이 들은 거군요!”

피터는 의기소침해 보였지만 곧 밝은 표정으로 말했다. 모두가 천천히 메워지는 구멍을 보았다. 벽지가 부드럽게 움직이더니 틈새를 없앴다. 하지만 벽은 예전과 같지는 않았다. 진득진득하고 주름져 보였다.

“너한테야 편한 방법이었는지 모르겠지만, 꼬마 신사.”

힐다가 비꼬는 투로 말했다. 피터는 무표정한 얼굴을 쳐다보며 누구인지 궁금해했다. 그의 엄마가 한숨을 쉬었다.

“피터, 여기는 하이놀랜드의 힐다 공주님이셔. 일어나서 공주님과 아버지인 국왕님께 예를 갖추어 인사드리렴. 이분들은 너와 가까운 친척 분들이셔.”

“어떻게요?”

피터가 물었다. 그러나 재빨리 예의 바르게 인사했다.

"우리 아들 피터입니다. 국왕님의 뒤를 이을 계승자가 되겠네요."

마녀가 말했다.

"만나서 반갑구나, 꼬마 신사야."

국왕이 말했다.

"너무 혼란스러운데요. 누가 설명 좀 해 주시겠어요?"

공주가 말했다.

"제가 해 드리죠, 폐하."

마녀가 말했다.

"우리 모두 앉는 게 좋겠는데요. 심, 여기 두, 음…… 죽은 토끼들 좀 치워 주겠어요?"

공주가 제안했다.

"물론이죠, 공주님."

심이 대답했다. 그는 속도를 내어 발을 질질 끌고 걸어가서는 두 마리의 시체를 주웠다. 하지만 심은 마녀가 무슨 말을 할지 너무 궁금한 나머지, 마녀가 말을 시작하려 하자 토끼를 문 바깥에 그냥 던져 버렸다. 그리고 재빨리 방으로 들어왔다. 사람들은 닳아빠진 소파 대신 바닥에 앉았다. 티민즈는 윌리엄 고조부의 귀 옆 쿠션에 앉았다. 캘시퍼는 쇠살대 안의 보금자리로 돌아가 있었다. 모건은 소피의 무릎에 앉아 엄지손가락을 물고 잠이 들었다. 마법사 하울은 미안한 표정으로 밝게 웃으며 샤메인에게 웨이프를 넘겨주었다.

성인이 된 하울은 더 멋져 보였다.

'소피가 트윙클에게 짜증 낼 만도 하지.'

샤메인은 생각했다. 그때 웨이프가 끼끼대며 샤메인의 가슴에 대롱대롱 매달린 안경 안에 발을 올려놓고 턱을 핥으려고 했다. 샤메인은 피터 엄마가 말하는 걸 들으며 웨이프의 귀를 만져 주기도 하고 정수리를 쓰다듬어 주기도 했다.

"알다시피 전 사촌 한스 니콜라스와 결혼했는데, 그이는 하이놀랜드의 세 번째 왕위 계승자였죠. 저는 다섯째였지만 여자라서 왕위 승계 대상은 아니었어요. 제가 원한 건 전문적인 마녀가 되는 것뿐이었어요. 한스도 왕좌에는 관심이 없었죠. 산을 오르고 동굴을 찾아다니고 빙하 사이에 새 길을 발견하는 걸 좋아했거든요. 우리는 왕위 계승자 자리를 사촌인 루도빅에게 넘겨주면서 아주 만족했죠. 물론 절대 그를 좋아하지는 않았어요. 한스가 루도빅은 아주 이기적이고 메마른 사람이라고 말했어요. 하지만 우리가 떠나고 왕위에 관심이 없다는 걸 알면 괴롭히지 않을 거라고 생각했어요. 그래서 우리는 몬탈비노로 떠났어요. 거기서 저는 마녀 수업을 들었고 한스는 산지기가 되었죠. 피터가 태어나기 전까지 매우 행복했어요. 그때 다른 사촌들이 끔찍한 죽음을 맞게 되었죠. 그냥 아파서 죽는 게 아니라 사악함 때문에 죽었다더군요. 내 사촌 이솔라와 마틸라는 친절하고 부드러운 여자였는데, 누군가를 죽이려고 하다가 죽임을 당했어요. 한스는 루도빅 짓이라고 확신했어요. 그이는 '다른 왕위 계승자들을 하나씩 제거하고 있어. 살인은 루도빅이 하는데 오명은 우리가 뒤집어쓰게 될 거야'라고 말했죠.

전 한스와 피터가 너무 걱정이 되었어요. 그때 한스는 루도빅 다음으로 왕위 계승자였고 피터는 그다음이 되었죠. 그래서 전 빗자루를 들고, 피터를 업고 곧장 펜트스테먼 부인을 만나 상담하기 위해 잉거리로 날아갔어요."

마녀가 하울을 보며 말했다.

"당신도 그분에게 배웠지, 하울 마법사."

하울은 별이 반짝이듯 황홀한 미소를 지었다.

"그건 훨씬 뒤의 일이야. 내가 그분의 마지막 문하생이었지."

"그럼 최고라는 것도 알겠군. 동의하는 거야?"

하울이 끄덕였다.

"그분 말씀은 모두 믿을 수 있어요. 언제나 옳았거든요."

마녀가 말을 계속했다. 소피는 이 말에 고개를 끄덕였지만 약간 걱정스러운 표정이었다.

"하지만 제가 그녀에게 조언을 구하러 갔을 때, 피터를 데리고 멀리 떠나는 것 외에는 어떤 방법도 떠오르지 않았어요. 인히코, 그녀가 생각한 곳이죠. 제가 말했어요. '하지만 한스는 어떡해요?' 그랬더니 제가 걱정하고 있는 걸 알겠다고 하셨죠. 그분은 '반나절만 시간을 줘. 방법을 찾아볼게'라고 말하며 혼자 사무실로 들어갔어요. 반나절이 채 안 돼서 펜트스테먼 부인은 공포에 질린 얼굴로 나왔어요. 그렇게 화난 걸 본 적이 없어요. '오, 세상에. 너의 사촌 루도빅은 러벅킨이라는 사악한 악마야. 하이놀랜드와 몬탈비노 사이의 언덕에 살고 있는 러벅의 후손이고. 한스가 의심하는 대로 살인을 저

3. 요정이 된 하울

지르고 있어. 물론 러벅이 돕고 있어. 지금 즉시 몬탈비노로 가! 제 시간에 도착하기를 바랄게. 네 아이에 대해서는 누구한테도 말하지 마. 아이를 죽이려고 들 거야!'"

"오, 그래서 저한테도 여태까지 말 않고 있었나요? 말씀을 하셨어 야죠. 제 몸 하나쯤은 지킬 수 있다고요."

피터가 말했다.

"정확히 불쌍한 한스의 의견이기도 했어. 난 한스와 함께 잉거리 에 갔었어야 했는데. 말 끊지 마, 피터. 너 때문에 펜트스테먼 부인 이 마지막으로 한 말을 잊어버릴 뻔했잖니. 그분의 마지막 말의 해 답이 여기 있단다. '네 고향에는 왕실 대대로 내려오는 요정의 선물 이 있어. 이 요정의 선물은 왕실을 지키고 나라를 안전하게 지켜 줄 거야.' 난 그녀에게 고맙다는 인사를 전하고 피터를 등에 태우고 최 대한 빨리 몬탈비노로 날아갔어요. 나는 한스에게 하이놀랜드에 함 께 가서 요정의 선물을 달라고 부탁하려고 했는데, 집에 도착했을 때 한스는 이미 산악 구조팀과 그레터혼으로 떠나고 없었어요. 아주 불길한 예감이 들었죠. 그래서 피터를 업은 채로 산으로 올라갔어 요. 피터는 배가 고파서 심하게 울었는데 멈출 수가 없었어요. 전 러 벅이 한스를 죽이려고 산사태를 만들기 시작할 때 도착했어요."

마녀는 이 부분에서 잠시 멈췄다. 더 이상 말하기가 괴로운 듯이. 얘기를 듣던 사람들은 침을 꿀꺽 삼켰고 마녀가 예쁜 손수건으로 눈 물을 훔칠 때까지 정중하게 기다려 주었다. 마녀는 어깨를 으쓱해 보이면서 말했다.

"난 피터 주변에 보호막을 쳤어요. 물론 가능한 아주 강한 보호막으로요. 피터를 한 번에 해치지 못할 게 분명했죠. 그 후로 피터를 가능한 비밀리에 키웠어요. 루도빅이 사람들에게 내가 조이성에 갇힌 미친 여자라고 말하고 다녔을 때도 아무렇지 않았어요. 그건 아무도 피터에 대해서 모른다는 걸 의미하니까. 산사태 다음 날에 피터를 이웃에게 맡기고 하이놀랜드에 갔어요. 제가 왔던 거 기억하시죠?"

국왕에게 물었다.

"그럼, 기억하지. 하지만 너는 피터나 한스에 대해 전혀 아무 말도 하지 않았지. 그렇게 슬픈 일이 있었는지 알지 못했단다. 그리고 물론 요정의 선물도 없었지. 어떻게 생겼는지도 몰라. 네가 그때 나에게 말해 주었다면 나의 좋은 친구, 여기 있는 놀랜드 마법사와 함께 찾아볼 수 있었을 텐데. 지금 13년째 요정의 선물을 찾고 있지만, 아직도 그게 뭔지 모른단다. 그렇지 않은가, 윌리엄?"

왕이 말했다.

"요정의 선물은 어디에도 없어. 하지만 사람들은 내가 요정의 선물 전문가쯤 된다고 생각할 거란 말이지. 내가 요정의 선물이고 국왕을 지킨다고 말하는 사람들도 있어. 물론 나는 왕을 지키려고 노력하지만 요정의 선물은 아니야."

윌리엄 고조부가 썰매 의자에 앉아 대답하며 싱긋 웃었다.

"제가 피터를 보낸 이유 중 하나이기도 해요. 소문이 사실일 가능성이 항상 있잖아요. 그게 아니라도 피터를 안전하게 지켜 줄 거라는 걸 알아요. 저도 수년간 요정의 선물을 찾아왔어요. 그게 루도빅

을 죽일 수 있을지도 모른다고 생각했거든요. 스트레인지아의 베아
트리체 여왕은 잉거리의 마법사 하울이 세계의 어떤 마법사보다 직
감이 뛰어나다고 했죠. 그래서 저는 잉거리에 가서 요정의 선물이
뭔지 찾아 달라고 부탁하려 했죠."

마법사 하울은 담황색 머리칼을 넘기며 웃기 시작했다.

"그렇다면 제가 요정의 선물을 찾았다는 걸 인정해야겠네요! 정말
예상치 못했죠. 그건 저기, 샤밍 양의 무릎에 앉아 있어요!"

"뭐, 웨이프?"

샤메인이 말했다. 웨이프는 꼬리를 흔들며 품위를 지켰다. 하울이
고개를 끄덕였다.

"맞아요. 당신의 작고 매력적인 강아지죠. 왕실의 기록 중에 개에
대해 나와 있는 부분이 없나요?"

그는 국왕에게 말했다.

"아주 많이 나오지. 정말 몰랐군. 우리 대고조 할아버지는 강아지
가 죽자 국장으로 장례식을 치러 줬지. 이게 모두 수선스러운 일이
라고 생각했는데!"

힐다 공주가 가볍게 헛기침을 했다.

"물론, 우리가 팔아 치운 유화에도 많이 등장하죠. 선왕들은 항상
옆에 개를 함께 그렸어요. 그 개들은 일반적으로 작고, 음…… 어쨌
든 웨이프보다는 품위 있게 생겼어요."

"제 생각엔 그 개들이 모두 어떤 크기나 모양으로도 변할 수 있는
것 같아요."

윌리엄 고조부가 말했다.

"요정의 선물이 강아지들을 통해 물려 내려오는 것 같군요. 그리고 최근의 왕들은 개들을 잘 키우는 걸 잊어버렸고요. 이제 웨이프가 얼마 뒤에 새끼를 낳게 되면……."

"뭐라고? 새끼!"

샤메인이 외쳤다. 웨이프가 꼬리를 흔들었다. 더욱 품위 있어 보였다. 샤메인은 웨이프의 턱을 들고 비난하듯 웨이프의 눈동자를 노려봤다.

"그 요리사의 개? 오, 웨이프!"

샤메인은 울먹였다. 웨이프는 부끄러운 듯이 눈을 깜빡였다.

"새끼 강아지가 어떻게 생겼을지는 신만이 아시겠구나!"

"우리는 기다리면 되는 거지. 강아지 중 한 마리가 요정의 선물을 물려받게 될 거야. 하지만 한 가지 중요하게 알아 둬야 할 점이 있단다, 얘야. 웨이프가 너를 선택했다는 건 네가 하이놀랜드 요정의 선물의 수호자라는 걸 뜻한단다. 그리고 몬탈비노의 마녀가 《팰림프세스트의 코》도 너를 선택했다고 하던데, 그렇지?"

"음, 그게…… 그 책이 저에게 주문을 외치게 만들었어요."

샤메인이 인정했다.

"그럼 됐군. 너는 나와 함께 지내면서 제자가 되거라. 웨이프가 이 나라를 잘 지키도록 도울 방법을 배울 필요가 있어."

윌리엄 고조부는 방석에 편히 기대며 말했다.

"네, 하지만……. 엄마가 허락하지 않을 텐데요. 엄마는 마법이 품위 있는 게 아니랬어요. 아빠는 괜찮겠지만요."

샤메인이 웅얼거리며 말했다.

"내가 얘기할게. 필요하면 셈프로니아에게 부탁해서 엄마를 설득하도록 하마."

윌리엄 고조부가 말했다.

"그것도 좋지만, 내가 왕실령으로 만들 것이다. 어머니는 그것에 굉장히 감동하실 거야. 너도 알겠지만, 우리는 네가 필요하단다, 얘야."

"네, 하지만 전 도서관 일도 돕고 싶다고요!"

샤메인이 외쳤다. 힐다 공주가 가벼운 헛기침을 했다.

"난 계속 바쁜 게 낫겠는데. 왕실을 다시 꾸미고 개조하면서."

힐다 공주가 말했다. 금괴는 공주의 발 근처 양탄자에 놓여 있었다. 공주는 실용적인 신발로 금괴를 툭툭 쳤다.

"이제 문제가 해결되었구나. 날 대신해서 도서관에서 아버지와 1주일에 두 번 일해 줬으면 좋겠는데. 물론 놀랜드 마법사가 허락하신다면."

공주는 행복해하며 말했다.

"오, 감사합니다!"

샤메인이 말했다.

"그리고 피터는……."

공주가 말을 계속했다.

"피터 걱정은 하실 필요가 없어요."

마녀가 끼어들었다.

"전 피터와 샤메인과 남아서 놀랜드 마법사님이 건강을 회복하실 때까지 함께 집에 있겠어요. 어쩌면 영원히 그 집에서 살지도 모르겠네요."

샤메인, 피터, 윌리엄 고조부는 경악스러운 눈빛을 교환했다.

'왜 피터를 혼자 보호하려는지 이제 알겠군. 하지만 그녀가 집에 머무른다면 차라리 돌아가서 우리 엄마랑 살겠어!'

샤메인은 생각했다.

"말도 안 돼요, 마틸다. 피터는 이제 우리가 맡아야 돼요. 왕실의 계승자잖아요. 피터는 여기 살면서 놀랜드 마법사님에게 마법 레슨을 받아야 해요. 그리고 마틸다, 당신은 몬탈비노로 돌아가야 해요. 그곳 사람들에겐 당신이 필요해요."

힐다 공주가 말했다.

"우리 코볼도들이 그 집을 돌봐 줄 겁니다. 언제나 그랬던 것처럼요."

티민즈가 말했다.

'오, 잘됐다. 난 집안일은 못 한단 말이야. 피터도 물론이고!'

샤메인은 생각했다.

"고맙구나, 티민즈. 고마워요, 힐다 공주님. 우리 집에 훌륭하게……."

윌리엄 고조부가 말했다.

"전 괜찮을 거예요, 엄마. 이제부터는 저를 보호하려고 애쓰실 필요 없어요."

피터가 말했다.

"그렇게 말한다면, 나는……."

마녀가 말했다.

"자, 그럼. 이제 친절하고 도움이 되지만 왠지 기묘한 손님들에게 작별 인사를 할 시간이에요. 그들의 성으로 돌아가야 하거든요. 자, 모두 이리 오세요."

힐다 공주가 마녀만큼 솜씨 있게 말했다.

"이런!"

캘시퍼가 굴뚝을 타고 쏜살같이 사라지며 말했다.

소피는 일어서며 모건의 입속에 있는 엄지손가락을 강제로 빼 버렸다. 모건은 일어나 주위를 둘러보고 아빠가 거기 있는 걸 봤다. 그리고 주위를 좀 더 둘러봤다. 점점 표정이 어두워졌다.

"드잉클. 드잉클 어딨어?"

모건이 울기 시작했다.

"당신이 애한테 무슨 짓을 했는지 좀 봐!"

소피가 하울에게 말했다.

"난 언제라도 트윙클로 돌아갈 수 있다고!"

하울이 대답했다.

"당신 정말 이러기야!"

소피가 성큼성큼 심을 따라 축축한 복도로 나갔다.

5분 후, 모두 궁전 앞 계단에 서 있었다. 소피와 하울은 티격태격

했고, 모건은 성문 사이에서 울고 있었다. 문이 닫힐 때까지도 계속 "드잉클, 드잉클, 드잉클!" 하고 소리치며 울었다. 샤메인은 그녀의 팔에 안긴 웨이프에게 뭔가를 말하려고 고개를 숙였다.

"네가 나라를 지켰다고? 난 전혀 몰랐어!"

이때 하이놀랜드의 사람들 절반이 궁전 광장으로 모여들어서 성을 바라보기 시작했다. 모두 하늘로 날아가는 성을 믿을 수가 없다는 듯이 쳐다봤다. 하울의 성은 남쪽을 향해 미끄러지듯이 날아갔다. 거기엔 골목보다 좁은 길이 있었다.

"저긴 너무 좁은 것 같은데!"

사람들이 말했다. 하지만 성은 좁은 길을 충분히 통과할 수 있을 만큼 접혀지며 멀리 날아가 이내 시야에서 멀어졌다. 하이놀랜드의 시민들은 하울의 움직이는 성이 보이지 않을 때까지 환호성을 질렀다.

3. 요정이 된 하울

옮긴이 정윤희

서울여자대학교 대학원에서 번역학 박사과정을 수료하고 세종대학교, 부산대학교, 서울
디지털대학교, 숭실사이버대학교, 중앙대학교, 동서울대학교, EBS에서 번역학, 영문학,
영상번역 등을 주제로 강의하고 있다. OnStyle, MGM, 하나TV 등 공중파 및 케이블 채널
과 부산국제영화제 등 각종 영화제에서 활동했으며 소니, 디즈니, 20세기폭스, CJ엔터테
인먼트 등 개봉관 영화 번역가로도 활동했다. 현재 엔터스코리아에서 전문번역가로 활동
하고 있으며,『하울의 움직이는 성』『제로의 기적』『가디언의 전설』『서약』『비밀의 정원』
등 40여 편의 작품들을 우리말로 옮겼다.

하울의 움직이는 성 ❸ 요정이 된 하울

초 판 1쇄 발행 2010년 7월 23일
개정판 1쇄 발행 2025년 2월 21일

지은이 | 다이애나 윈 존스
옮긴이 | 정윤희
발행인 | 김은경

펴낸곳 | 문학수첩
주소 | 경기도 파주시 회동길 503-1(문발동 633-4) 출판문화단지
전화 | 031-955-9088(대표번호) 031-955-9530(편집부)
팩스 | 031-955-9066
등록 | 2001년 3월 29일 제03-01282호

블로그 | blog.naver.com/moonhak91
홈페이지 | www.moonhak.co.kr
이메일 | moonhak@moonhak.co.kr

ISBN 979-11-93790-86-1 04840
ISBN 979-11-93790-83-0 (세트)

* 파본은 구매처에서 바꾸어 드립니다.